転生しまして、現在は侍女でございます。

6

登場人物紹介
ユリアはいつだって不意打ちだから困るんだ
アルダール
バウム伯爵家の長子で近衛騎士。恋人のユリアへの熱い気持ちを隠さない。
アルダールが、私に、きっかけをくれたの
ユリア
王女宮筆頭侍女として、プリメラに仕える。有能だと思われているが、恋愛ごとにはまだまだ疎い。
ユリアが幸せなら嬉しい！
プリメラ
クーラウム王国第一王女。ゲームでは悪役令嬢になってしまう予定だったが、ユリアの奮闘により才色兼備な姫に育った。

紳士の振る舞いを忘れずに頼むよ！
キース
セレッセ伯爵家当主。ユリアとは社交界デビューの際に協力してもらった仲。妹のオルタンスと、メレクが婚約予定。
貴様のどこが良いというんだ、あの男は
エイリップ
パーバス伯爵の孫でメレクの従兄。ファンディッド子爵家を見下す態度を隠さない失礼な性格。
ボクは貴女の味方ですから、ネ？
ニコラス
王子宮に赴任した専属執事。常に笑顔を浮かべている胡散臭い印象の美形。
あたしの名誉はあたしのものです
ミュリエッタ
ゲームのヒロインで、ユリアと同じ転生者。アルダールのことが好きで、ことあるごとにユリアたちの前に現れる。

Contents

プロローグ

弟の婚約、その顔合わせ。それを前に母方の親戚が訪ねてくるので歓迎する。

それだけ聞けば、なんてことはないのだけれど……そこに複雑な人間関係が絡んでくるとなると、気合を入れなくてはなりません。

そう、子爵令嬢としての経験よりも、今は何よりも侍女として培《つちか》ってきた経験がものを言う！

私は家族に気づかれぬよう、後ろでぐっと握り拳《こぶし》を作って気合を入れました。


館のロビーで集まるファンディッド家一同、総出でお迎えするのはお義母《かあ》さまのご実家であるパーバス伯爵家。親戚を出迎えるだけなんですが、なんと仰々《ぎょうぎょう》しいことでしょう！

とはいえ、これが力関係なのです。

午後になり、立派な馬車が到着しました。こちらに到着する前に、使者が来ておりましたから慌てることもなく我々もお迎えに出たわけですが……。

色々準備は済ませてあるから安心なはずだけれど、お父さまとお義母さまの緊張が半端ない。

(手足が同時に動く人ってそう見ないよ……どんだけ緊張してるの？　一応、親戚関係でしょうに……)

私としては落ち着いてほしいと思わなくもありませんが、お父さまからすれば引退したとはいえ元上司ですし、お義母さまからすると認めてほしい相手ということなのでしょう。

豪奢《ごうしゃ》な馬車から降りてきた二人の男性を前に、お父さまが一歩前に出てご挨拶をしました。

次いでお義母さまが頭を下げた相手は、小太りで杖をついたご老人でした。

「遠いところをお越しいただき、ありがとうございます。た、大変ご無沙汰しております。本来ならこちらからお伺《うかが》いするべきところですのに、誠に申し訳ありません、パーバス伯爵さま」

「なんのなんの、久しぶりだね。ファンディッド子爵も元気そうで何よりだ」

パッと見、大変穏やかで朗《ほが》らかな笑みを浮かべておられますが、なかなか一筋縄でいかぬ相手だなと私は感じました。

（あれがパーバス伯爵さまかぁ……うん、やっぱり見覚えはないなあ）

仕事柄、関係ある人間の顔は覚えているものです。

王城勤めが長い私ですが、あの方のお顔は拝見したことがございません。

まあ、王城でのお仕事と言っても城内と同じほどに職務も多岐《たき》に渡りますから、プリメラさまのお傍《そば》に常にいる私が、知らない人間がいるのはある意味当然のことです。

お父さまだって面会に来なければ会えないのですから、そう考えれば伯爵さまをお見かけしたことがないのも頷《うなず》ける話でしょう。

ですが、その伯爵さまの一歩後ろに立つ中肉中背の男性、あの人は見覚えがあります。

王城で見習いだった頃の私に声をかけてきた『伯爵家所縁《ゆかり》の方』ですね！

（……案外、近い血縁だったのかぁ～……）

残念ですがお義母さまの近しい親族だろうとは想定しておりました。ただ、まさか伯爵さまの同行者となるほど近い関係とは思いませんでしたが……。

年の頃は私と同じかそれより少し上といったところだと思うんですが、小馬鹿にした表情でお父さまを見ていることに若干、こう……イラっとしますね。

伯爵さまが連れていることと年齢から察するに、直系の孫といったところでしょうか。だとしたら爵位持ちで目上の人間であるお父さまに対してあの不遜《ふそん》な態度はないと思いますし、伯爵さまだってお気づきでしょうに、なぜ注意なさらないのでしょうか!!

まあ、私もそんな腸《はらわた》が煮えくりかえるような気持ちを顔には出しませんし？　まだ当主同士のご挨拶の途中ですし？　とはいえ、そろそろ頃合いでしょうか。

一見、友好的にお話をされてますが、うん、まあお父さまは完全に相槌打つだけになっちゃってますからね。お父さま、もうちょっと胸を張っても良いと思うんですが、なんであんなに自信がないのかしら……元上司を前に畏縮《いしゅく》しちゃってるんでしょうか。

「失礼いたします、お父さま」

「ユ、ユリア？」

「ご歓談中申し訳ございません。お父さま、よろしければ私をご紹介いただけませんでしょうか？」

私が声をかけると、伯爵さまが目を細めて私を見ました。

値踏みされているようですが、あちらは即座に柔和な笑みを浮かべ手を差し出してくる辺り、お父さまとはやはり違いますね……経験の差を感じます。

「おお、こちらがファンディッド子爵の娘御《むすめご》か！　お噂はかねがね聞いておりますぞ。なんでも王女宮筆頭として勤めあげるだけでなく、数多《あまた》の貴人に顔が利くという。是非に我が家とも、仲良くしてもらいたいものだ！」

「それはお耳汚しでございました。私など若輩者に過ぎず、多くの方々が親切にも支えてくださっているからこそにございます」

「謙遜《けんそん》なさるな。わしはパーバス伯爵家当主、マキシア・ニマムと申す。隣にいるのは孫のエイリップ・カリアンじゃ。メレクの従兄《いとこ》にあたる。此度《こたび》初めて顔を合わせるが、年もそこまで離れておらぬゆえ良き関係を築くことができればと思って連れてきたのでな、よしなに」

にぃ、と笑った老人は、私を試すつもりなんだろうか？　それともあたふたするお父さまを見て笑いたいのだろうか。どちらにせよ意地が悪いと思いますが、私は微笑んでみせました。

「御自《おんみずか》ら丁寧《ていねい》なご挨拶、いたみいりますパーバス伯爵さま。ファンディッド子爵家長女、ユリアと申します。ご存知の通り、王城にて王女宮筆頭を務めております」

優雅に一礼してみせて、私が振り向いた所にいるレジーナさんを目で呼ぶ。

本来ならば彼女を紹介する必要はないかもしれませんが、念には念を入れて。

何かあってからでは色々、問題が生じてしまうからね！

勿論《もちろん》、何もないのが一番です。何も起きないように細心の注意を払う必要があるだけで。

「今回、王城から護衛騎士隊のレジーナ殿が私の護衛についておられまして、ご紹介させていただけますでしょうか。特別今回の話し合いなどには参加することはございませんが、彼女が同席することも多いかと思いますのでよろしくお願いいたします」

「レジーナと申します、ユリアさまの護衛としておりますので私のことはお気になさらずご歓談くださいますよう」

レジーナさんの優雅な一礼もさすがですが、とにかくこれでまずは私の方へ意識を向けさせることには成功したようです。

メレクはまだ緊張していますが、お父さまとお義母さまはちょっとほっとしてますよね？　もう、そういうところ顔に出しちゃだめじゃないですか。

「お茶の用意ができておりますので、まずはそちらでお寛《くつろ》ぎくださいませ。お部屋の準備も整っておりますので、すぐお休みいただくこともできますが」

「おお、おお、ありがたい。それでは茶をいただこうではないか、なあエイリップ。王女宮で侍女たちを束ねるその手腕、是非とも見せていただきたいものですな！　さぞかし見事なのだろう」

「まあ、お恥ずかしい。ここではただの子爵家の娘に過ぎませんが、ご期待に添えるよう尽力《じんりょく》いたします。折角メレクのためにお祝いに来てくださったのですから」

あからさますぎる挑発でしたが、その程度、余裕でスルーです。慣れっこですからね！

侍女を呼んでお客さま方のお荷物を預かり、お客さまはサロンに、伯爵家の侍従たちは割り当てた部屋へ案内するように指示すれば、彼女たちは緊張した面持ちであったものの、速やかに行動してくれました。うんうん、良い感じ。

しかし、ちらりと見たところ、お義母さまの表情は、どこかがっかりしているようでした。

そういえば伯爵さまは、実の娘であるお義母さまに一言もお声をかけなかった……これは根が深そうですね。ついでに言うと伯爵のお孫さんであるエイリップさまが、なぜか私のことを睨んでおいでででしたが、気づかないふりをしておきました。

ここにメッタボンがいなくて良かった。レジーナさんが無表情なことが気になりますけど。

（今回はそう、ただの親戚付き合いなのだから）

準備させておいたサロンには、メッタボン特製の菓子のほかにミッチェラン製菓店で買ったお土産の一部、そしてファンディッド家にある中では最上級の茶器。

侍女たちの振る舞いに関しては、時間がある限り教えました。間に合わせの勉強会だったので、大変だったでしょうに、なかなかの所作を見せてくれています!!

教えた甲斐《かい》があった……思わず感動して涙が出そうです。

勿論、ここで私がそんなみっともないことをしては彼女たちの努力を無駄にしてしまいますから、私も令嬢として背筋を正してこの場に臨んでみせましょう！

私は精一杯優雅に見えるよう、笑顔を浮かべてその場にいるお客さまと家族を一人一人見てからお辞儀をしました。少々芝居がかって見えたとしても、令嬢としての振る舞いってものを演じてみせますよ！　本物の令嬢ですけど!!

「どうぞ座ってお寛ぎくださいませ。外は大層お寒かったことでしょう、暖《だん》が足りないようでしたら薪をくべさせますので遠慮なくお申し付けください」

「……感謝しよう、さすがは王城で侍女を束ねておられることはある。ファンディッド子爵もさぞかし鼻が高かろう！」

思ったよりも本格的にもてなされたことに、パーバス伯爵さまが一拍置いてから満足そうに笑顔を作ってみせました。

鷹揚《おうよう》とした動作で上座《かみざ》に座り、その隣に座ったお父さまに向けて私のことを褒めるあたりはさすが年の功というべきでしょうか。ここで私を褒めるようではその程度の相手と思えて楽だったんですが、そう簡単にはいきませんでしたね。

「い、いやいや、そのようなことは。はは、は……」

それに対するお父さま、笑い方がものすごくわざとらしいです。顔が若干引き攣《つ》ってますので、大丈夫だと信じてますが心配になります……。

侍女たちに目配せして飲み物を運ばせてからが肝要です。

私が彼女たちに対して教えたのは、何も立ち居振る舞いの姿勢や言葉遣いだけではありません。

主人のお客さまに対するおもてなし……即ち、最上級の心配り、目配りをしてご満足いただくためには何が必要なのか、それを考えて行動することが重要です。

お義母さまには事前に伯爵さまと、お連れになる可能性のある人物全員の、わかる範囲での好みを事前にチェック済みですとも。

伯爵さまのお好みは、温かいお茶にブランデーたっぷりだと思われる、とのこと。

他のご家族についてはわからない、とのことでした……。

(やっぱりお義母さまは、家族の方々とあまり上手《うま》くいっていないのかしら。私が王城勤めになる前も、あまりご実家と連絡を取っておられる様子も見られなかったし……だから今回、あんなにはりきっていたのかな)

お父さまも伯爵さまの直接的な部下ではなかったらしく、好みを知るほど近くにはいなかったようで……。むしろ元上司ってだけで畏縮しているようです。

それってどうなの、まさかブラック的な職場かな……？　って思わなくもないですけれども、まあそこは今あえて言及すべきではないでしょう。

城に戻った時にでも、ちょっと知り合いの文官に聞いてみるくらいはしようと思います。

うん、あれ。結局、あんまり情報ないなと思ったでしょう、私も思いました。

ですのでお茶菓子はバラエティ豊かに、見栄えの良いものをたくさん並べる作戦にしました。

とりあえずメッタボンと我が家の料理人に協力をお願いして、あれだけの量の茶菓子が用意できたんですが……。わあ、なんだろう。ファンディッド家の料理人たちの顔が輝いて見えたのはともかく、メッタボンと料理人が協力して作ったら地元のお菓子ですら輝いて見えるってどういうこと？

（……料理人同士、とても良い交流が持てたってことですかね……？）

そういうことにしておきましょう！　こういうことは前向きに捉えるのが一番です。

今後、王女宮でも地元のお菓子が出てくると思うとちょっと嬉《うれ》しいですし。

（でもあれって、あんなキラキラしたお菓子だったかなあ……）

ただの揚げ菓子だった気がするんだけど……。

とにかく、お客さまから順に、円卓に全員が着席しました。

そしてそれを合図に、執事と侍女がお茶を給仕しました。

うん、手筈《てはず》通り。指先まで注意をすること……と口を酸っぱくして言ったことをみんなきちんと守っているようで、とても上手にできていました！

後で何か労《ねぎら》ってあげたいですが、何がいいかなあ、ボーナスを勝手に出すわけにもいきませんし……王城に戻ったらまたミッチェラン製菓店のお菓子を送るとかでもいいでしょうか。

今回の茶菓子に出す際、みなさんチラチラ見ていたからきっと食べたかったに違いありません。

私にお茶を持ってきた侍女が、不安そうに『できてますか』と問うような目を私に向けていたので笑顔で小さく頷いてみせると、彼女は嬉しそうに笑顔を見せてくれました。

うん、そうです。

侍女だって、すごい仕事ができるんですよ。本当に、小さいことばかりですけど。

でもその小さいことこそ、大事な積み重ねなのです。

だから自信を持って、私もこの場に臨みましょう！

第一章　楽しくないお茶会

全員にお茶が行き渡ったことを確認して一安心していると、視線を感じました。顔を上げれば上座におられる伯爵さまが、ホスト役であるお父さまではなく私の方に視線を向けておられたのです。

おそらくですが、『王女宮で筆頭侍女をしている、先妻の娘』というのはあちらからしてみたらやりにくい相手なんでしょう。お互い今まで面識がなかったからこそ、余計に。

今回、円卓の上座には当然お客人であり、身分も上であるパーバス伯爵さま。そして私は血の繋がりもありませんし、この場合は下座《しもざ》で順当。

ただ、円卓だからこそ、真っ直ぐに視線も合うのですが……なんでしょうね、この緊迫したお茶会。とっとと退散したいところですが、そんなことも言っていられません。

本来でしたらお父さまが家長としてお客さまのためにどうぞとお茶菓子などを勧めるものですが、どうにかこうにか笑顔を浮かべるばかり。話題を振るわけでもありません。

けれど私の視線に気が付いたのか、少しだけ慌ててお茶菓子を勧めてくれたので、ようやく茶会が始まりました。どれだけ緊張なさってるのかしらと心配です。

とはいえ、伯爵さまのお隣に座られているエイリップさまはあまり良い表情ではありませんが。お茶や茶菓子に不満があるというわけではなさそうですし、ただこの状況が気に入らないってところでしょうか？　あんなにしかめっ面《つら》をしているようでは、眉間の皺《しわ》はもう癖になっちゃっているんでしょうね。

まあ何が気に入らないかは知りませんが……というか知ったこっちゃないけどね！

「ほう、これはまた美味な茶だ。これもご息女が用意したのかな？　ファンディッド子爵」

「は、いや、あの……そう、です。はい！　な、なぁ？　ユリア？」

「はい、お父さま。伯爵さまのお口に合ったようで、何よりです」

「うむ」

満足げに頷いてみせる伯爵さまの本心はわかりませんが、出だしは好調。和《なご》やかな雰囲気になりましたが、これに水を差したのがメレクの従兄にあたるエイリップさまでした。

メレクの従兄とはいえ、私とは赤の他人というちょっぴり複雑な関係です。

彼は私と同じか、それより上の年齢でしょう。そんな彼が私を少し睨むようにしながらクッと唇の片端を上げる笑い方をして、見下すような目線を向けてきました。

（なんてわかりやすい嘲笑《ちょうしょう》をするんだろう……）

まったくもってマナー的にも人間的にもよろしくありませんが、そこはあえてスルーです。

喧嘩を売られたからって、即買いするほどこちらも子供ではありませんからね。

「お祖父《じい》さまは優しいからな。こんな格下の家で準備された貧相な茶でももてなされていいいい、そのことを忘れないでもらいたいものだ」

「エイリップ！」

さすがに言葉が過ぎると伯爵さまが叱責《しっせき》すれば、彼は不満そうな顔を見せました。

いやはや、どれだけファンディッド家を下に見ていらっしゃるんでしょうね？

叔母であるお義母さまに対してもあまりよろしい態度ではありませんし……パーバス伯爵家に対して好印象を持つのは、私には難しそうです。

「それは申し訳ございません。折角でしたので王女宮でも利用している茶葉を使用したのですが」

「……!?　まさか、王女でん――」

「いいや、エイリップはまだ口もつけておりませんからな。ユリア嬢のお心遣い、この老骨にはありがたいものでしたぞ。王女宮で使用されている茶葉とはなんとも最高のもてなしではないか」

孫が何か余計な言葉を続けないように制しつつ、私を持ち上げる辺り……やはりなかなか一筋縄ではいかないご老人です。

（まあ、私もあえて『王女宮でも利用している』と言っただけで王女殿下が飲んでいる、なんて言ったわけじゃない辺りどっこいどっこいか）

ただ、王女宮でも使っている茶葉ってのは事実ですけどね！

ちゃんとおもてなしいたしますとも。

ファンディッド家の名誉がかかってもおりますし、『侍女』としての私がもてなすと決めた以上、手を抜くなど言語道断！

手放しで褒めるかのような伯爵さまの言葉に、私はあえて目礼でお答えしました。

「しかしこうして考えるとユリア嬢とエイリップは年齢も近い。娘をファンディッド家に嫁がせたので続けての婚姻は考えていなかったが……今にして思えば勿体《もったい》ないことをしたものだ。このように気遣いができる女性は家を盛り立てるに相応《ふさわ》しい女主人になれるであろうからな」

「おそれいります」

言葉の上では誉め言葉として受け取りますけど、エイリップさまの嫁にしとけばよかったなんて言われて思わず鳥肌が立ちました。

いやですよ、こんな人！　こっちからお断りです。

なんて声に出して言えないのであえてそこには触れず。だけれど伯爵さまはそんな私をひたりと見据えて、言葉を続けました。

「エイリップと面識はなかったのではないかな。これを機に仲を深めてはいかがだろうか。血の繋がりこそないが、我らは縁遠いわけでもない」

「いいえ、以前、王城内でお会いしたことがございます」

きっぱりと私がそう答えると、伯爵さまとお義母さまが驚かれたようでした。その表情はやはり親子なのだから当然ですが、少し似ているように思えます。

お二人のその反応をよそに、自分には関係ないと思っておられるのでしょうか。腕組みをしてこちらに視線を向けていたエイリップさまを見ながら私は言葉を続けました。

「そうでございますよね、エイリップさま」

「……ああ。叔母上が嫁いだ格下の家に、先妻の娘がいるという話を耳にした後、王城で行儀見習いをしていると聞いて見にいってみると、これまた地味な女が……」

「エイリップ、口が過ぎるぞ！」

ああ、うん。今更ながら『王女宮筆頭』という地位の女を手に入れたら色々便宜《べんぎ》が図れるのだろうと孫をちらつかせてみたら向こうからすでに喧嘩を吹っかけてきたっていうね。

これは伯爵さまも予想外だったようで厳しいお声で注意が飛びました。おかげで伯爵さまの隣に座っていたお父さまがびくっとしてましたね……。

お父さまは、まあほら、伯爵さまは元上司ですから。上司に叱責された気分になったのかもしれませんよね。でも我が父ながらそんなびくつかなくても……とちょっぴり思わなくもありませんが、これが私のお父さまなんだなあ、とも何故か納得しました。

お義母さまもびくっとしてましたが、まあそれは父親の厳しい声に反応したんだと思います。

メレクは難しい顔をしていましたが、意見を言うタイミングではないと感じ取っているのでしょう。黙って、こちらの様子を見守っているようでした。

「問題ございません、伯爵さま。私が地味なことは自分がよく理解しております。そのせいで両親には心配をかけてばかりで申し訳ないと思っております」

「おお、孫の粗相《そそう》を許してくださるか。度量の広い女性で何よりじゃ」

「とはいえ、このような私でもお心をくださる殿方がいらっしゃいましたので、このように穏やかな気持ちでいられるようになったのだと思いますわ」

こんなこと言うのはあれですけどね！　本来なら本人に言えよってくらいの惚気《のろけ》を披露しておくのも牽制《けんせい》の一つなんですよね！

アルダールと私の話は、恥ずかしながらすっかり有名になっているとビアンカさまから伺ったことがあります。まあ隠しているわけではないから、知られて困ることでもありませんが……だからこそ、伯爵さまがご存知ないというのは無理があるというものです。なら、堂々と惚気た方が自然というものでしょう。

そういうわけで、私も羞恥《しゅうち》を堪《こら》えて惚気てみせようと思ったのです。

あと、それを知っていて孫を紹介しようとしている辺りにちょっぴり腹が立ちましたので！

アルダール以上の男だとでもいうんですかね、そこの孫。

（ええ、伯爵さまからしたら可愛い孫ですものね。そりゃ身内の贔屓目《ひいきめ》もあって特別に見えておられることでしょうね。でも私からするとただの口の悪い男性です。印象最悪です!!）

え、過去のことを根に持ってなかったんじゃないのかって？

根には持っておりません、ただ好ましくないという印象が強いだけです！

（アルダールは、ちゃんと私が地味でも……私という人間と一緒にいて楽しい、と言ってくれた。装えばちゃんと褒めてくれた。ただ地味だからって馬鹿にするようなことはしなかった）

女性は華やかであるべきとか、私の日々の研鑽《けんさん》に対して悔し紛れに地味な点のみを馬鹿にしてきた、上辺《うわべ》だけで人間を判断するような人たちとエイリップさまは似通っていらっしゃると思います。

スカーレットの教育の時も言ったけれど、侍女として働く上で地味になるのはしょうがないこと。華やかさは主人にあれば良いのです!!

だけど、だからといってそれを貶《けな》して良いのかというのは話が別ってものですよ。

思う分には仕方ありませんけれど、それを口に出して侮蔑《ぶべつ》の眼差しを向けてくるとか紳士として、いいえ、人間としてあり得ません！

エイリップさまもあの頃はまだ互いに幼い子供であったがゆえ、と思っておりましたが……今この時を持ってこの人とは相容《あいい》れない。そう思いましたね！

心が狭いって⁉

いいんですよ、こういうのは口に出さなければ。

私はにっこり笑って、疎遠にすれば良いだけです。そうでしょう？

「ほっほっ、そうじゃったなあ。ではバウム家のご子息と交際しておられるというのは真の話じゃったか。二人とも社交界にはまだ揃《そろ》って出てきておらぬというのでな、どこまでが真実かと図りかねておったのじゃよ」

「まあそれは申し訳ございません。彼も私も公務がございますので、なかなかに揃って社交の場へ参加するのは難しく……」

「そうか、そうか」

微笑ましいと言わんばかりの態度とは裏腹に、笑っていない目が怖いですよ、伯爵さま。

だけど、私だってその程度の眼差しで怯《ひる》むほど甘い侍女生活を送ってはおりません。海千山千のリジル商会会頭や、宰相閣下の冷たい眼差しに晒《さら》されて日々生きてるんですからね‼

……いや、あの人たちだって常に腹黒い顔で私と会っているわけじゃないけどね？　時々そういうのが見えるってだけですけどね⁉

（あの人たちに比べたら、伯爵さまくらい……って思うけど、こちらは悪意満載って気がするのよね。隠すこともない嘘くささ満載の和やかさって感じ）

ああー肩が凝るっていうか、こういう腹の探り合い？　マウントの取り合い？　そういうのって私の柄じゃないんですよね、本当は!!

お父さまは我関せずって感じに見えますが、口を挟みたくてもどこから挟んでいいのかわからないっていうところでしょう。

その後も私が何度か話題を振ってみたんですが、お父さまが一言二言で終わらせちゃってるもんだから、そりゃ会話も広がらないよね。緊張しすぎじゃない⁉

エイリップさまも伯爵さまに叱られたからか、不満そうに黙り込んでおられるし。

やはり、事前にお義母さまから聞いていたようにパーバス伯爵家は『伯爵さま中心で回っている』と考えていいのでしょうね。自分の身内はすべて駒であり、自分の思うがままにコントロールする、そういうタイプなのでしょう。

だからこそお義母さまは役に立たない娘という駒から、役立つ娘にグレードアップできそうな今回を逃したくなくて必死になっておられたのでしょう。

それに対して、言い方は悪いですがお義母さまにとっての駒として扱われたメレクが反発して今に至っているわけですが……この状況で反発が起こったということは、普段は一人の人間としてきちんと扱われているからこそ、駒扱いが不当であると思えたのだと考えます。つまり、メレクが正しく成長しているということなのです。

それは即ち、普段はお義母さまが立派に母親として頑張っておられる証《あかし》だと思っております。

家族問題というのは、きっとどこでも何かしら難しいものを抱えているのだと思いますが、お義母さまはきっととびっきりのものを抱えていらっしゃったということなのでしょう。

その原因である伯爵さまは、そんなことは知らず笑顔でメレクに話しかけ始めましたが。

「そういえばメレクや。セレッセ伯爵令嬢とはどうかね？」

「はい、おじいさま。仲良くしております」

「そうか、そうか。今まで自領の方が忙しく、お前には何もしてやれなかった祖父を許してほしい。今回こうして訪れたのも、近くわしは引退して伯爵位を息子に譲るつもりでな。そうすれば時間がいくらでもとれるゆえ、今更で悪いが祖父と孫、改めて時間を持ちたいと思ってなあ」

「……」

メレクが、答えを上手く出せずにいるのが見えました。が、ここで私が口を挟むのは良くないのでしょう。お義母さまも何かを言いたそうですしね。

エイリップさまはものすごくイライラした様子を隠せていない辺り、彼は私と同じ年頃ですがあまり社交的な場数を踏んでいないことがわかります。

あんなにわかりやすくてはこの先が思いやられるというものですが……それを教えて差し上げるほど親しくもありませんし、親しくするつもりもありませんから放置です。

まあエイリップさまの立場を考えれば、伯爵家の直系というだけで、そこまで周りの貴族から重要視されない身分ですからね。役職はないし未来が確約されているとは言い切れず、周りからすれば軽んじるわけにはいかないけど重きを置くわけでもない存在というところでしょうか。

（せいぜい、将来を見据えて多少仲良くしておこうかなっていうところだろうけど、あの性格じゃ

あ人が離れていくんじゃないかな）

私に対してとっているような態度で人と接していたら、今後のお付き合いは控えさせていただくとか言われて、社交に誘われなくなった……なんてあり得ると思うんですよ。

なにせ彼の年齢でしたらメレクと同じく『次期』とか呼ばれる人の方が多いですからね……周りからどんな風に見られるのかって難しい問題です。

そういう意味ではパーバス伯爵さまが今まで隠居されずに長く伯爵位にいらっしゃったことは、あちらの家にとっては色々な問題を孕《はら》んでいたのかもしれません。

まあそこのところは我が家に関係ないと言えれば良かったんですが……そうも言っていられない状況です。なぜなら今、伯爵さまが地位を息子に譲るとはっきり言いましたから。

なぜ、そこまで長く就いておられた伯爵位を今になって引退すると決め、そして急にメレクに対して祖父と孫の関係を築こうとしているのか、です。

（引退の理由として考えられるのは、年齢が妥当でしょうけど……）

だけど、本当にそれだけでしょうか。なんとなく、裏がある気がしてなりません。

メレクがセレッセ伯爵家と姻戚関係になることが引き金であることは間違いありませんが、そのタイミングで引退するというのはあまりにもできすぎな気がするのです。

私の考えすぎならば、それでいいんですが……。

「息子に家督を譲り次第、わしをしばらくこのファンディッド家に置いてもらえんかな？　子爵。なに、領地運営の邪魔などせんよ！　可愛い孫との時間を取り戻したいだけじゃて」

「は、は……いえ、それは、あの……」

「お待ちくださいおじいさま、お言葉はありがたく思いますが僕はもう幼い子供ではなく、次期領主です。これからは社交界などで親交を深めていただけたらと……」

「メレク、折角おじいさまがそのように仰ってくださるのだから、頭ごなしに否定するのではなく、もう少し思いやりの気持ちで考えてはどうかしら」

「……母上……」

息子の意見を遮《さえぎ》るようにお義母さまがそう言ったものだから、メレクがものすごく愕然《がくぜん》とした顔をしていました。うーん、これはよろしくない。

（援護射撃の相手が間違ってると思います、お義母さま……）

というか、伯爵さまのお言葉を要約すると、準備期間をやるから、今まで放置していた孫を可愛がるために自分が暮らす場所を用意しておけよっていうことになるんですが。

しかも子爵家の邸内に。

それって乗っ取り案件？　メレクを傀儡《かいらい》にしたいってこと？

（うーん、お義母さまとエイリップさまを見る限り、やはり伯爵さまの意見に逆らえない関係という感じなのかしら）

なにせイライラしているとはいえ、エイリップさまもパーバス伯爵さまから叱責を受けないよう大人しくしています。

そういう点で、伯爵家内の力関係ははっきりしているように感じました！

侍女として主人の後ろにいてみなさまを観察して行動するということが、ファンディッド家の一員としてテーブルについているとできませんからね。こうして考察するばかりですが……。

勿論、侍女の時でも不躾《ぶしつけ》にじろじろ見ているわけではありません。

ですが、普段よりもさらに控えめに行動しなければならないのは、少しばかり窮屈です。

今の私、『ファンディッド子爵令嬢』としては、この場をどうしたものやら。

「お義母さま」

「な、なぁにユリア」

「伯爵さまが滞在されることは、メレクにとっておじいさまと過ごす時間。それは間違いありませんけれど……そうなると、セレッセ伯爵さまにもお伺いせねばならないと思うんですが」

「……えっ、セレッセ伯爵さま？　あっ……」

私の問いかけはおそらくお義母さまの頭にはなかったことなのでしょう。言われた瞬間は不思議そうな顔を見せられましたが、すぐに顔色が変わりました。オロオロとしてお父さまの方へと視線を向けられましたが、お父さまもオロオロしているっていうね！

そこで私は小首を傾《かし》げるようにして、さもただ疑問を答えてくれる人を求めているかのように振る舞いながら、伯爵さまを見て笑みを浮かべました。

「その点、どのようにお考えか、お伺いしてもよろしゅうございますか、伯爵さま」

「……そうですなあ」

あっ、目が笑っていないその顔、私は知ってますよ。

余計なことを言いやがって、ってところでしょうか？

残念ですが、私もそういうお顔をなさる方々を王城でたくさん見ておりますから、怯むことはございませんよ。伊達《だて》に侍女として長く務めておりませんもの。

むしろエイリップさまからの視線の方が痛いっていうか、こっち見過ぎ。

「私としては反対も賛成もできぬ立場ですが、セレッセ伯爵さまとは光栄にも以前の社交界デビューの折りにご挨拶させていただいた縁もございます。今回、メレクの婚約が成立すると仮定してですが、いくら引退済みと仰られてもご当主経験のある伯爵さまがご滞在となると、セレッセ伯爵家としてもあまり良い印象をお持ちにならないのではと思うのです」

まあ要するに、新しい道を歩もうとしている若い夫婦に変に口出しすると思われかねませんよ、同じ伯爵位なんだから互いに思うところもあるでしょうという話なんですよね。

ぶっちゃけ、ファンディッド子爵家を挟んでどちらがうちに影響を与えるのかって牽制し合われても困るんですよ。

そういう点で言えば、私にとってはセレッセ伯爵さまの方が信頼できるお方と思いますので、これでパーバス伯爵さまが引いてくださったら万々歳です。

「あ、姉上。僕もそうだと思います！　ね、父上!!」

「そ、そうだなあ。でもパーバス伯爵さまはメレクの祖父であることも事実で……」

「ええ、そうですねお父さま。ですがやはりご一報入れないというのは失礼ではと思うんです」

お父さま、後ろから撃つような真似はおやめください……！

思わず被せ気味に言葉を続けて笑顔を伯爵さまに向ければ、あちらも満面の笑みを見せてくださいました。

「うむ、うむ。ユリア嬢は本当によく気が付かれる女性だ！　素晴らしい！」

「ありがとうございます」

「その点についてはわしから一筆書いて済ませようかと思っておったが、そうじゃなあ、ついつい孫可愛さにファンディッド子爵の顔を潰すところであったわ。わしの一筆と共にファンディッド子爵からの一筆もあれば良いのではないかな？　ん？　どう思われるかな、ユリア嬢」

にんまりと笑った顔が、ちょっといやな雰囲気です。

私も笑顔を返すくらいしかできませんが、そんな手紙をもらったらセレッセ伯爵さまが良く思うわけないだろうって考えるわけで、それはなんとか阻止しないといけません。

とはいえ、私は直の血縁ではない以上……そうだ！

そこに血縁の方がいるじゃありませんか‼

私は頷いてみせてから、さも今気づきましたと言わんばかりにエイリップさまの方へ視線を向けました。いや、今気づいたのは本当ですけどね。

「けれどそうなりますと、そのまま繰り上げでエイリップさまが次の後継者になられるということかと思います。その際にはパーバス家の次期当主さまも、伯爵さまが引退なさって領地を継いだばかりということになってお忙しいでしょうし、そうなれば次期当主の教育には当主筋が携《たずさ》わるのが常というものかと思いますが、そちらは問題ございませんか？」

「……俺が、後継者……！」

私が発した後継者という言葉に思わずにやぁって笑ったエイリップさま、ちょっと不気味です。

うん、嬉しいんだろうけど……やっぱりもう少し社交界的には顔に出さないってことも覚えた方がいいんじゃないかって、他の家の人ですが若干心配になるレベルですね。

「そうなるのが妥当でございましょう。伯爵さまが引退なされば、現在の次期当主さまが跡目を継がれ、そして直系でいらっしゃるエイリップさまが次なる後継者と指名されるのは貴族としては当然ですもの」

エイリップさまの言葉を受けて私が当たり前のことを口にすれば、ますます彼は不気味なくらい笑顔を浮かべてうんうんと頷いています。

きっと次期当主となった自分を想像しておられるのでしょうね。私のような人間からすると爵位なんて面倒なものなのになっていう認識なのでそこまで喜べるのはある意味、素晴らしいです。

そんなことを思いながら、私は伯爵さまへ視線を戻しました。

「ですけれど、爵位交代の折はどこもそうですが、混乱がないとは申せません。ですので伯爵さまがそのまま後見としてお傍におられたら、領民も含め、きっと心強いのではないかと思います」

私の言葉に、伯爵さまは口の端を上げて笑っただけでした。

それがかなり不気味だなあ、なんて……。

(さすがに、ちょっと失礼か)

勿論、顔には出しませんでしたけどね!!

「ふむ、ふむ。まさしくユリア嬢が言う通り。年寄りはせっかちでいかんのう」

私の言葉に動揺することも、不快感を滲《にじ》ませるでもなく伯爵さまは笑顔で拍手をなさいました。

やはり一筋縄ではいかないご様子。

「そこについては少し互いに考えるべきじゃろうな。わしの一存では決められぬゆえ、家に残った息子とも相談せねばならんのでここでは即断できん。それで、セレッセ伯爵家との顔合わせはどのようにするか決まったのかな?　うん?」

伯爵さまはそこで話の矛先をメレクの方へと向けることで私との会話を切り上げました。

話を向けられたメレクは油断していたのでしょう、一瞬驚いた顔を見せましたがすぐに表情を引き締めて落ち着いた様子でなんとか笑顔を浮かべています。

「ファンディッド子爵家の嫡子として、恙《つつが》なくとだけ申し上げておきます。おじいさまにご心配をおかけするようなことは何もないと……」

「折角おじいさまが田舎貴族の貴様如きのために、縁者だからと遠路わざわざ来てくださったというのに！　粗相《そそう》をしてセレッセ伯爵の前で恥をかかぬように、頭を地べたに擦《こす》り付けて助言を乞《こ》うくらいの誠意を見せたらどうだ⁉」

「これ、エイリップ。鎮《しず》まりなさい。お前はもう少し落ち着きを持ったらどうじゃ、メレクの言い分は次期当主としては当然じゃぞ？」

「しかしっ」

うん、なんか変な芝居を見せられている気分です。

というか、こうやってファンディッド子爵家は『パーバス伯爵家の意向に沿わない』と言われることは伯爵さまも想定済みなのでしょう。

（まあ、想定していて当然か）

パーバス伯爵さまの意図はわかりませんが、エイリップさまを軽んじているというわけでもなく諭《さと》したり教えたりはしているようですね。とはいえ、ちゃんと教えようという雰囲気がないという辺りがミソでしょうか。

「わしは歳のせいかの、あまり最近は社交界にも出ておらぬゆえ世事には疎《うと》い。息子も社交界はあまり好きではなくての。かといって孫を送り出すわけにもいかんでな」

「……名代《みょうだい》くらい、いつでも務め上げてみせます」

「これ、これ。社交というのはそんな甘いものではないのだぞ、エイリップ」

パーバス伯爵さまの顔が楽しそうだ……。

孫があんまり社交に慣れていないというのが楽しいってどういう状況なんだろうか？

私にはちょっとわからないな……まあ私自身、社交界デビューも遅いうえに、それ以降どこの社交場にも顔を出していないっていう部分では弱いので、下手に藪《やぶ》を突っつく真似はしません。

あくまでこの場は『メレクの婚約』に関して、祝いに来てくれたパーバス伯爵さまご一行をおもてなししているっていう図式ですから。当然、ホスト役は私ではなくファンディッド子爵家当主夫妻であるお父さまとお義母さまでなくてはいけません。

そして何より、主役であるメレクでなくては。

今回は私が家族の中で一番『おもてなし』という点で場慣れしているので主導させていただきましたがいずれはオルタンス嬢が担《にな》ってくださることでしょう。

まあ今回に関しては、私も王城という場にいて経験を積んでこられたからできたっていうのを、今とても実感しております。

うん、統括侍女さまとかの指導がこう……身についてるんだなあと感慨深いです。

「もしも、ですが」

「うん？」

メレクが、意を決したように伯爵さまを見て声を発しました。

その声音《こわね》は幾分か固くて、顔も強張っているのが見て取れて、思わず私も膝《ひざ》の上で手を握り締めました。

「もしも、おじいさまがご助言くださると仰るのであれば、それはパーバス伯爵という立場からでしょうか。それとも僕の祖父という個人の立場からの助言でしょうか。先程も会話に出ましたがここではっきりさせておきたいのです」

（頑張って、メレク……！）

「貴様！」

「メ、メレク⁉」

かすかに震える声で、それでもはっきりと意見を口にしたメレクにエイリップさまは憤り、お父さまが動揺したように声を上げました。

「僕は、社交界でセレッセ伯爵さまとお言葉を交わさせていただいた時の印象として、あの方が誰かに依存するような子供に、大切な妹君を預けてくださるとは思えません。ですのでパーバス伯爵という立場でお話しされるのであれば、申し訳ございませんが僕はファンディッド次期子爵としての立場でそれをお断りせねばなりません」

（おお……メレクも成長したものですね）

とはいえ、その成長をもっと早くお父さまとお義母さまに向けるべきだったんではという意見も出てくるんじゃないかしら。

ちょっと頼りないかなと姉である私も思ったくらいですので、セレッセ伯爵さまが妹の夫としてメレクをどの程度、将来性のある人間として見てくれているのか……そういう部分が不透明ですが、次期子爵としてある程度、現当主の過ちを御《ぎょ》したりとかそういう点も評価されてるんじゃないのかなあと思うんですよね。今後に関して伸びしろがどのくらいあるのか、とか……。

私が知るセレッセ伯爵さまはとても朗らかな方で、笑顔の素敵な方ですが……外交官としても忙しく、予期せぬ状況で跡目を継いだあとも全てをそつなくこなされたと聞いています。

となると、やはりそんなセレッセ伯爵さまが理想とする合格点って実はすごく高いものじゃないかなって心配になるわけですよ!!

「僕としては、おじいさまが孫として案じてくださっているというお言葉を、とても嬉しく思っているんです」

メレクはフォロー的な言葉を発しながら、ちらちらと伯爵さまとお義母さま、お二人の様子を気にしているみたいでした。

だけど、お義母さまは顔色を青くして唇を噛みしめていらっしゃるし、伯爵さまは私の方をじっと見ているし、ああ、本当！　なんて居心地の悪いお茶会なんでしょうか!!

だからって私がここで出しゃばってメレクの頑張りを無駄にしてはいけない。

私はただ黙って、メレクを見守るだけです。

お父さまは……うん、安定のオロオロっぷりでした。

(お父さま、そこはでんと座って、オロオロするのは内心だけにしてくださればいいんですよ！

顔に出しちゃだめですよ!?)

姉としてメレクを応援しておりますが、同時に娘として父のことも応援しておりますから！

そんな私の気持ちが通じているのかどうかはわかりませんが、伯爵さまはなぜか私を見たまま口を開きました。

「そうさなぁ……わしとしては、引退を予定しておる身。個人として捉えてもらっても良いのじゃが、第三者がどのように見てくるか、じゃなあ？」

パーバス伯爵さま、それって私のことを言ってますかね⁉

穏やかな王女宮を脳裏に思い浮かべて、ホームシックになりそうです。いえ、今いるここが実家なんですけどね……。

（ああ……王女宮での生活が平和過ぎたからかしら、それとも我が家が問題山積みだっただけなのかしら。なんだかとっても王城に戻りたい）

毎日のお仕事は大変ですが、今ほどじゃないと思うんですよ。

私のホームが王女宮になっているようで、自分でもちょっと複雑な思いではありますが……。

「失礼いたします」

そんな雰囲気の中、我が家の執事がお父さまに歩み寄ってお辞儀をする。

こういう空気になった時の秘策として合図を決めておいたのです。できればこの場で解決したかったですが、もうそろそろお父さまが限界だと執事も思ったのでしょう。

「お茶が冷めているようですが、代えをお持ちいたしますか旦那さま」

「ああ、もう随分と話し込んでいたようだ！　……ええと、まだ積もる話もありましょうが長旅でお疲れでしょう。パーバス伯爵さまもエイリップ殿も、よろしければ一度お部屋の方へご案内をさせますが、いかがでしょう？」

少しばかり芝居がかった言いようになったのは仕方ないでしょうが、お父さまの言葉にこのサロンでの茶会をお開きにしたい空気を感じたのでしょう。

一番最初に反応してくださったのは、他でもない伯爵さまでした。

「……そうじゃの、老骨はやはり長く馬車に揺られると少々辛いものがある。エイリップ、お前も子爵の言葉に甘えさせてもらうとよい」

「……おじいさまがそう仰るのであれば、異存はございません」

「相わかりました、お前たち、お客さまをご案内しておくれ」

「かしこまりました」

控えていた使用人たちが頭を下げて伯爵さまとエイリップさまを伴い、退出していきます。

この辺りはお父さまと事前に打ち合わせておいた通りでしたので、当主らしく立派な振る舞いでした。というか、早くこの雰囲気を脱したくて必死な空気も感じましたけど、そこはあえて見なかったことにします。

サロンから伯爵さまたちが完全に出ていったのを確認して、私は詰めていた息を吐き出しました。

同様に、他のみんなも、でしたけどね。

それを見てレジーナさんが少しだけ笑ってましたが、やっぱり〝ご令嬢〟ってのは大変なものですねえ、なんて他人事のように思いました！

「どうです、メレク。おじいさまとのお話は弾みそうですか？」

「……姉上、少し意地が悪くありませんか！」

「今後のことを考えてパーバス家側では、伯爵さま主導のもと、エイリップさまとメレクを親戚として親交を深めさせようと考えているのでしょう。そこからセレッセ伯爵さまとどう繋がるのか、或《ある》いはパーバス家とセレッセ家とですでに繋がりがあるのかですけど」

まあ多分ないだろうけど。

あったらとっくの昔に色々手筈《てはず》が整えられていて、こちらがどうこうできることなんて、何もなくなっているだろうからね！

それにしてもあのご老人、一体何を考えているのか……ねっとりした視線、やっぱり怖いんだって！

「お義母さま、大丈夫ですか？　先程から顔色が優れません」

「ええ……」

「……私がメレクのためとはいえ不躾な質問を続けたためでしょうか。申し訳ありません」

そう、メレクのため。でもお義母さまは、板挟みだもの。

私としては本心から申し訳なく思っていたので頭を下げました。けれどお義母さまはそれをどこかぼんやりと見て、ゆるりと首を左右に振りました。

「貴女《あなた》のせいではないわ。でも、あの時……私はどうしたら良かったのかしらね」

「え？」

「いえ、なんでもないわ」

お義母さまは、あちらがエイリップさまを連れてこられたことに動揺しているみたいです。

何も知らされてなかったことがやはりショックだったのでしょうか。いや、多分そうだよね。

エイリップさまはあからさまにお義母さまを見下していたし、それを前にしても伯爵さまは注意も何もなさらなくて、お義母さまも自分が軽《かろ》んじられているって実感したんだろうなあ。

（わかっていても、傷つかないわけじゃないものね……）

こういう時に何かいいフォローが思いつけば良いのですが、生憎《あいにく》と何も浮かびませんでした。

ああ、なんて厄介なことになったんだろう。

ただオルタンス嬢が来るの、楽しみだね‼　じゃダメなのかなあって思いますよ……‼

「……申し訳ないけれど、私は少し疲れてしまったからディナーの時間まで部屋で休ませていただきますわね、あなた」

「あ、ああ……ゆっくりしておいで」

「メレクとユリアも……ごめんなさいね」

「いえ、母上」

「ゆっくりお休みください」

お義母さまが退室なされた後、サロンはなんとなく気まずい空気に包まれました。

無事、伯爵さまたちとのファーストコンタクトを成し遂げ、なおかつどちらかと言えばファンディッド家の方針を伝えることも成功したというのになんでしょう、この空気！

（えっと……）

いえ、なんていうかですね。

お父さまは座ったまま、両手をテーブルの上で握りしめて困惑した目で私を見ている状態。

そしてその隣でメレクが緊張した顔でお父さまを見ているんだけど、何をきっかけに話しかけたらいいのかなっていう雰囲気駄々《だだ》洩《も》れ。

……という、よくわからない図式です。なんだこれ。みんな言いたいことはちゃんと言おう？

口に出さなくても伝わるとか、そんなの理想論ですからね！

私はお父さまとの話し合いを経てそれを学びました。

意見と気持ちはちゃんと言葉にしなければ相手にきちんと伝わらないものなのです。

（お父さまとメレクが話しやすいよう、このまま気づかないふりをして私は部屋を出た方が良いのかな。それとも声をかけるべき？　まあ、私も気が付いているんだから何もしないというわけにもいかないよね）

私は場の空気を変える気持ちを込めて、ぱんっと一つ手を打ちました。

二人が驚いた顔をして私の方を見ているのを確認して、笑顔を浮かべます。

「お父さま、メレク、お疲れさまでした」

「えっ、あっ、……姉上も、お疲れさまでした。それと……ありがとうございました」

「え？」

「……本来なら、僕が、父上と一緒に仕切るべき場を姉上がこのように準備してくださって、僕が堂々と発言するまでの時間をくださったことです」

メレクが立ち上がって、そっと頭を下げてくる。

そんな弟の様子に、思わず私もびっくりしてしまいました。それをお父さまが奇妙なものを見ているような感じで見守っているというかなんというか……ええと、なんだこれ？

「頭を上げて！　そんな大したことはしていないのよ。私はただ侍女たちに少しだけコツを教えただけだし、それで話し合いが少しでも和やかになればと思っただけよ？」

メレクが言っていたことも理解できるけど、そこまで大したことはできてないのも事実。

普段私が行っている〝おもてなし〟の中から今すぐできそうなところをファンディッド家の侍女たちに教えて、料理人とメッタボンに協力をお願いしてお茶菓子と茶葉を用意しただけの話。

私自身がしたことは、指示だけです。

実際にお茶を淹《い》れたわけでもなければお菓子も作っていない。

貴族の子女としての振る舞いの範囲内で、伯爵さまに牽制の言葉をいくつか投げかけはしたけど、突っ込んだ会話にならなくてほんと助かったとか思っているくらいです。

そこまで貴族的な腹の探り合いをするなんて芸当、私にはできませんからね……!!

ところがメレクはそうは思っていなかったようで。

「いいえ、姉上がいらっしゃらなければこうは進まなかったと思うんです！」

「えっ」

きらきらした目を向けられてしまいました。うん、これはあれです……尊敬のまなざしってやつですね。メイナとかが私に向けてくれることがあるので、知っています。

だけど、メレクはちょっと、うん、あれだ。

（離れて暮らしていた分、もしかして私のことを美化してないかな……!?）

仕事がデキる姉、程度で収まる程度の話なのにもしかして弟の中で私の株が爆上がりしてるとかそんな予感がする!?

いや待て、お父さまと大公妃殿下の件以降そういうところがあったな？

すごく偉い人たちが暗躍したおかげで私が実家にいる間にサクサク解決！　みたいなことになったもんだから……メレク視点で考えたら……あら？　私、超人かな？

「メ、メレク？　今回メレクはちゃんと、先程のように自分で自分の意思を伝えたのだし……私がどうこうではないと思うのよ？」

「いえ！　……父上、僕はきっと頼りない息子だったに違いありません。でもこれからは父上に頼っていただけるよう、より精進してまいります」

メレクは落ち込んだ表情で私に対して首を振り否定したかと思うと、お父さまの方に頭を下げました。そんなメレクに対して、お父さまはとても困った顔で口元をむぐむぐと動かしていましたが、じっと見つめる目は、なんだか感慨深げです。

それにしても結局のところ、伯爵さまの考えはあまりわからないということがわかったという、よくわからない結果に落ち着いた気がします。

精々《せいぜい》その中でわかったのは、あのご老人はパーバス家にとっての絶対的存在だってことで、孫のエイリップさまはなぜか私に敵対的だってことですよ。いえ、あの方は私だけではなくファンディッド家の人間全員を見下していましたね！　お義母さまのことも含めて。

とはいえ、メレクがきちんと宣言をした以上、妙なことにはならないでしょう。ならないよね？

「姉上、もし、あの。帰るまでにお時間があれば、お話がしたいと思います……が、今は母上のことが気がかりですので……」

「え、ええ。お義母さまのことをお願いね」

お義母さまに関しては今回のことでは思うところが色々あるようですし、ここはメレクの方がお話ししやすいかもしれません。

お父さまは私たちの会話に何か言おうとして、上手く言葉にならなかったのでしょう。口を閉ざしてしまいました。でも口元はもごもごしていたのできっと何か言いたいんだと思いますが……それに気づいていたのでしょう、メレクも何かお父さまに対して言いかけましたが、上手くまとまらなかったのか口を閉ざして、最終的にぺこりとお辞儀をして出ていきました。

なんでしょうねえ、本当にうちの家族ったら、もうちょっとこう……上手くできないですかね⁉

(違うな、まず私から……だよね)

気まずさを気にしていては始まりません。

私はレジーナさんの方を見て二人きりにしてほしいと言おうとしましたが、彼女は私が視線を向けただけで察したのでしょうか、にっこりと微笑んで優雅な一礼をし、外に出ていったんです。

わぁ、なんですか、すごいな護衛騎士。空気読む能力高すぎない？

それとも私がわかりやすいのかしら？

……実家に来てから、普段の自分らしくないとは自覚していますが、これはちょっと反省が必要ですね。

私は立ち上がって、お父さまの傍に行きました。するとお父さまは何とも言えない表情で私を見上げるではありませんか。怯えられるなんて心外です。

「お父さま、メレクの申し出、どう思われました？」

「ど、どうって……」

「もし、伯爵さまと二人の時にメレクを説得してほしいと言われたら、どうなさいますか？」

「……」

「勿論、当主としてお決めになるのでしたら私が口出しすべきことではないとわかっています。でも、メレクは、私にとって可愛い弟で、……お父さまにとっても、可愛い息子でしょう？」

「当然だよ！　メレクは勿論のこと、ユリア、お前のことだって可愛い娘と思っているよ」

はっきり、きっぱりと愛すべき家族だと言ってくれたことにちょっと照れてしまいそうですが、いやこれ、当たり前か。でも嬉しい。

私だってメレクもお父さまも、勿論お義母さまも家族として愛してますからね‼

「でしたら、私としては……メレクの意思を、尊重してあげたいのです。だめですか、お父さま」

「だめ……では、ないよ」

私がお願いしてみたことに、お父さまは目を泳がせました。

決して無理だと言わず尊重してあげたいという気持ちは見えますが、やはり元上司を前に決心しきれずにいるようです。

「ただ、ほら、パーバス伯爵さまがメレクの祖父であることは事実だし、今まで共に過ごす時間が取れなかったというのも事実だと思うんだ。あの方は辺境方面への軍事に関する運輸責任者のお一人でもあったから、大変お忙しい方で……私も部下としてあの方の下についていた時は人の出入りの多さに驚いたものだったし……」

「……それは、そうだと思いますけれど。でもあの方が隠居先をファンディッド邸と決めたと知ったら、セレッセ伯爵さまやオルタンスさまは良い気分ではないと思います」

「そ、それもそうなんだがね……はぁ、どうしたものかなあ。伯爵さまもあそこまでメレクがはっきり言ってくれたからきっと無理は仰らぬと思うけれどね……。きっと今頃は祖父として孫の成長を喜んでくれていると思うんだ」

「そうだとよろしいのですが」

そうかなあ……お父さま、ちょっと楽天的過ぎないかなあ……？

本当にただ祖父として孫の成長を喜ぶんだったら、孫の婚約が調《ととの》いそうなこのタイミングで、顔合わせも終わらないうちに横槍みたいにやってきたりなんかしないと思うんだよね。

貴族同士の結婚って、大体が家同士の繋がりという意味合いを持つからとてもデリケートな問題で、面子《メンツ》がどうのこうのって問題になりやすいですしね。

けれど私の心配をよそに、お父さまはなんだか感慨深そうな表情で私のことを見ておられました。

「……ユリアは」

「え？」

「私が、知らないところで……立派に、育っていたのだなあ」

「お父さま？」

「私は、父親として間違っていたのかもしれないと、ふと思ったんだよ。お前は結婚して平凡な、貴族の妻として暮らすのが幸せだとばかり思っていたんだ。けどね、お前がうちの侍女たちを指導している時の姿は堂々としていてね。伯爵さまを前にした時もだ」

お父さまは、ちょっと寂しそうな、嬉しそうな、そんな笑顔を浮かべました。

私を見て、そして私の手をそっと躊躇《ためら》いながら取って……。

幼い頃は、時々こんな風に手を繋いで、母の残した花壇を眺めにいったことを覚えています。その時に比べれば、お父さまの手には皺が刻まれていました。

そして当たり前だけど……当たり前のことだけど、私はあの頃に比べて大人になりました。

けれど、中身はお互い変わりません。

私は、この人の、娘で。

この人は、私の、父親なのです。

「私には、働くことが誇らしいというのは今もまだよくわからないよ。領民が幸せなら良いなとは思うし、安堵《あんど》もする。だけどね、私は正直、子爵位にいるのが相応しくないんだろう。そういう意味ではメレクが予定よりも早く継いでくれることになって安心だってしている、ダメな領主なんだ。これは前にも話したかな？」

「いいえ、初めて聞きました」

そんな風に思ってたんだ⁉

いや、そうかなぁとは思うところが節々にあったけど……。

お父さまはどこかくたびれた様子で笑うと、私の手を離しました。温もりが離れて、少し寂しい気分になりましたが、それを口にはできませんでした。

「メレクが、堂々と伯爵さまの前に立った時、私はメレクが大きくなったんだなあと今更ながらに思ったんだ。お前のことも、メレクのことも、私はまだ……どこかで、小さな子供のままのように考えていたのかもしれないなあ」

「お父さま」

「そんなはず、ないのになあ……」

「でも、私とメレクにとって、お父さまが、私たちの大切なお父さまであることは、変わりません！」

「……ありがとう。お前にはいつも情けない姿を見せている気がするね。こんな父親で、がっかりしてばかりだろう?」

「そんなことはありません。お父さまは、……私の我儘《わがまま》を、いつだって困ったように笑って、受け入れてくださっていたではありませんか。私が働くことを、わからないと言いながらも一度だって戻れとは仰いませんでした。自由に行動を、させてくださいました!」

「それは、お前が王女殿下の専属侍女になったからだよ」

お父さまは苦笑しながらそう言いましたが、いいえ、違います。

きっと専属侍女にならなくても、お父さまは私を無理に呼び戻したりなんかしなかったでしょう。困った子だなぁって、お義母さまになんて言い訳しようか、なんて言いながら自由にさせてくれたに違いありません。

「伯爵さまには、もしさっきのようなことを問われたら、メレクの好きにさせてやりたいと答えるよ。うちは弱小貴族に違いはないけれどね、だからこそ大して失うものもないし、なぁに、いざとなったら私が方々に頭を下げて回ろうじゃないか。そういうのは得意なんだ」

「お父さま……」

「今からでも、お前たちの父親として、父親らしいことをしてあげられないかと思ったんだよ」

お父さまはそう言うと、立ち上がって、私の頭をそっと撫《な》でました。

ああ、この人は、優しい。

お父さまだけじゃない。私の周りには、たくさん優しい人がいた。私はそれに甘えていたんだ。

前世の記憶を取り戻した、『良い子《オトナ》』ぶった私を可愛い娘って愛してくれる優しいお父さま。私がもっと体当たりで甘えにいっていたなら、きっと今みたいに話をしてくれていたに違いない。

どれだけ、私は自分の気持ちを言葉にしてこなかったんだろう。

わかってくれるなんて、勝手なことを思っていた。その事実を突きつけられた気がする。

「ユリア、頼りない父親だけれどね。お前が王女宮筆頭という立場になって、しっかりやっているんだ……と、今更ながらようやくわかった気がするよ。すまないね。気が付くのが、随分と遅かったんだ。お前の母さんにも、叱られてしまうかなあ」

お父さまがそんな風に言うから、私は無言で首を振りました。言葉は大事だとあれほどまでに思っていたのに、こんな大切な時に言葉は出てきませんでした。

だって、今、口を開いたら……泣いちゃいそうです！

思わずぎゅっと、お父さまに抱きつきました。全ての気持ちが伝わればいいのになんて思いながら抱きつけば、お父さまはびっくりしながらもそっと抱き返してくれました。

ああ、もしかしたら私、子供の頃からこうしてお父さまに甘えたことなんて数えるほどだったのかもしれないと今更ながら思います。

それが恥ずかしくて、けれどこうして甘えても拒否されないことが嬉しくて、私は抱きつく腕に力を込めました。

お父さまはびっくりしながらも、また頭を撫でてくれて……それがたまらなく嬉しい。

子供みたいなことしちゃってるな、なんて思ったけれど。それでもいいんじゃないでしょうか。

（いいんだ、私はこの人の娘）

父親に甘えるのは娘の特権なんだから。

お父さまとなんだか少しだけわかり合えた気がする。

それだけでほくほくした気分になるんだから我ながら単純だなあと思うんだけど、しょうがないよね！　素直になるってこんなに大事!!

「ごめんなさい、お父さま」

「いや……お前がこうやって甘えてくれるなんてな。嬉しいよ」

「そ、そろそろ私たちも部屋に戻りましょうか。お父さまはお仕事もあるのでしょう？」

「あ、ああ。そうだね……」

私もお父さまもお互いになんだか恥ずかしくって、ちょっと笑い合ってからぎくしゃくしたままサロンを後にしたんですけど。

良い大人が拗《こじ》らせるとこうなるって学びました。

だからってまあ、即座に人間が変われるわけじゃありません。

まあ一歩前進です。私から見たらかなり大きい一歩での前進です!!

（こうして考えると、アルダールが家族と向き合ったのってすごいことだったんだなあ）

私のために色々考えて、ご家族と話してみた、なんて軽く言ってくれてましたけど……あの人は、本当にすごいなあと実感します。私なんてこの体《てい》たらくですからね!!

お父さまと会話するのでさえこんなに大変だったんだからアルダールの複雑さを考えたら、ね？

（お義母さまとメレクは……きっとまだ時間が必要よね。伯爵さまたちは客室でお休みでしょうし、あまりウロウロしても良いことはなさそう）

「ユリアさま」

「レジーナさん？」

「先程はお疲れさまでございました」

「いいえ。レジーナさんもお役目とはいえ、休暇中にごめんなさい。もう今日は夕食まで何もないから私も自室で過ごそうと思うので、貴女もゆっくりしてくださいね」

「ありがとうございます。では、お部屋までお送りさせていただきます」

「……ありがとうございます」

さすがに実家だから大丈夫ですよと言いかけて、素直にお礼を言いました。

レジーナさんはなんと言ってもお役目なわけですし、私が妙な遠慮をする方が失礼なんだなと思い直しました。伯爵さまもおられるのですし、しっかりしなくては。

だって私が自分の職務として付き従っている時に必要ないって言われたとしてですよ。じゃあ仕事しないで好き勝手しますねとか、そういうわけにはいかないでしょう？

それに、レジーナさんは職務であることだけでなく、私を気遣ってくれているその好意が私にも感じ取れるんです。だからここは、お礼を言うべきです。

「ユリアさま、どうぞ遠慮などなさらないでくださいね。私も、メッタボンもお望みでしたらすぐにでも馬車を出してくださるよう、御者殿にお願いして完璧な準備を整えてみせますから」

「レジーナさん？」

「ここがユリアさまのお部屋でございましたね。何か必要なものをお持ちしましょうか、それとも侍女の誰かを寄越しましょうか」

「いいえ、大丈夫です。……レジーナさん、大丈夫ですよ。私は案外、図太いのです」

多分、だけど。

直接的な物言いをしないけれど、きっとレジーナさんは先程の茶会で、エイリップさまが私を貶したことで心配してくれているんだろう。そして怒ってくれているんだと思います。

あの人が何か言ってきても私が傷つかないように。怒ったり悲しむくらいなら、とっとと目的を果たしてどこかに行こうって言ってくれているんでしょう。

どこで誰が聞いているかわからないから、ものすごく曖昧《あいまい》に、だけどいつでも出ていけるよって。

ちょっと過激だけど、レジーナさんも武人だからね。

これがメッタボンだったら、『あの坊主が誰になめた口をきいたか、おれがいっちょガツンとやってわからせてやろうか』とかはっきりきっぱり直接的なことを言い出しそうですけどね。しかも相手が貴族だとわかっててそれがどうしたって感じになるんでしょう。

まあ、あの場にメッタボンがいたらまずエイリップさまが噛みついて、それをものともせずにメッタボンが張り倒して終わりそうで……あ、それダメなパターン。

思わずそれを想像して笑ってしまって、レジーナさんが不思議そうな顔をしました。

「いいえ、サロンにいたのがレジーナさんで良かったと思って。もしあの場にメッタボンがいたらどうなるかなとちょっと想像したんです」

「ああ、メッタボンでしたら……碌《ろく》なことになりませんね！」

「それも、涼しい顔をして、でしょう？」

「それで私が怒るんですよね、ユリアさまに迷惑をかけるんじゃないって」

「想像できますね！」

レジーナさんも想像したんでしょう、くすくす笑ったその顔は、とても楽しそうでした。

二人揃って部屋の前でひとしきり笑ってから私がドアを開けて中に入ると、レジーナさんはすっとお辞儀をしました。

「いつでもお呼びください」

「……ええ、ありがとうレジーナさん」

「いいえ。私はきっとあそこで恐ろしい顔をしていたのでしょう。ユリアさま」

「そんなことはないですよ」

「メッタボンほどではありませんが、私も相当気が短い方です。貴女に何かあるのでしたらば、剣を抜くこともやぶさかではございません。どうぞそれを覚えておいてくださいませ」

「えっ」

今、レジーナさんったら綺麗《きれい》な笑顔ですごいこと言わなかった？

私の聞き間違えかと思って彼女を見ましたが、やっぱり綺麗な笑顔のままです。

「それでは失礼いたします」

「いやちょっと」

「夕食の時間には侍女と共にお迎えに上がります。どこかにお出かけになる際は、必ずお声をおかけください」

「レジーナさん？」

ちょっと、いや、かなり物騒な言葉が出ましたけど!?　私のために剣を抜くってなんだ!?

まるで何か起こるみたいなことは言わないでほしいんだけど……こういうのってあれですよ、前

世で言うところの、フラグを立てるようなことは止めようね⁉

そんなツッコミができるはずもなく、ドアが閉められて残されたのは呆然とする私だけってね！

なんだ、このオチ。

思わず閉じたドアをしばらく見つめてしまいました。

だからってただ突っ立ってるのもなんですよね。私は気持ちを切り替えることにしました。

（そうよ、レジーナさんだってほら……ただ私が安心できるようにしてくれただけだし）

ものは考えよう、そうですよね。

折角自分の部屋に戻ってきたんですし、休憩したり何かをしたりする時間を満喫した方がよっぽど建設的でしょう！　フラグ建設よりもずっと‼

……とはいえ、自室に戻ったところで何かすることがあるわけじゃないんですけど……あっ、良いこと思いつきました。

（折角ですから王女宮のみんなに手紙でも書いてみようかな？）

よくよく考えたらプリメラさまにお手紙って初めてかも！

あっ、これ良いアイデアじゃないですか？

侍女を呼んで便箋《びんせん》を用意してもらって、私は早速、真新しいインクの壺を開けて考えます。

（どんな内容がいいかな）

こちらは雪が深いです、みんな風邪はひいていませんか……とか？

いやいやもうちょっとしたら帰るからそこまで丁寧なものじゃなくてもいいか。

雪が降る中の移動でも、レジーナさんとメッタボンがいて退屈しなかったこと。

快適に移動できる馬車を用意してくださって、王太后さまとプリメラさまに感謝していること。

ファンディッド家の家族みんな息災で、領民も変わりないようであること。

それから、義母方の親戚がメレクの婚約ということで挨拶に来てくれたこと。


当たり障《さわ》りない話題ばかりで面白味はありませんが、こうやって手紙に書くことで頭の整理もできたし、なんだか気持ちが温かくなりました。

……そうですね、ちょっと神経質になっていたのかもしれません。

伯爵さまのことだけでなく、私は色々と考えすぎることが多いですから。

反省していこう。日々精進、これを忘れてはなりません。

（アルダールにも、手紙を書いてみようかな……？）

いや、確か彼のお休みは私とちょっとしかずれてなかったんだよなあ。

書いたとしても手紙がアルダールに届く頃にはこの雪のこともあって、下手《へた》したら私が王城に戻っているかもしれないなあと思うと……どうなのかしら。

いいえ、それを言ったら王女宮のみんなに書いたこの手紙も同じなのだけれど。

（……それはそれで、笑い話になって良いかも？　あー、でも迷惑かなあ）

メイナやスカーレットたち宛の手紙に封をしながらのんびりとそんなことを考えて、少し喉が渇いたからお茶が欲しいなと思って呼び鈴に手を伸ばしたところで、やや乱暴なノック音が聞こえてきました。

忙《せわ》しないし少しばかり優雅さに欠けるから、そこは一応言うべきかなと思いながら私はドアに向かって声をかけました。できる限りお嬢さまっぽく。

「お入りなさい」

「し、失礼いたしますお嬢さま！　あの、お嬢さまにすぐ来てほしいと旦那さまが……！」

「お父さまが？　どうしたの？」

何かあったのかと思わず立ち上がりました。

よく見れば、私を呼びにきた侍女も顔色が悪いではありませんか。

これは只事《ただごと》ではないと私にも緊張感が走りました。

「あの、きゅ、急な来客がございまして」

「来客……お客さまが来られたから、私に来てほしいと？」

「は、はい！」

けれど、侍女の話した内容は私が思っていたものではなかったのです。

思わず、聞き返しちゃいましたね！

え、何事かと思って身構えちゃったじゃないですか、やだなあ。

お客さまが来るくらいでそんな大慌てしなくったって……いや、パーバス伯爵さまたちをお迎えしている状態だからお父さまったら大慌てしてしまったんでしょうか。

（まあお客さまが誰かが問題ですけど、私で代理ができるならお相手すればいいってことですね）

とりあえず、帰省中だから私のお客さまっていう可能性は低いですし、お父さまが落ち着くまでお茶のお相手をしていればいいんですし。

さすがにそのお客さまも伯爵さまのように腹黒い人ってこともないでしょう。

私は緊張で強張った体から力を抜いて、侍女に落ち着くよう優しく声をかけました。

「お客さまはどなたです？　領内の村長や町長かしら？」

正直なところ、ここファンディッド家は大した貴族ではないのでそんなに来客ってないんですよ。

近所の村でチェス好きの村長さんがお父さまと勝負するために来てたのを子供時代に見た記憶はありますけど、この焦りようではそういうのではないですよね？　絶対違う。

私の問いに、侍女は青い顔のまま、答えました。

「セ、セレッセ伯爵さまにございます……!!」

「え？」

なんで？

私の頭に浮かんだのはたったその三文字でしたよ。


なんで？

幕間　歩みは遅くとも前に進めば

父上と母上、姉上。

そして、僕。

それぞれがそれぞれに違う考えを持っているということは当たり前のことで、だけど、より良い道を選ぼうとする中で、ぶつかり合うことは想定内だ。

そして、その中でお互いに譲り合って手を取り合って、それができれば良いと思っていた。

（……違う）

そうして最善を選んで前に進むことというのが、領主にとって必要不可欠なことだから、そのためになら家族が協力するだけじゃなくて、領主自身の遠慮や妥協も必要なんだと思っていたんだ。自分勝手に独裁者みたいに振る舞うことが良いことだと、僕にはどうしても思えなかったから。

そして僕らは、それらの中で最善を選んでいたはずだった。家族一丸となって協力して、領地のために、領民のために、ときに苦労もあったけどちゃんと話し合えていたはずだ。

僕の婚約という、ファンディッド家にとっての大事なことでも同じはずだった。

少なくとも今まではそうだったはずだ。

今回も、家族それぞれが良かれと思っての行動を取っていたと思う。

だけど今回に関しては、違った。話し合いが足りなかった。

そう、姉上を除いた状態で、最善への選択をしていたんだ。

姉上は何も知らされていなかった、僕が知らせようと思ったけれど、母上から手紙を出してくれるという言葉をそのまま鵜呑《うの》みにした。

母上は、姉上に意見を求めたら、きっとおじいさまであるパーバス伯爵さまが来訪することに難色を示すと察していたんだと思う。だから姉上の意見を望んでいなかった……それを知っていたのに僕は、母上の言葉を鵜呑みにしたんだ。

多分それは、まだ『息子』としての甘さで、『弟』としての甘えで、それじゃだめだとわかっていたはずなのに、結局こうして突きつけられた現実は当たり前だけど甘くなかった。

（僕は、今まで、何をしてきた）

父上は野心なんてまるでない穏やかな人だから、本当は領主なんてせずにどこかでのんびり絵でも描いて暮らしたいと、ずっと前から思っていることを知っていた。

それを心のどこかで情けないと思うのと同時に、早く一人前になって父上の肩の荷を代わって差し上げたいとも思っていた。

母上は、愛のない結婚でも、こうして穏やかに暮らせているのは父上のお陰だと僕に何度も言っていた。いずれは嫡男《ちゃくなん》としてファンディッド子爵家を継いで、立派に領地を治めるのだと何度も聞かされて育った。だからそれ自体は、何も嫌じゃない。

姉上は、僕が幼い頃に行儀見習いに出て以来ずっと王城で暮らしている。

寂しいとは思うけれど、きっとその方がお互いのためだったんだと思う。

僕の目から見ても両親は古い考え方の持ち主で、とにかく女性は結婚することが一番の幸せだと信じている人たちだから……その結婚が必ずしも幸せなものになるとは限らないと思うのに。家と家を繋ぐ役割だとか、決して楽なことばかりじゃないのが貴族の結婚というものだから。

まあ、その考えを両親の前で口にしたことはないけど。僕がそんなことを口にしたら両親もびっくりしてしまうだろうから。

そんな日々の中、姉上はこまめに僕に手紙をくれた。

城では勉強続きの日々だが充実しているとか、そんな近況が主だった。

細かいことは記されていなかったが、今日は失敗をしてしまって落ち込んだけれど、また頑張ろうと思うとか。他愛《たわい》ないことだったけれど、僕はその手紙が嬉しかった。

そして必ず手紙の結びに、『お互い頑張りましょうね』とあって、僕はそれを励みにしていた。

正直、両親ほどではなくても、昔ながらの保守的な考えの中に育った僕には、どうしてそんな失敗をしたり叱責を受けたり、苦労をしてまで働きたいのか理解できないこともあったけれど……『働くことを生き甲斐《がい》とする女性も世の中にはいるのだ』という道を見せてくれたのは、間違いなく姉上だ。

そして、社交界デビューの際には、『鉄壁侍女の弟』という興味から僕に声をかけてくださった方も少なくなかった。セレッセ伯爵さまだってその一人だ。

それから両親の古い考え方と、姉上の『働きたい女性』という新しい考え方の両方に触れている僕個人に興味を持たれたセレッセ伯爵さまが、セレッセ家の娘、つまり伯爵さまの妹君であるオルタンス嬢を妻に迎える気はないかと打診してくださって今に至るわけだけど……。

順風満帆《まんぱん》。

そう思っていた。

僕が立派な子爵となれば母上も生家から何かと言われることもなくなるだろうし、父上も安心して隠居生活で好きなことができるし、姉上にだって迷惑がかからない。

そう、誰も不幸にならない。

僕は、そういう風になるとばかり思っていた。

たくさん勉強をして、父上と同じように、けれどもあまり弱腰にならないように貴族としての付き合いをして、それとはまた別に領民たちの声を聴きながら、手堅い領地経営をしていく未来を当たり前のものとして考えていた。

紹介されたオルタンス嬢は気丈で美しくて、姉上に近い考え方の女性だと感じた。

彼女と親交を深めてその考えを聞くうちに、僕も将来的にもっと女性が働ける環境を作ることができたなら、更に領地が栄えるのではないかという考えになった。そしてオルタンス嬢はその気持ちを理解してくれて、応援してくれた。

姉上の噂を耳にして、働く女性としてとても尊敬しているとオルタンス嬢が言っていたから、きっと結婚した後、姉上が帰省した時も歓迎してくれるに違いない。

オルタンス嬢となら、きっと、二人で支え合っていける。

何も問題なんてない、順調すぎて怖いくらいだ、僕は幸せ者だと思っていた。

実際、そう思っていたんだ。

なのに現実はどうだろうか。

母上がパーバス家に……というよりはおじいさまに対して、とにかく良い顔をしようとしたことや、父上が母上の言動を諌《いさ》めきれないとわかるなりあっさりと諦めてしまったこと。それを僕はやる瀬無い気持ちで見ていた。

だけど、僕もまた、そこできちんと対処できたかと問われればそうじゃない。

母上に注意すべく声をかけてみるものの、おじいさまにこれで認めてもらえるのだと嬉しそうにはしゃぐその姿に、口を閉ざしてしまった。

あんなにも喜ぶ母上が、息子に味方されないと知ったらがっかりするに違いない。そう思うとなかなか強くは言えなかった。

いや、これは言い訳だと思う。

意を決してようやく伝えた言葉も、母上には届かない。父上の補佐という形でしか執務に携わったことがなく、まだ実績らしい実績を持たない僕を母上は子供としてあしらうばかり。

(ああ、ああ、これが現実なのか!)

結局、僕は父上の支えにもなれていなかったのではないか。

父上が僕に領地のことで何かを頼んでくれたことがないことも、母上が僕を子供扱いすることも、全部がそれで符合する。そのことに気が付いてしまったら、途端に足元が崩れ落ちてしまった気がした。

成長したつもりでいた。僕はそう思っていたんだ。

そんな時にパーバス伯爵さまが、やってくる。

僕の祖父として、祝いを言うために来てくれるという。

機嫌よく母上からそのことを告げられても、今回のセレッセ家との婚儀にもし意見されたら、母上のことを含めて僕はもうどうしていいのかわからなくて、途方に暮れた。

同等の伯爵家だ、最悪、セレッセ伯爵さまに願い出ればきっとなんとかなるのだろう。

でもそれでどうにかなったとしても、きっとそれはセレッセ伯爵さまを失望させる行動で、単純に自分の情けなさを露呈《ろてい》するということだ。

そうなればオルタンス嬢だって僕に失望するに違いない。

だから、それを選び取ることは、僕にはとても難しく、危険なことだと思った。

失望させれば信頼を取り戻すことは難しい。

危険なのは、そのせいで……何もかもを、失うかもしれないということ。

（自分で自分に失望するのはまだいい。そこで歩みを止めなければ、戒めにできるから）

そうではなくて、両親や姉上、セレッセ伯爵さまや、オルタンス嬢や、領民の。

今まで僕を支え、応援してくれた人々の期待を裏切る……そして『もう一度』同じくらいの期待をしてもらうことはできないかもしれない、ということが恐ろしい。

そんなの、とっくの昔に覚悟して、領主の道を目指していたんじゃないのか。

そう思わずにはいられない。勿論、そんなことにならないように努力をしてきた、そうだったはずなのに。今までだったら、胸を張って言えたはずなのに。

自分が失敗した時には、その先をまた一からやり直す責任を持たなければいけないと思っていたはずなのに、気が付けば足が竦《すく》んでいたんだ。

本当なら、僕が自分自身で考え、選択し、やらねばならなかったのに。

（結局、何もできなかった）

姉上が帰ってきて、母上のはしゃぎっぷりに違和感を覚えているのと、パーバス伯爵さまの来訪について驚いているのを見て僕は思わず俯《うつむ》いた。

ああ、なんだか身の置き場がない。

姉上に合わせる顔がなく、申し訳なかった。

それなのに、姉上は目を丸くしたまま少し僕らと話し合いになっていない話し合いを始めたかと思うと、何かを決意した様子で家族の前できびきび動きだして、使用人たちに指導まで始めて。

今度は僕らの方が目を丸くした。

（ああ、そうか）

姉上が働いている、立派に務めている、部下から慕われている……それは噂として耳にしたり、セレッセ伯爵さまからも聞いて知っていたはずなのに。

なるほど、聞くと見るとは大違いとはこのことなんだなと思った。

次期領主として色々見聞きしていたつもりだけれど、王城のレベルの高さというか、姉上がすごいのだろうか？

そこはわからないけれど、使用人たちが驚きながらも、姉上の指導の下でその表情を輝かせ始めたのを見て僕は息を呑まずにいられなかった。

短時間の、言ってしまえば付け焼き刃レベルであっても自分たちの技術が向上しているという実感があったのだろう、彼らの顔に自信が見えた。それを見て満足そうに笑う姉上を見て、僕は考えを改めるべきだと思ったのだ。

結局、僕は自分のことで手一杯だったに違いない。

上手くいっていた、のではなくて。

ただ、失敗がなかったというだけで。

ああ、あの時もっとああすれば。こうすれば。ああしていれば、こうしていれば。

そんなことが頭を過《よぎ》ったけれど、今更どうしようもないことなんだと思い知らされる。

ここからまだ挽回《ばんかい》できるんだろうか。いいや、しなくてはいけない。

おじいさまたちがこの家に来てから、僕のことを誰一人として見ていない。

見ているようで、見ていないんだ。僕の婚約、それに祝いを述べると言って集まったはずなのに、感じるこの疎外感は、踏み出せない自分のせいなのか！

それは、つまり、僕はこのテーブルで次期当主としての立場にありながら、あちらからしたら取るに足らない子供に過ぎないということではないだろうか。

主導権はおじいさまにあり、そしてそのおじいさまが見ているのは姉上だ。

でも姉上は、血の繋がらない親戚としてこの場に同席しているためあまり言葉を紡げない中で牽制してくれたり、相手方の無礼を何ともない顔でやり過ごしてくれている。

それなのに、味方になるべき父上は時間が過ぎるのを大人しく待っているようだったし、母上は実家と婚家とで板挟みになっているからか、どちらの味方をしていいのか迷っているようだ。

ああ、本当に。僕は今日にいたるまで、何をしていたんだろう？

頑張ったつもりでした、じゃだめなんだ。

（結果を残さなければいけない。僕は、もう……子供ではないんだから）

そう、嫡男として生まれた以上責任があるというのは嬉しくない話だけれど。それでもそれを受け入れて、次期当主として領地をより良くしようと決めたのは、自分自身。

「僕は、社交界でセレッセ伯爵さまとお言葉を交わさせていただいた上で、あの方が誰かに依存するような子供に大切な妹君を預けてくださるとは思えません。ですのでパーバス伯爵という立場でお話しされるのであれば、申し訳ございませんが僕はファンディッド次期子爵としての立場でそれをお断りせねばなりません」

生まれてから今日まで、会ったこともなかった祖父という存在は、僕にとって実感がない。

母上の、面目を保ちたいと思った。母上に楽しく過ごしていただけるなら、僕が我慢すれば……とも思った。だけど、おじいさまに『個人か否《いな》か』を問うのと同じく、僕は僕、次期子爵としての立場で今、選ばなければいけなかった。

息子であるよりも、今は次期子爵として、一人前の男として。

気づくのが遅かった。

いいや、気づいていてそれを上手く御せなかったのは、自分自身の未熟さゆえだ。

僕がおじいさまにはっきりと自分の意志を告げれば、おじいさまと母上は驚きの眼差しを向けたけれど、僕はどこか怖くもあり、そしてすっきりもした。

(ああ、どうして僕はもっと早くこうして毅然《きぜん》とできなかったんだろう)

緊張のせいで情けないほど早鐘を打つこの心臓に、鎮まれと心で念じる。

視界の端で、姉上が僕を見て、笑ってくれた気がした。

第二章　千客万来

私が慌てて玄関ホールに行くと、そこには確かにセレッセ伯爵さまがおいででした。

また雪の降る勢いが増していたのでしょうか、羽織っているコートの肩に白く積もる雪を払っておいでで……そのお姿の前に、オロオロしながらコートを預かるよう指示しているお父さまの姿も見えます。

そちらに失礼にならない程度に急いで行けば、私のことに気が付いたみんながこちらを見ました。

一斉にこっちを見ないでくれと思わなくもないですが、ご挨拶をしなければ。

「セレッセ伯爵さま」

「やあ、ユリア殿。久しぶりだね！」

にっこりと人好きする笑顔を見せるセレッセ伯爵さまが、私に対してとても友好的な態度を見せたものだからお父さまがまた奇妙なものを見る目でこちらを見てきてですね……!!

なんでそんな顔するのって思いましたね。その場で言わなかった私を褒めてほしい。

だってお父さまのお仕事で面識があるかはわからないけど私は社交界デビューの折にご挨拶してるんだって手紙で伝えたし、さっきサロンでもパーバス伯爵さまに言ったはずだったけど……お父さまったら忘れてるのかしら。

いや、お父さまのことだから、覚えているけど実際に目にするまで信じられなかったとかそういうオチの可能性もありますね。……そういうオチなのか！

「お久しぶりでございます、突然のご来訪でしたので驚きました」

「ああ、王城でユリア殿が帰省しておられると耳にしていたから、領地に帰りがてら寄ってみたんだよ。無事こうして会えて何よりだ！」

「セレッセ伯爵さまが私に？　何かご用事でしょうか？」

「いや、用はない。と、いうか私のことはキースで良いのだよ？」

「えっ」

「ふふふ、私の可愛い後輩の、愛《いと》しい恋人であることだし！　それに社交界だけでなく園遊会でも実に有意義な時間を過ごさせてもらった貴女を勝手ながら友人として思っているのだよ。だからこそこうして挨拶にも来たという次第だ」

「は、はあ」

え、友人認定ですかそうですか。

いつの間に？　いえ、ありがたいというか……そうか、アルダールの先輩なのよね。そういえばお世話になったとかなんとか言ってたものね！　規格外な先輩だっていうのは覚えてます‼

こうしてニコニコ笑っているセレッセ伯爵さまが、鬼のように強い方だというのはちょっと想像できませんけどね……？　でもアルダールが言うのだから間違いないでしょう。

「それはそれとして、馬車がもう一台あったようだが……先客がおられたかな、ファンディッド子爵殿。ご迷惑だっただろうか」

「め、迷惑などとんでもない！　その、パーバス伯爵さまがメレクに会いに来てくださいまして。セレッセ伯爵さまもご家人の方々も、よろしければどうぞ当家で休んでいってくだされば幸いです。外も吹雪《ふぶ》いてきたようですから」

「む、良いのかな？　それはありがたいことだ！」

お父さまの申し出に、にっこり笑ったセレッセ伯爵さまがいますけども。

え、ええー……いや勿論、お茶くらいお出しするし吹雪の中、出ていけとか言いませんよ？　メレクにとって未来の義兄《あに》になられるお方ですし。

でもさ、でもですよ。

（というか、この人は本当にただ寄っただけなの？　このタイミングで⁉）

こちらとしてはそんな風に色々疑わずにはいられない！

が、だからといってズバリ『何しに来たんですか』なんて聞けるわけもない……‼

私がどうしようかと思っていると、メレクもやってきました。どうやら知らせを受けて慌ててやってきたのでしょう、少しだけ髪が乱れています。

「セ、セレッセ伯爵さま！」

「おお、メレク殿。元気そうで何よりだ」

「はい、セレッセ伯爵さまもお元気そうで……。お会いできて嬉しく思います。それにしてもお越しになるとはついぞ知りませんでお出迎えが遅くなりました。申し訳ございません！」

「ははは、いやいや。急に訪ねてきた私が悪いのだよ！」

穏やかな笑みを見せるセレッセ伯爵さまと、メレクが握手を交わす。

思っていた以上に二人は仲が良いのかな？　ええと、その前にお茶の準備か。と思ったけれど、それはもうお父さまが指示しているから……。

「ユリア、……私はパーバス伯爵さまたちに来客があったことをお伝えせねばならないからね、セレッセ伯爵さまをご案内しておくれ」

何をするべきかとようやく思考を巡らせ始めた私に、お父さまが声をかけてくださいました。

お父さま、大急ぎで私を呼んだわりに落ち着いていらっしゃる。そのことに思わずびっくりしてしまいましたが、顔にはなんとか出さずに済みました。

「はい、お父さま」

「メレクもだ、ユリアと一緒にセレッセ伯爵さまをご案内して差し上げなさい」

「はい、かしこまりました」

お父さまは困ったような顔をして、いや実際困ってるんだろうけど、まあパーバス伯爵さまに内緒にするのも変な話だし……とはいえ、このままセレッセ伯爵さまを立ちっぱなしにさせるなんてとんでもないしね。

セレッセ伯爵さまの家人に関しては侍女たちに任せて、私はメレクと共にサロンの方へと案内することにしました。

（まさか一日に二度もサロンでお客さまをお迎えするとは思わなかった……）

幸いにもお茶菓子は、さっきのお茶会のために大量に作っておいたはずだから大丈夫だとはいえ、予想外すぎてなんとも言えない気持ちです。

騒ぎを聞きつけたレジーナさんも慌ててやってきて、客人がセレッセ伯爵さまだと知ると驚きを隠せない様子でした。

「セレッセ伯爵さま……⁉」

「おう、レジーナじゃないか。久しぶりだな！」

「お久しぶりでございます、まさかこちらでお会いするなんて……」

「なぁに、仕事の帰りに王城でユリア殿が帰省していると耳にしてね、子爵やメレク殿とも最近会っていなかったし、折角だからご挨拶せねばと思ったのさ！」

朗らかに笑いながら説明してくれるセレッセ伯爵さまですが、私たちは展開についていけてませんからね……⁉

丁寧にお辞儀したレジーナさんも苦笑しています。そうかぁ、騎士時代のセレッセ伯爵さまに声をかけてもらったことがあるって言ってたし、先輩後輩として気安い仲でもあるのでしょう。

幾分か砕けた口調で会話を続けるセレッセ伯爵さまに、私はまだ落ち着きません。

「ははは、突然来たからすっかりユリア殿も驚かれてしまわれたようだなあ」

「それは、はい。その通りです」

「いやなに、本当にただ寄っただけなのさ。……折角お近づきになったのだから、できれば良い関係でありたいだろう?」

朗らかに、だけれど目つき鋭く廊下の方へとセレッセ伯爵さまが視線を向けられたその先には、エイリップさまがいるのが見えました。ですが、エイリップさまはすぐにどこかへ行ってしまわれました。

(……自分よりも身分が上の相手がいるのに、ご挨拶しなくていいのかしら)

まあうちは領主の館とはいえそこまで広い邸宅ではありませんので、遠くへ行くということはないでしょうが。

それに、パーバス伯爵さまと一緒にご挨拶されるのかもしれませんしね。

(……もしかして、セレッセ伯爵さまはパーバス伯爵さまがメレクに、というか我が家にちょっかい出しているのを直接牽制しにこられたとか?)

まさかね……?

でもセレッセ伯爵さまはとても優秀な方なわけで、そんな人が自分の妹が結婚する相手の家で起きている問題とかに気づかない方があれか、あれなのか!!

いや、まあ……ある程度は予測してましたけど。そんなに我が家では対処しきれないって思われてるのかなあ、それはそれで落ち込みますよ……？

「どうぞ、今お茶をお持ちいたしますので」

「ああ、ありがとう」

「メレクも座っていて」

「ありがとうございます、姉上」

二人に座ってもらって、私は給仕の侍女たちにもう少し暖炉へ薪をくべるように指示を出しました。それから熱いお茶も。

吹雪いてきたからでしょうね、室内も少し寒くなってきたなと思いましたので。

暖炉は一階にあるから、熱が届くまでに二階のサロンは時間がかかるし、まあしょうがない。ここは王城じゃないから熱を伝えるのに魔法が使われているとかそういうのがないんだもの！

王城ってやっぱりすごいわあ、いわゆる先端技術がふんだんに使われている場所なんだから！

それこそ当然だけど。

あの技術が普及してくれたらみんな助かるんだろうけど、難しいんでしょうね。

「……セレッセ伯爵さま、それでですが」

「キースでいいじゃないか、ユリア殿もうちの妹とメレク殿が結婚したら縁戚となるんだし」

「……」

うん？　なんかこの名前を呼ぶやり取り、すでにやった覚えがあるけど。

まあそれは置いておくとして。

「では失礼いたします、キースさま。挨拶にわざわざお越しくださいまして、ありがとうございます。お急ぎでお帰りなのでしょうか」

「いいや？　もしこのまま吹雪くようならば、泊めていただけたらありがたいんだが。なぁ、メレク殿、だめだろうか」

「えっ？　いえ、当家としては勿論、喜んで歓迎させていただきますが……」

「ありがとう！」

……なんだろう？

揉めごとの気配がするんだけども!?

そう思う私の考えに気づいているんだろう。セレッセ伯爵さま……じゃなかった、キースさまが、にやりと笑った。

「なぁ、ユリア殿。どうせだったらアルダールのやつが近衛隊に入ったばかりの頃の話、聞きたくないかな？」

「えっ！」

「色々あるぞ、なにせ私が彼の指導係だったから」

「まあ……それは、ええと、はい。是非とも……」

あっさり釣られたとか言わないで。

だって聞きたいじゃない。聞きたいじゃない!!

まあ、どっちにしろもう家の中に入れちゃった段階で、避けようがないんだけどね……！

「じゃあまず、何を話そうかな……」

このことはアルダールには、内緒、かな？


楽しい時間だった……!!

キースさまは本当にお話が上手で、私もメレクもすっかり聞き入ってしまいました。

それにしてもアルダールが近衛隊に入隊した頃の話とか貴重でしたね……勝負を挑まれるたびに笑顔で相手を打ちのめすって怖くない？　アルダールそんなことしてたの？

「それにしても入隊当初からそんなに有名人だったなんて」

「本人は親しい人間の前でだけは素直なものだから、アイツの嫌そうな顔を知っている私は、涼し気な表情で応対している姿を見て笑いを堪えるのが大変だったんだよ！」

「まあ！」

「それもしょうがないけれどね。業務に障りが出そうなほどアルダールに挑む者が後を絶たなくてね。最終的には将軍閣下が一喝してくれて収まったから良いものの……」

「それは大変でしたね」

「今となっては良い笑い話さ」

キースさまのおかげで私の知らないアルダールを知ることができて、ちょっぴり得した気分です。

だけど、そんな楽しい話の後にあの方、急に爆弾発言をしてきましてね？

「パーバス伯爵殿はどうやらウィナー殿に興味があるようだからな。もしかすれば孫とあの英雄のご息女と縁を持たせるつもりかもしれないよ？」

ですって‼　それをなぜ私に教える⁉

ウィンクが様になっているっていうキースさまにもびっくりですけど、その内容にも二度びっくりという……まぁ、表情には出しませんでしたが。

ここに来ていきなりミュリエッタさんですか！

それは想定外もいいところですよ……いやまあ、ウィナー家も貴族社会入りをしたのですから、どこかの家や派閥と交流があったってなんらおかしな話ではありません。

ですが、こんな身近なところから話が出てくるとは思いませんでした。

いや、身近でもないか？

パーバス伯爵家も、私からすると親戚には違いないけど限りなく遠い親戚？

将来的にはキースさまも親戚になるんだとわかってはいますが、あまり実感はありません。頭ではわかってるんですけどね。

こういうところ、なんとも複雑ですよねえ……。

「それにしてもあのご老人の元気なこと！　孫もあんなに大きいというのに、未《いま》だ爵位を譲らず元気なことだ。まあ、社交界の方は息子に任せたようだけれどね」

「そうなのですか」

「だが任された息子の方は社交界がお好きではないときたもんだ。それが理由か、パーバス伯爵家への話は伯爵本人に手紙が届くようになっている。次期領主殿は肩身が狭いのではないかな」

「……キースさまはパーバス伯爵さまと親しいので？」

「いいや？　どちらかといえば仲が良くないんじゃないかな？」

にやりと笑ったその顔は、楽しいおもちゃを見つけた猫のようだと思いました。

この方はやっぱり、なんていうんでしょう？　好戦的？　そんな感じがします。

（可愛い猫の皮を被った虎、でしょうかね？）

私の方を見たまま笑う姿のその、揶揄《からか》うような表情には、パーバス伯爵家との問題だけでなく、ミュリエッタさんのことも含めて楽しまれている気がしてなりません。

情報を少しだけ与えて、私がどう行動するのかを観察されているような……そう感じたのですが……ちょっと深読みしすぎでしょうか。

「ユリア殿はあれだな、考えすぎのきらいがある」

「え？」

「思考するのは悪いことじゃない。考えナシに突っ走る方が周囲に迷惑になるからね。それにユリア殿は自分の考えを外に出しすぎることもない。侍女としては実に有能だと私も思うよ」

「ありがとうございます」

「だが、一人で考えすぎるのは良くないよ。たまにはアルダールを頼ってやってほしいものだね」

「アルダール、ですか？」

えっなんでそこで彼の名前が出てくるんですかね？

思わず聞き返してしまった私に、キースさまが笑いました。

メレクの方を見ると、何とも言えない表情をしています。

ちょっとなんだか、うん、わかる。そうよね！

姉の恋愛話とか付き合わせちゃってごめんね!!

でもそんなメレクを気にするでもなく、キースさまは言葉を続けます。

「そうそう。男ってのは頼られたいものなんだよ。特に、しっかりした女性相手だと隙がなくて格好つけるタイミングを見つけられず、困ってしまうんだ」

「……そういう、ものですか？」

「そういうものさ。アルダールはなかなか我儘な男だろう？　迷惑をかけていないかな」

「いえ、いつも優しいです」

「そうかい？　可愛い後輩のことだから心配なんだ。すまないね」

くすくす笑いっぱなしのキースさまが、私へのアドバイスのようなものを終えてメレクの方を向いて今度はオルタンス嬢の近況を伝えるなど細やかな気遣いを見せてくれました。

へぇーオルタンス嬢って刺繍が得意なんだ……今度メレクにプレゼントしてくれるんですって！

メレクったら先程までの渋い顔はどこへやら、頬を赤く染めて嬉しそうにしちゃってまあ。

微笑ましいですねえ……メレクもすっかり恋する男の子ですね！

って、なんとなく親みたいな気持ちになってしまいました。ついついね。

うん、ほら。離れて暮らしてるせいか私もメレクの成長に驚かされてばっかりなんですよ。もう背だってすっかり私を追い抜いてしまった感じですし……。

(去年の、夏に社交界デビューしたあの時はまだ私の方が高かったと思うんだけどなあ)

半年くらいで抜かれるだなんて……成長期の男の子ったらもうタケノコみたいですね！　こう、気が付いたらすごく伸びているみたいな。

小さい頃なんて本当に泣き虫で、私の後ろをいっつもちょろちょろしていたのに。

今やお嫁さんをもらう立場で、義理のお兄さんから色々話を聞いてる姿を見るなんて想像もできませんでした。月日の経つのは早いものです……。

(それにしてもアルダールを頼る？　ミュリエッタさんがパーバス伯爵さまと面識を持つかもって何を相談するの？　うーん、キースさまったら何を言いたかったのかしら)

確かにまあ、私は考えすぎかなって自分でも最近思っているところなので、そこは直したいと思ってはいるんですが。

(そのこととアルダールに相談ってあんまり繋がらないなあ)

基本的にここ最近で悩んでるのって侍女の仕事とか、ミュリエッタさん関係ですしね？

侍女の仕事に関しては私は責任者の一端を担っているんですから、誰にでも頼っていいってわけにはいかないし、相談するならまず上司の統括侍女さまにでしょうし。

ミュリエッタさんに関してはあれですよ、前世云々《うんぬん》の部分が問題だからそれこそ相談は無理ってものです。そもそもの切り口がわからなすぎる……！

(それに、ミュリエッタさんがパーバス伯爵さまと顔見知りになったからって、アルダールと私にどんな問題が起こるのかって問われても何も思いつかないし)

だとしたらそこは悩み損な気がするんですよね？

ただ単純に、もっと小さなことから恋人らしく甘えてあげてねってことでしょうか、察するに!!

……いや、だとしたら頑張ってる最中なんでそこは大目に見てもらいたいっていうか。

もしかしてアルダール、キースさまに相談とかしてたんでしょうか。

そんなことはないって思いたい‼

（やっぱり、アルダールに手紙を書こうかな……）

もし行き違いになっても、後で笑い話になるよね。

キースさまが来たことに、びっくりしたよって……まあパーバス伯爵さま関係はさらっと流す程度にしよう。

後はメレクの成長や、お父さまと歩み寄れたって話なんかを書きたいな。

アルダールが、家族と歩み寄れたのが私のおかげだと言ってくれたけど……私が家族と歩み寄れたのも、彼のおかげだと思うんですよ。

色々『良い子』でいた私がそもそもいけないんだけれど、それがわかって目を背《そむ》けていた部分に向き合うきっかけになったのはアルダールとのお付き合いの中でだし、彼が頑張って色々私のためにしてくれたことが嬉しかったから……やっぱり私も頑張ろうって思ったわけですし。

（そういえば、そのことへの感謝って本人に伝えたことがなかったなあ）

それも手紙に書いてみようかな。……無理。あ、無理だ恥ずかしいわ、それは。

私がそんな葛藤《かっとう》をしている間にお父さまがパーバス伯爵さまと、エイリップさまを伴ってサロンに来られました。

「おお、これはセレッセ殿。久しく会っておらなんだ」

「お久しゅうございますな、パーバス殿。相も変わらずお元気そうで何よりです」

「ははは、寄る年波には勝てんで、最近は息子に実務の大半を任せておるよ」

「そうでしたか。私が耳にしたところによると社交的なものも含め、すべてがパーバス殿の采配の下という話でしたが」

「ははは」

「ははは」

え、いや待って怖いな⁉

口調はどちらもとっても穏やかなんですけどね、穏やかなんですけど……聞いているだけのこちらの方が冷や汗をかくような気持ちになるってどういうことでしょうか。

そういうの、よそでやってくれませんかね！

心の中でそう思ったとしても、私は悪くない。

その後、キースさまも本日はお泊まりになるということで、一緒に夕食をとりましょうねと表向き和やかに会話を終えて、私たちは解散いたしました。

キースさまはメレクと一緒に客室へ行かれましたし、私は大人しく手紙でも書くことにしましょう……。なんだかどっと疲れました。

部屋に戻っても疲れのせいでしょうか。何もする気になれず行儀が悪いとわかってはいますがベッドに飛び込みました。

はーやれやれ、ふかふかで癒される！

でもだからって寝てしまうわけにはいきません。この後も食事会がありますし、まだしっかり起きていなくては。

それに、プリメラさまとアルダールへのお手紙、書いてませんからね！

はぁ、でもまずは心を穏やかにしなければ。

ちょっと実家に帰省してからこの方、心休まる時間が少ない気がしてならないんですが気のせいでしょうか？　気のせいじゃないですよね。

（この後の食事会とか、和やかに終わればいいのだけれど）

エイリップさまがまた私相手にいらんことを言ったりだとかありえそうです。

さすがにキースさまに対抗心を燃やすことはないと思いますが、頼みのパーバス伯爵さまもあの挨拶を見た限り、和やかに……とはとても考えられません……！

あ、なんだかちょっぴり胃が痛くなってきました。

お父さま、もしかしていつもこんな感じで過ごしてるんですかね……？

職場環境って大事だよね、やっぱり。

王女宮はあんなブリザードみたいな空気にしないよう、心がけようと誓いました！


ブリザード吹き荒《すさ》ぶ挨拶の後は、怖いくらい静かでした。

いやまあ何か起こってほしいわけじゃないですけどね？

外は吹雪いて出ることは到底できませんでしたし、景色を楽しんでいただくにも雪しか見えません。まあそもそもそこまで大層な庭園があるってわけでもありませんが……。

まあそういうわけで、夕食会まではお客さま方にはお部屋で各自お過ごしいただいて、私も部屋で手紙を書いたり読書をしたりして過ごしました。

……お父さまが胃の辺りを押さえて書斎に閉じこもったと侍女から後で耳にしましたけど。

お義母さまもお部屋から出てこられなかったようですが、大丈夫だったたんでしょうか。


それでも夕食の時間には無事、全員が食堂に集まりました。

普段接することがないメンバーが勢揃いでなんだか圧巻ですが、決して楽しいとは言えない夕食会であったとだけ言っておきましょう!!

お料理は美味しかったですし、侍女たちがせめて食卓が華やかになるようにと気を遣ってくれて、たくさんの花で飾られたテーブルは今までになくファンディッド子爵家の食卓を彩ったに違いありません。

けどまあ、そこの場に集まった面々が楽しくなさげなのはどうしようもないっていうかね!

さすがに喧嘩とかいがみ合いはなかったですが、どうやらキースさまとあちらの次期伯爵、つまり伯爵さまのご子息で、エイリップさまのお父さまにあたる方とは仲が良くないらしく、それでエイリップさまがキースさまを睨んでいるということを、キースさまがそっと教えてくれました。

キースさま、笑ってましたけどね。

次期伯爵さまは今回こちらに同行はせず、実務を押し付けられ……じゃなかった、いつでも伯爵としての職務を引き継げるように研鑽《けんさん》を積んでおられる真面目な方ということですが、キースさまに言わせれば面白みも何もない、脳筋だということでしたが……。

(……そういう関係はそっちだけでやっていただいて、我が家を巻き込まないでほしいんですけどね……!!)

いや、まあキースさまは、パーバス伯爵さまともあんまり親しくなさそうっていうか仲悪そうっていうか、多分気が合わないのでしょう、お互い家名で呼び合っていらっしゃいましたものね。まあ、そうだとしてもしょうがない。人間だもの、気が合う合わないくらいあるある……。なんて割り切れる人間ばっかりじゃないです。

少なくともエイリップさまは睨みっぱなしだったんで違うと思います。

キースさまの方は睨まれているのをしれっとスルーしてメレクと談笑してました。強い。

重苦しい空気の中で美味しい料理をいただくとか、なんというか……残念極まりないです。

まあこれが美味しくない料理だとより悲しい気分になるので、ある意味救われたと思うべきなのでしょう。何事もポジティブシンキングですよ!!

（とはいえ、やっぱり疲れた……）

二階の廊下を歩いてふと明るいなと思って外を見れば、吹雪いていたはずの空は雲が切れ切れになっていました。月が雲の間から出ていて、積もった雪がキラキラしているのは何とも言えない美しさですね。

だからといって、外に出て「まあなんて綺麗なのかしら……!!」とか無邪気な行動をするほど若くないので暖かい室内から見るに留めておきたいと思います。

寒いのは苦手なんで。前世の死因は私の戒めです。

うん？　女子力ですか？　……うん、いやほら、風邪ひく方がね！　怖いから!!

「む」

「え」

それでも綺麗なものは綺麗だから、思わず立ち止まってぼんやりと月を見上げて眺めていると、不機嫌そうな声が聞こえてきました。まさかの予感がして見てみれば、案の定そこにはエイリップさまがいらしたわけですよ‼

眉間にこれでもかーってくらい皺を寄せちゃってさあ、私と同じくらいかちょっと上くらいなんだから、まだ若いのに今からそんなに皺寄せてたら癖になるよ？　って言ってやりたかったですが、我慢しましたとも。

今の私は令嬢です令嬢。令嬢はそんなこと言いません。

いや、そもそも今も何も前提として私は令嬢ですけど。

侍女だろうと令嬢だろうと私は優雅に振る舞わねば！

(私の行動がプリメラさまの、王女宮の品格に影響しますからね！)

まあ、あちらも私と会話を楽しみたい……なんてことはなさそうですし、このまま睨まれているってのは気分が良いものではございません。

挨拶の言葉を述べるのも面倒ではありますが、とっととお辞儀の一つでもして自室に戻るのが無難です、無難。お互いの精神衛生上よくないですからね！

「このような場で立ち止まり失礼いたしました、私はこれで……」

「待て」

「……。何か、ご用でしょうか」

な、なんですと。

呼び止められた⁉

「……」

「……」

呼び止めた癖に、あちらは私を無言でじろじろと値踏みするように見てくるだけ。

おうおう、どういう了見だ！　などと口にはいたしませんが……当然、いい気はしません。

女性に対してそういう不躾な視線を向けるのって殿方としてどうなんでしょうね、ええ、モテないと思いますよ？

そこを親切に教えて差し上げる理由もありませんし、この方相手に照れる要素など一つもありませんから侍女の時みたいに表情を引き締めておきましたけどね。

それがまた面白くないんでしょうか、舌打ちしてくるんですよ、この人。

わぁ、ガラ悪すぎません？

思わず私も瞬間的に顔を顰《しか》めてしまいましたが、すぐ何事もなかったように取り繕《つくろ》いました。

(仮にも伯爵家の直系って立場なのに、何を考えてるのかしら)

パーバス家の未来は暗いとまでは申しませんけれど、ちょっとその辺りどうにかしないと社交界で嫌われますよ。相手を選んで適切に対応を変えるのは大事ですが、相手次第で見下して良いという理由にはなりません。

まあ次期伯爵のお父さまが社交界嫌いということで、エイリップさまも社交界を重視してはいらっしゃらないのでしょうが……下に高圧的で、上にへつらうようでは社交界で嫌われる典型的パターンになります。

(……ってこの人、目上の方にちゃんとした態度が取れるのかしら)

正直、確かに我が家は子爵家、エイリップさまから見て下の身分とはいえ、次期伯爵の息子っていう、肩書としては特に効力をもたない人が、当主であるお父さまに対して偉そうな態度をとっていた辺り今後が大変な気がしますけどね。

当たり前ですが、そのことを私が教えて差し上げる必要性は一切感じません。

だってほら、そういうのは身内でなんとかしてもらうのが一番ですからね。

そんな風に考えている間にとっとと去ってくれないかなぁという気持ちの私に、エイリップさまは唐突にフッと鼻で笑ってきました。

(呼び止めておいてなんだそれ⁉)

呆気にとられるとはまさにこのこと‼

顔に出したりは勿論しませんけどね。

むしろ何か？　っていうくらい冷ややかに相手の顔を見て差し上げましたとも！

だからってまあ、その程度でエイリップさまが怯むわけもありませんでしたが。

「いや、貴様が仮にも貴族令嬢なのだと思うと、貧相この上なくて笑えただけよ」

「……さようですか」

たっぷり時間をとって、たった一言貶すためにわざわざ呼び止めたとかどんだけ暇人なんだよ！

他人の家に来て、することもないんだろうけど。

(性格悪いのが露見しただけですよというのは、まぁ元々わかってましたけど)

それを再確認させていただきましたとも。ええ。

王城で会っても決してこちらからご挨拶したい類《たぐい》の方ではないと心のメモに！

太字で‼

記入させていただきましたとも‼

（まったく、この人に会うってわかってるんだったら部屋まで送ってくれるっていうレジーナさんの申し出を断るんじゃなかった……）

そんな広い家ではないし、トラブルもそうはないだろうって思っていた私が甘かったんですね。反省しなくては……。

だってほら、言い訳を許されるならエイリップさまだってキースさまがいらっしゃる中で変な行動しないだろうなって、どこか牽制になるだろうなっていう考えを持っちゃうじゃないですか！

結局そういう常識はこの人には通じてないんだなっていうのがわかって、色々思うところはあるわけですが、……そうですね。

私の評価としてはとりあえず、エイリップさまは脳筋公子とはまた別の意味でもうちょっと考えて行動しろよって言いたくなるタイプの男です。ただただ関わり合いになりたくないタイプです！

とりあえず、言い返すとまた喜んで貶してくるやんちゃな子供の中でも特に悪ガキっていうタイプでしょうから、ここはスルーしてさっさと別れるのが一番だと判断しました。

「ご用はお済みのようですので、私はこれで失礼いたします」

むしろこっちが失礼された側なんだけど、一応そう言って横を通り過ぎようとするのを立ちふさがってくるんだからもうあったま来ちゃうよね……！　お前いくつだ‼

「……そこをどいていただけますか？」

「知っているか、ウィナー家のご令嬢。成り上がりのみっともない冒険者の娘だが、陛下もその行いやよしと褒め称える娘だ。お前よりもずっと、ずぅっと器量良しだという話だな」

「……ええ、存じております。何度かご挨拶をさせていただきましたから」

お前に言われんでも知ってるわ！　そう言ってやりたかったですが我慢ですよ我慢。

私が静かな声で返したものですから相手は一度鼻白《はなじら》んだものの、またすぐにニヤリと笑ってきました。その笑顔の憎たらしいことといったら！

「そうか、知っているか。じゃあ世間でなんと言われているか知っているか？」

「世間の方がどのようにお話しされているかは存じませんが、ミュリエッタさんは素直な優しい方で、そして何よりウィナー家は陛下によって取り立てられたのです。みっともない冒険者などと」

窘《たしな》めるように、というか正論を述べる私の言葉を遮るようにエイリップさまが私の腕を容赦《ようしゃ》なく掴《つか》みました。痛みから顔を顰めた私が面白かったのか、彼はさらにぐっと力を込めてきました。

声を上げなかったのは、私の意地ですが……なんだこの男！

「手を、お離しください……!!」

「世間では、お前などよりもアルダール・サウル・フォン・バウムはミュリエッタ・フォン・ウィナーを選ぶべきだと思っている」

私を見下ろし、上位に立ったつもりでいるエイリップさまが歪《いびつ》な笑みを浮かべ、楽し気にそう言いました。

その悦に入った表情と声音にとうとう苛立ちが抑えられず私も睨み返しましたが、それよりも何よりも掴まれた腕が痛くてなんとか逃れようと身をよじるものの、やはり男女の力の差ってやつなのか、びくともしません。

「確かに貴様は王女殿下の『お気に入り』だが、所詮《しょせん》たかが世話役にすぎん。いずれ王女殿下は降嫁されるが、貴様如きは侍女のまま連れていくのでも十分だろう。バウム家にとってより良い選択肢に貴様は役者不足だと笑われているってわけだ……!!」

聞いたことはある。

私をプリメラさまが嫁いだ後の世話役として、バウム家の一員扱いをするために、アルダールが私を口説《くど》いているのだという噂。

だけれど、それとは別に平民上がりの英雄をどこかの派閥に招くよりも、その娘が熱を上げているなら、アルダールという駒を使っていっそそちらを囲ってしまった方が王国のためになるのではないかと声を上げている人たちがいるのだという。

美男美女が並んだ方が見目《みめ》がいいから、なんて話まで聞こえてきたのはちょっぴり辛かった。

でも、それを決めるのはアルダールと私の問題で、よその人たちが何を言ったって気にしないいんだって思ったので考えないようにしてきました。

「……いいから！　手を、離して……!!」

だから、この男が何を言おうと、今更動揺なんてしない。

しないいんだから、とりあえず、痛いから手を離せってんですよ!!

なんの手加減もない掴まれっぷりからくる痛みと恐怖とで私自身、上手く動けません。

正直なところ少しばかり足が震えているのが現状です。

だからって泣いて縋《すが》ってごめんなさい、となるわけではありませんが……!

あの園遊会でのモンスターに比べたらこんなやつ！　こんなやつ!!

もうちょっとだけなんとかしたら、きっと誰かが気づくはずです。

エイリップさまも段々勢いづいてきたのか大声になってるし、私も対抗するように声を張り上げましたから。

「お酒を、多めに嗜《たしな》まれたのでしょう。こんな狼藉《ろうぜき》にも似た行動を誰かに見られたらどうするおつもりですか！」

「煩《うるさ》い女だ」

そうです、エイリップさまは顔を赤くしているし呼気は酒臭い。

要するに酔っ払ってのこの所業！

私が強気で大きめの、わかりやすい声で非難をすれば途端に顔を顰めて怒気を強めました。

前世でも酔っ払いは苦手な部類で、できれば会社の飲み会だって出たくないタイプの私でしたからね、とんでもない状況に正直顔を顰めたいのはこっちだっていうんですよ!!

掴まれている腕は痛いし怖いし、でも腹立つし悔しいしで、もうなんだこれ。

「一体全体、貴様のどこが良いというんだ、あの男は」

「なんですって……?」

「見た目はまあ、醜いとまでは言わないが引く手数多などとはお世辞にも言えない。身分も低い。王女殿下のお気に入りということくらいしか取り柄はあるまい。それをあの男がねえ」

喉で人を馬鹿にするような笑いをするエイリップさまは、ゆらり、ゆらりと左右に揺れています。

（これは相当飲んでるな？　人様の家に来て何してるんだろうこの男！）

それにしても本当、早く誰か……!!

誰でもいいからこの場に来て、間に入ってほしい。

そう思う私を見下ろしたまま、またエイリップさまがにやりと笑いました。

「あれか、見た目ではわからんというと……閨《ねや》の具合がいいのか？　くっ、ははは‼」

「なっ、ん、てことを……‼」

とんでもないこと言い出した――‼

一瞬くらっと来たわ。あまりのことに。

とんでもないこと言い出しましたよ⁉　（二度目）

閨でとか！　まがりなりにも礼節を重んじるべき貴族の一人が！　仮にも親戚とはいえ、未婚の令嬢に向かって言うセリフではないよね‼

（いや既婚でもなんでもアウトだわ‼）

セクハラだめ！　絶対‼

いやまあ、下世話な人はどこの世界にもいるし貴族だからって全員が有能で礼節を重んじて清廉《せいれん》潔白になんて絶対にありえないわけですが……でもこの振り切れ方もあり得ないっていうか！

しかも自分で面白い冗談言ったな～、くらいの感じなんでしょうか、私の腕を相変わらず掴んだまま、げらげら笑う姿はまさに場末の酒場で飲んだくれてる酔っ払いそのものですよね。嫌な絡み方をしてくる酔っ払いそのものです。

うっ、なんかもう辛くて泣きそう。

鼻の奥がツンとして、もうなんか気分的に惨めだし怖いしムカつくし痛いし。

あああああもうー‼

（何よそれ……!!）

アルダールが私を選んだことを、色々言う人がいることは理解していました。

私のことでアルダールが貶される、それは嫌だと思ったけどこういうパターンもあるんだなって、どこかで冷静に思える自分がいるのがまた嫌なんだよね。私を貶すために、アルダールは女に骨抜きにされんだって嘲笑《あざわら》ってるんだよ、これ。

実際のところ、この人にとって真実なんてどうでも良くて、私に対してか、アルダールに対してか、両方に対してなのかはもうわからないけど……とにかく貶して馬鹿にしたいだけ。

しかも酔っ払って自分が何をしているのか理解できていない馬鹿に、馬鹿にされているっていう状況だと思うと、もう悔しくてたまらない。

それを真に受けるのはそれこそ馬鹿だと思う。

けど、それでも腹は立つし悔しいし、泣きたくもなる……！

絶対に、絶対に！　泣かないけどね!!

こんな男に泣き顔を見られるのだけは、死んでもごめんだ。私にだって意地がある。

「どうなんだよ？　実際！　ははっ、ははは！　ないよなぁ、貴様はどう見たって碌な――」

「そ、そこまでにしてくださらんか、エイリップ殿！」

重ねて私を貶そうとするエイリップさまに、声をかける人が現れました。

助かった、そう思って視線を向けた先にいるのはなんとお父さまでした。

「……ファンディッド子爵」

「お父さま！」

「娘に、何をしておられるか……！」

「ちっ、煩いおっさんだ。もう引退間近な身の癖に……！」

「お父さま！」

お父さまが、私のために抗議してくれた……！

若干どころか、完全に腰が引けているところがお父さまだけど!!

けれど、エイリップさまはそんな抗議を受けて煩《わずら》わしそうにお父さまを睨んだだけです。

「エ、エイリップ殿。とにかくまずは娘から手を離してくださらんか……！」

お父さまはお父さまで、その視線に竦んじゃいましたが……それでも重ねて私を解放するように弱々しくも訴えてくれました。

「そこまでにしとくんだなア、坊ちゃんよ」

「あ？」

このまま一方的な睨み合いだろうか。

そう思ったのも束の間です。

ぬぅっと私の背後から伸びてきた手が私の腕を掴むエイリップさまの手首を捕まえたかと思うと、あっという間に捻《ひね》り上げました。

その声の主は、私も勿論よく知っている人物の、いつもと同じゆったりした喋《しゃべ》り方なんですけどなんかこう……怖くて私が振り向けない！

「め、ったぼん？」

「おう」

恐る恐る私が振り向けば、メッタボンがいました。

私を見て、にっかりと笑う姿はいつものメッタボン……ですよね。え、でもなんかさっき背後にすごい威圧感がね？　あったんだけどね⁉

「き、貴様何者だ！　パーバス伯爵家のエイリップ・カリアンと知っての……‼」

「知らねえよ、どっかの伯爵さまンとこのクソガキだろ」

「く、く……貴様ぁ……‼」

「むしろ坊ちゃんはおれが来たことに感謝しろよ。レジーナならアンタの腕を斬り落とすところだぜ？　さらに言えばこれがバウムの旦那だったら命の危険も覚悟しなきゃならないってハナシだろ」

「め、めったぼん？」

「しかもこのままアンタの腕を折ってやりたいのを我慢して動きが取れないだけにしてやってんだ、相当優しいじゃねえか」

「えっ」

ちょっと待って、助けてくれたことはものすごく、ものすごーくありがたいよ。

ありがたいんだけどちょいちょい物騒な言葉が挟まれている気がするんだけど、気のせい？　気のせいじゃないよね⁉

何その切り落とすとか命の危険って‼　いや確かに痛い目に遭ってほしいとか、心の中で相当荒ぶったことは認めますが、実際にそうなってほしいわけじゃないんですよ……⁉

「セレッセ伯爵さまがレジーナに行くなって言ったんだけどよ、おれはユリアさまの部下だしな？

もういい加減いいよなぁ？」

「ははは、ユリア殿は本当に人徳があるんだねえ。噂には聞いていたが、実際に目《ま》の当たりにすると驚くよ。王国有数の冒険者だった男がそこまで付き従うのだからねえ」

「キ、キースさま……？」

え、王国有数の冒険者ってメッタボンがですか。

かなり優秀な冒険者だったとは本人の話から察してましたけど、そこまでなの？

……万能な料理人という認識でいたんですが、そもそも冒険者として優秀だったから他も万能だってオチなのか……⁉

「レジーナ、ユリア殿を支えてあげてくれるかな？」

「勿論でございます、セレッセ伯爵さま。……この件、王太后さまにご報告させていただきます。絶対に」

「ははははは、これは私もあの方に叱られてしまうかなあ？」

朗らかに笑うキースさまは、こうなるってわかってたの？

それとも偶然なのか？　いいえ、もう何が何だかわからない。

とりあえず、悔しかったり痛かったり私の頭の中が混乱の極みです！

「とりあえずメッタボン、悪いが彼の手を離してくれるかな？」

「断るって言ったら？　うちの上司に狼藉を働いたんだ、それ相応に断罪すべきだろ」

「それはそうだが、決めるのはこの家の主たるファンディッド子爵だ。違うかね？」

「……」

階下からゆっくりとした動作で階段を上ってくるキースさまは、笑顔のままです。

私は駆け寄ってくれたレジーナさんに支えられて、ようやく状況を見渡せました。

震える足を叱咤《しった》しなくても良くなったとはいえ、レジーナさんに寄りかかってしまうという残念な状態でしたが、今はそれを恥じている場合ではないです。

キースさまが仰るように、お父さまが家主としてこの狼藉、どう断じるかで状況は大きく変わるに違いありません。

(もしかしてそれが狙いだった?)

だから、レジーナさんはさっき『王太后さまに報告』だなんて言ったの? お父さまや、パーバス伯爵家の行動を見守るために?

ああ、なんでしょう。

色んなことがいっぺんにあり過ぎて私の脳みそがパンクしそう!

(誰か説明してくれないかな⁉)

とりあえず、先程までエイリップさまに掴まれていた腕が、ずきんと痛みを訴えたことで私は現実にいるんだなぁなんて妙なことを思いました。

そうでなければ、まるで遠くの世界の出来事のような気分になっていたに違いありません。

「わた、わたしが……しょだん、する、で、すか……」

お父さまの声が、ものすごく震えています。

レジーナさんに支えられている私から見ても、青かったお父さまの顔色が一層青ざめて、震えているのがわかるほどに。

対するキースさまは先程までの楽し気な笑みを消し、真面目な表情でお父さまに向かって頷いておられました。

階下から、お義母さまとメレクも騒ぎを聞きつけてやってきたのでしょう。この奇妙な場にみんなが困惑した顔を見せました。

「そう、貴方《あなた》が決めるのですよ、ファンディッド子爵。ここは貴方の領地であり、館であり、そして被害者はご息女だ」

「しか、し、……エイリップ殿、は」

「そう、パーバス殿の孫にあたる。だが、それだけだろう？」

「私、私が裁くなど……この館には今、パーバス伯爵さまもセレッセ伯爵さまも、おいでなのに……！　下位の私が、私のような者が裁くなどとんでもない……!!」

「だがこの場で仕切るべきは貴方だ。ご息女を守ろうとした父親としても、領主としても、責任は果たすべきだろう？」

諭されるように静かな声に、お父さまが私をじっと見つめました。

震えながら、きゅっと唇を噛んでいるお父さまは悩んでおられるようで、私はどうしたらいいのかわかりません。

でも、お父さまはお父さまなりに答えを見つけたのでしょうか、今もメッタボンによって手首を掴まれているエイリップさまに向かって、口を開きました。

開いて、閉じて、を少しだけ繰り返して。

「……明朝、お帰りいただきたい旨《むね》をパーバス伯爵さまにお伝えいたします。エイリップ殿は今後、我が家への出入りを禁じさせていただく」

「な、んだと、貴様ァ……ッ」

「……ひっ……！　き、貴君は確かに、パーバス伯爵さまのお孫さんだ。だ、だからこそ、出入り禁止を申し渡すだけで済ませたい」

エイリップさまが怒鳴り声をあげれば思わずお父さまは短く悲鳴をあげていましたが、ぼそぼそとご自分の考えを述べられました。

「貴様ッ、貴様……おじいさまの、部下だった分際でェ……!!」

「……メレクの婚儀も控えている我が家では、親戚であるパーバス家と断絶のような真似はしたくないんだ……」

お義母さまが、そんなお父さまを見つめて同じように青ざめておいででしたが、そちらはメレクが支えてくれているので大丈夫でしょう。いや、遠目にも大分顔色が悪いようです。私が心配している場合でもないんですが、大丈夫でしょうか……？

「……お前も、私の、決めたことに、不服なら……」

お父さまが、お義母さまの方を見て、悲しそうな顔をしました。

どうしてそんな顔をするのと私も思わず言いそうになりましたが、キースさまが真顔のままこちらを見ていたので大人しく黙りました。

……どこからどこまでが、この方の手のひらの上なのでしょうか。

「ファンディッド子爵としての決定が不服なら、お前も、パーバス家に戻っても良いから……ね？」

「……」

「勿論、異論は聞くよ。きみは、ファンディッド子爵夫人として今まで私を支えてくれた女性《ひと》だし、私の妻であるし、意見は尊重する」

「異論はございません」

お父さまのどこまでも弱々しい発言に、お義母さまが即座に、はっきりと答えました。

むしろお父さまよりも力強いような気がします。

顔色は、……それはもう、酷い様子ですけれど。

「異論などございません。ファンディッド子爵夫人として、その判断を支持いたします」

「そ、そうか！」

ぱっと顔を明るくさせるお父さま、できましたらもう少しこの場の空気を……いえ、なんと言いますか、味方が欲しかったんでしょうね。きっと荷が重いと思っていらしたでしょうし。

それでも一生懸命考えて、きちんとなぁなぁにせずに答えを出してくれたのは、キースさまがいたからなのか、私が怖い思いをしたからなのか……。

人によってはお父さまのやりようは甘いと思うでしょうが、キースさまが満足そうにしておいでしたのできっとお父さまは及第点を取れたんじゃないでしょうか？

（だとしても……パーバス伯爵さまが、納得してくださるかどうか）

勿論、キースさまがお父さまの意見を聞いた、支持すると仰ればこの場では多数決となるでしょう。遺恨がないように収める、それが大事ですけど……。

そもそもの、パーバス伯爵さまの目的がよくわからないままこんな状況になってしまって、私の足も生まれたての仔鹿のような状態ですし、できたらもう終わりにならないでしょうか。

レジーナさんに支えられてなかったらへたり込んじゃいますからね！

（多分、お義母さまも同じような状況なのでは？）

メレクがとても強張った顔のままエイリップさまを睨んでましたけど、それは見えなかったことにしてもいいですか。

もうね、私もいっぱいいっぱいなので。

でも絶対、後でキースさまに色々お聞きしないと気が済みません。

どこまでわかってて、どこまでが計算の内で、我が家は利用されたのかどうかとか、聞いたら後悔するんでしょうか。はぐらかされる可能性だってあると思います。

でも怖い思いをしたのは私で、お父さまが助けてくれたしメッタボンとかレジーナさんもこうして傍にいてくれますけど、……あぁー、なんか納得できない!!

（いやいや、待つんだ私。冷静にならなくては）

キースさまが余裕ぶってるからそう勘違いしているだけで、本当の本当にただの偶然ってやつだったかもしれないじゃないですか。ええ、その可能性だってあるんです。

なんでもかんでも外交官だから、鬼のような才覚をお持ちの方だから何かしら暗躍しているんじゃないか、なんてフィルターをかけて人を見てはいけませんよね！

「それでよろしいかな？　パーバス殿」

取り仕切っているのはお父さまのはずなのに、この場の主導権を掌握《しょうあく》しているキースさまが再び笑顔を浮かべて階下へ体ごと向けて声をかけました。

「……そうですなあ、どう見てもうちの孫がやらかしたようですからなあ」

「酔ってファンディッド子爵令嬢に絡むなど、少々ヤンチャが過ぎるようですな」

「ふっ、ふっ、孫の教育はわしの管轄外でしてなぁ。そこは親の仕事じゃからのう……とはいえ、このような不始末をしでかす躾をしているようではまだまだわしは引退できそうもないわ」

陛下から聞こえてきたのはパーバス伯爵さまのお声でした。

この顛末《てんまつ》を、いつからご覧になっていたのでしょうか？

それにしては楽し気な声ですし、キースさまは唇の端だけをこう、くいっと持ち上げて笑うっていう、なんだか悪役のようですけれど。

「……明朝、準備が整い次第わしらは領地に帰るとしよう。改めて謝罪と、詫びの品を贈らせていただくのでそれを受け取ってくれるかな？　ファンディッド子爵」

「は、はい‼」

「当然パーバス伯爵家現当主として、子爵の温情に感謝もした上で、孫については厳しく教育し直すと約束しよう。そして出入り禁止も当然のこととして受け入れよう。どこかで、もしもお会いした際には近づかぬように。これも加えさせていただく」

「おじいさま⁉」

「少なくともわしが当主であるうちは、必ず守らせようぞ」

私が視線を向ければ、伯爵さまが笑ったお顔が見えました。

皺を深くして、それはもう、それはもう楽し気に……！

音にするなら『にまぁ……』って感じでしょうか。

（ひぃ、妖怪がいる⁉）

思わずそう思っちゃいましたけれども、勿論声にも顔にも出しませんでしたよ⁉

私は空気が読める女、そうでしょう？

いや、ちょっとビビって思わずレジーナさんにしがみつく手に力が入りましたけどね！

「引退も考えておったが、孫の教育も碌にできん息子にはまだまだ任せられんしのう……この老骨がきちんと、二人を、教育し直すとしよう……‼」

伯爵さまの宣言に、エイリップさまが大きく目を見開かれました。

キースさまが、小声で「やれやれ」なんて言っている割に笑顔でしたので、きっとこうなるとわかっておられたのではないでしょうか。

妖怪、じゃなかった。伯爵さまのお言葉をもって、この場は解散となりましたが……私はレジーナさんに支えられたまま、去ろうとするキースさまに声をかけさせていただきました。

「お待ちいただけますか、キースさま」

「……やはり、見逃してはもらえないかぁ……」

あちゃーみたいな顔をしてましたが、しょうがないよね、みたいなお顔も同時になさったので説明する気はあると思っていいんですよね……⁉

さあ！　キリキリ！　話していただきましょうか！

「あー。じゃあメレク殿も来たところで今回の話を少しばかりさせてもらおうかと思う」

今一度、サロンに集まった私とメレク、そしてキースさま。

出入口のドアにはメッタボンとレジーナさんがいてくれますが、若干キースさまが笑っていることが気になりますよね。ええ、気になりますね。

その笑顔が苦笑だとしても、私が遠慮する理由にはなりません。

この腕の痛み、私は被害者なんですからね‼

「さて、まずどこから話そうか。うぅんと。そうだなぁ、やはりパーバス伯爵の狙いから話そうか」

「狙い、ですか」

キースさまがメレクを見てそう言ったのを、メレクは気づいているでしょうか？

事情を話すというよりは、聞いておけというような雰囲気なのですが……こういう場ではやはり経験がモノを言うのでしょう、メレクはすっかり生徒のようです。

（うーんこの先生、今後、弟に悪い影響与えませんかね……？）

いえ、キースさまが悪いとは言いませんが。

メレクがこの方と同じような鬼才を持っているとは思えません。堅実さと誠実さ、それで生きていくタイプのような……いえ、だからこそ見込まれたのかもしれませんし。

「あのご老体、メレク殿ももうわかっているとは思うが地位に固執するタイプでね。別段、他を蹴落としてどうこうという野心家ではなく、その辺りは自分の身の丈を理解しているんだろうな」

「地位に固執、ですか……？」

「そうさ。ユリア殿はわかると思うが、あそこまで年齢がいって爵位を持っている爺《じい》さんってのは少なくもないが、多くもない。あの年齢くらいの方だと大体が子供に爵位を譲ってからも偉そうにふんぞり返って後ろからやいのやいの言ってるのが大半だし、譲らない連中は譲らないなりに権力を次代に少しずつ渡していくもんなんだが……あの爺さんは違うのさ」

にやりと笑うキースさま、私の目から見るとこう……悪企みしている王弟殿下を思い出させるんですよね。ああ、こういう系統の人かぁ……って違うかもしれませんけど。

そしてまあ、仰ることはわかります。

王城に勤めていると色々噂とかは耳にしますからね。

実際、プリメラさまが陛下といらっしゃる際にご機嫌伺いと称して顔を見せていた方々はお世辞にも若いとは言えないくらいにお年を召していたし、ああいう方々は少しずつ少しずつ譲っていくことで権力の取りこぼしが無いようにしているのだと私も聞いたことがあります。

すべてを一気に受け継ぐと、当然ですがその情報は膨大ですから……普通は引き継ぎとして少しずつ、というのが当然です。そして高位貴族になればなるほど、人脈も領地内の情報も多くなりますからね、その辺りはまあ察して余りあるというものでしょうが……。

「パーバス伯爵は、息子に何も引き継いでいないわけじゃあない。だが、自分こそが『パーバス家』の頂点であり続けたい。そういうお人なのさ」

肩を竦めたキースさまは、冗談めかして「亡霊みたいだろう?」なんて苦い笑いを浮かべられましたが、私は笑っていいのか正直わかりませんでした。

妖怪みたい、なんて思った身からしますと……ちょっとね?

「それじゃあ、メレクに会いに来たというのは口実ということでしょうか？」

「まあ、目的としては、どこかでエイリップの坊やがうっかりしてくれるのを期待ついでに、ファンディッド家も掌握できたらしめたものだってところかな」

キースさまの説明によれば、エイリップさまの教育に関してはパーバス伯爵さまは息子が全て教えれば良いというスタンスだったため、エイリップさまを王城などのどこかに所属させて社会経験を積ませることもなく、お坊ちゃんとして領内の仕事をほんの少し手伝う程度だったそうです。

次期領主である彼の父親も、パーバス伯爵さまがああいう人物であるがゆえに本来必要な情報が欠けている状態で息子を教えていた……ということで段々と歪さが目に見えてきたと。

その次期伯爵も少しずつ引き継ぎをしてもらっているはずなのに一向に進まない家督の継承に、とうとう伯爵さまが地位を譲る気がないのだということに気が付いて、最近では親子の仲も険悪な雰囲気だったのだとか。

そこにやってきたのがメレクの婚約話。

劣等感を刺激されまくった彼が何か失敗してくれることを願うだなんて、パーバス家の身内でそんな醜い争いをするのに我が家を巻き込むの、本当に止めていただけませんかね‼

その感想は口に出しませんでしたけど、多分理解はしてくれているのでしょう。キースさまは同意を示すように頷いてくれました。

「パーバス伯爵がファンディッド家に向かったと王城で耳にしてね、そんな面倒なことに巻き込んでもらっては困ると思って私も馬を走らせてきた、というわけさ」

「そうだったんですか」

メレクが感嘆の声を上げましたけど、私はそう簡単に納得できませんよ？

ええ、だって私が酔っ払いのエイリップさまに絡まれて泣きそうになってたってのに、ぎりぎりまでメッタボンとレジーナさんを止めていたのはキースさまですよね。

そこには何か裏があるってことですよね。

……好意的にとらえるならば、あの二人がエイリップさまを斬り捨てようとする勢いだったのを抑えてくれていたのかもしれませんけど。……あり得る。

私の視線に気づいているのかいないのか、キースさまはこちらを向いたかと思うとにこーっと笑顔を浮かべました。

「で、まあセレッセ家とパーバス家との仲だが、基本的には別にどうという関係はない。どうでもいい間柄と言ったところかな、あちらがどう思っているかは知らんが」

「どう見ても友好的とは思えませんでしたけれど」

「ああ、まあそりゃ……あちらの次期伯爵殿が昔のことを根に持ちすぎなんだ。まあそれでついついこちらも良くない態度をとったかもしれない。ほら、若気の至りというやつだよ」

「まあ！」

からからと笑うキースさまに思わず目を丸くしていると、視線が再びこちらに向きました。

……なんだか楽しそうに私を見ているその目は何かを含んでいるようですが、まるで心当たりがありません。

（えっ、私には一切関係ないと思うんですけど？）

思い返してみますが、やはり心当たりなんてありません。

そう思って小首を傾げたところに、爆弾が投げつけられました！

「さらに、そこに加えてその息子のエイリップは、目をつけていた女性が悉《ことごと》くアルダールのやつを選ぶもんだから業が深いとはまさにこのことだと思わないかな？」

「えっ」

「むかーし、それこそアルダールが近衛騎士隊に入ったばかりの頃にね。それはもう押しの強いご令嬢がいて、のらりくらりとかわし切れない……というか、付きまとわれたことがあったんだ。それなりに身分あるご令嬢だったのでね、近衛騎士隊としても強く出られなかったという部分もあるんだが……そのご令嬢がエイリップ坊やのご執心な相手だったってわけさ」

「……まあ……」

「ああ、一応アイツの名誉のために言わせてもらうが、そのご令嬢とは一切やましいことはないよ。アルダールの奴があまりにそっけない対応をし過ぎて近衛騎士隊に苦情がきたくらいさ！」

「は、はあ」

「まあその苦情に対しては近衛騎士隊側も業務妨害で苦情を返したんだけどね」

朗らかに言うことかな、それ!?

えっ、うーん聞きたくなかったような……知っておいてよかったような。

(じゃああれほどにエイリップさまが私を貶してきたのは、アルダールを貶したかったからってことなんだろうけど……ええーそんな理由が……!?)

今回のことで、私、今後アルダールに会った時にどんな顔をしたらいいんだろう。

いや、隠し通そうとかそういうわけじゃないいんだけど、あえて話すほどのことでもないかなって思ってたのに……聞いてしまったからには、アルダールを前にしたら私の挙動不審っぷりで彼に問い詰められる未来しか見えない。

（あれ？　なんで私が問い詰められている未来なんだ……？）

何もなかったんだから別に気にすることでもないんですが、こんなところで改めてアルダールがモテるっていう事実を目の当たりにしてなんとも言えない気分です。

しかもアルダール本人としても良い迷惑なエイリップさまのやっかみっぷりっていうね！

「まあ、ちょっと予想外だったのがレジーナとメッタボンだ。ユリア殿を案じるあまり剣の柄に容赦なく手をかけたものだから私としても抑えたわけだが……パーバス伯爵の思いのままにさせた方が、最終的にはファンディッド家にとっても安寧《あんねい》が得られると判断したんだ」

ちらっとキースさまがドアの所に立つ二人に視線を向けたので私もそちらを見れば、レジーナさんもメッタボンもジト目でキースさまを見ていました。

「なんだい二人とも、さすがにユリア殿の生家で流血沙汰は避けるべきだろう？」

「それはわかりますが、それでももう少し早く行動をとらせていただきとうございました」

「右に同じだな」

「メッタボンは結局私の制止を無視したじゃないか！」

「当然だろう。オレの上司はユリアさまだぜ！」

キースさまがやれやれと肩を竦めながらほらねと言わんばかりに私に視線を向けるので、私も頷き返しました。

私、大事にしてもらってるなあってなんだか感動してしまいましたね！

そんな場合じゃないんですけど。

「だが、ユリア殿には少々怖い思いをさせてしまった。アフターケアもさせてもらうからどうか許してくれないかな？」

「……アフターケア、ですか？」

「ああ、明日の朝あたりに到着すると思うんだが……なにせ天候ばかりは読めないからね。吹雪の影響もあるから」

「何が届くのですか？」

「それは到着してみてのお楽しみ、というやつだ」

楽し気に笑うキースさまに、私とメレクは顔を見合わせる。

それでも、確かにこの方が仰ったように、パーバス伯爵さまが目的を果たされたことで去ってくれるというのが、今のファンディッド家にとっては大きなことでもあったので、きっとこれで良かったんじゃないかな……ということで、私とメレクは納得することにしたのでした。

「もう一点教えていただけますか。先程の話に出てきた、パーバス伯爵さまがエイリップさまとミュリエッタさんとの婚姻について考えているというのはどういうことでしょうか？」

説明されてある程度は納得しましたが、ミュリエッタさん関連のことを聞こうとしたらキースさまに小首を傾げられてしまいました。

えええ、何その反応。

（なんで？　って顔をされても……）

いや、気になるじゃないですか。ええ、気になるじゃないですか？

あれっ？　私がオカシイの？　気にしちゃだめなのか⁉

「まあ知りたいなら教えるが……彼女がエイリップの坊やと婚姻する運びとなったところでユリア殿にとって悪いことは一つもないと思うんだが」

「それはそうですが」

「アルダールにちょっかいかけることもなくなるし、君に迷惑をかけることもない。まあ、縁戚になるといえばそうだが直接的なものじゃないし、今回のことでより接触も減ると思うんだがね」

「それは……」

まあ言われればそうなんですけど！

あのエイリップさまに見初《みそ》められるとかはちょっと、さすがに、ねえ？

ミュリエッタさんだって望んでないと思うんですよ。そこまで不幸になってほしいとか、私、思ったことはないですからね⁉

というか、キースさまは一体どういう風にミュリエッタさんを見ているんでしょうか。

まあ、王城内で起こったことはこの方の耳に入っていると考えていいと思うので、あまり好印象はないのでしょうけれども……でも、彼女はまだ貴族になりたての、言うなればひよっこ同然！

そりゃ当事者としては面白くないことも多々ありますけれども、できたら彼女にも平和な生活を送ってもらいたいと思っているんですよ、それは本音です。

そう考えると、いくらなんでもエイリップさまみたいのと縁結びになりました……ではあまりにも辛くないかなって思うのです。

エイリップさまに関しては知りませんよ、あんな人。

（要するに、彼女がゲームみたいな展開を望んだりアルダールにちょっかいさえかけてこなければ、私としてはいいっていうか）

ただまあ、そんな本音をあけすけにキースさまに言うわけにはいきませんから……。

どうしたもんかな、と戸惑う私を見て、思うところがあったんでしょう。

メレクがしばらく私を見つめていたかと思うとキースさまの方に視線を向けました。

「僕には関係が出てくるのでしょう、そのウィナー嬢とやらがエイリップ殿と婚姻を結ばれたとなれば、ですが」

「うん？　いやまあ、そうだが。そうなったとしても今回のことがある。あのご老体がどのように孫を扱うかは……」

「縁ができれば、そこからまた姉上にご迷惑がかかる可能性もあるのではないですか？　セレッセ伯爵さまはパーバス家にウィナー嬢が嫁げば、今回の縁切りのこともあって彼女との縁も途切れる。そうお考えなのでしょうが、最悪の事態を常に想定せよと教えてくださったのもセレッセ伯爵さまです」

「む……うぅん」

メレクの真っ直ぐな言葉に、キースさまが曖昧に笑いそうになる口元を、手で隠されました。

あっ、私なんとなく思いついたんですが。

私たちにとって良い結果になる、なんて耳触りの良い言葉で私たちをなだめておいて、知らないところで事態を動かすから表向きは『大丈夫』と伝えて、核心については聞かせるおつもりがなかったってこと……なんかじゃないですよね！　なにその陰謀論みたいの⁉

「まあ、正直なところウィナー家はまだ、どこの派閥にも属していない。公爵家が今は後ろ盾として教育に当たっているが、抱え込む様子がないのも事実。そして派閥と無縁の立場を公言しているバウム家と新人貴族が少し険悪な空気になったと不穏《ふおん》な噂も出たには出たが、それを補って余りある『英雄』というネームバリューは依然として誰しもが欲しがっているものだ」

苦笑しつつも、今度は真面目に話をしてくれるらしいキースさまは姿勢を正して、私たちに向かって少しだけ低めの声で話し始めてくれました。

（貴族の情報網侮《あなど》れないっていうか、バウム家とウィナー家が険悪ってそこまでじゃないんじゃ？）

噂には尾ひれがつくものとはいえ、少々手荒い洗礼となってしまったというのが現実でしょうか。

まあ、自業自得と言われればそうですし、私が同情する理由はこれっぽっちもないんですが。

だってほら、一応初めて会った時には『貴族って面倒だからね！　軽い気持ちで行動しちゃだめだよ!!』ってのをやんわり伝えたつもりだったんです。伝えたつもりだったんですよ……？

でもその結果があれでしたし、途中経過でもらった手紙とかで、もうなんかちょっと色々脱力したっていうか、教育係さん頑張って……!!　ってなったわけです。

でもウィナー男爵もきっと人間的に悪い方ではないし、ミュリエッタさんは……もうちょっと現実を見た方が良いんじゃないかって心配になってきたという流れです。

（ゲームとは違うんだよ、わかってるとは思うけど。ゲームとは違うんだよ……!!）

ああ、ハラハラしちゃうのは同じ前世の記憶持ちである転生者だからなのか、それとも同じ【ゲーム】をプレイした仲間意識から来るものなのか？

はたまた、同じ男性に〝恋をしている〟からなのか？

（自分でもよくわからない、けど……）

でもわかっているのは、彼女はまだ年端《としは》もいかない少女。

この世界の、貴族社会では成人として扱われてもおかしくない年齢ですが、まだ貴族になったばかりという点では赤子も同然。

その上、冒険者として生きてきた平民の娘である彼女は考え方が幼く夢見がち、そう思うと心配にもなるというものです。

「パーバス伯爵も、孫に婚約者を決めていないのには何か理由があるのだろう。あの年齢の直系男子に婚約者がいないというのは少々珍しくもあるが、まぁないわけじゃないしね。家長の意向がどうしたって色濃く出るのが貴族社会だ。そこは二人もよくよく知っていることだと思うが……」

「はい、存じております」

「ユリア殿も、その年齢まで婚約者がいない。それを笑う者もいるだろうが、ファンディッド子爵が無理に婚約者を定めずにいたことをどう思っている？」

「……甘くも、優しいものだと今は思っております」

「そうか。メレク殿はどう思うんだ？」

「僕の婚約が済んでからと思っていたのではと」

控えめに私に視線を送りながら、メレクが言いにくそうに答えました。

まあそれも一つですよね。長女がとっとと持参金を持って嫁に行くよりも次期子爵の嫡男へ、良き縁談を見つけるために財を使う方が貧乏貴族としては正直……ね。

持参金を持って出ていった娘が良縁を持ってくるとは限らないんですからね、堅実に行くなら使い道は大事な跡取りに、となるのは自然な話だと私は思います。

メレクもそこは理解しているのでしょうが、心情的には希望をこめて答えたようです。

ですが、キースさまはそう思わなかったのでしょう。首を傾げてメレクに問いました。

「それでは遅いだろう？　娘の幸せを願うなら、同時進行でも良いと私は思うがね」

「そ、そうでしょうか？　姉上は王城で仕事もなさっていたので、良縁がそちらから来ると父上はお考えだったのかもしれませんね」

（そう、かなぁ）

正直なところ、娘としては愛されていることを実感しましたけど、私が不器量で哀れだと思っていたお父さまのあの考えもねえ。

あれ、本音だから。

きっとお仕事で生きるしかないなんて可哀想《かわいそう》だけどその方がいいのかな、いやどっかの同じくらいの家格で結婚したいって言ってくれる人もいるかもしれない！　諦めちゃだめだ‼　くらいの気持ちだったんじゃないのかと思いますが。

まあ無理矢理どうこうしようとは考えないあたり、お父さまの甘さであり優しさだと思うんですよね。

「まあ、そういう貴族間の〝ややこしさ〟からウィナー嬢がパーバス殿に目をつけられたというだけで、その競争率は計り知れないってことさ。ユリア殿がそうなれば良いと思うようであれば、そちらに手助けしてみようかとも思っていたんだが……そうじゃあなさそうだしね」

止めておくとしよう。

そう笑って言ってくれたキースさまですが、私を見る目が随分と柔らかくなった？　気がする？

なんだろう、また勝手に勘違いされて株が上がったのかな……。

これは、訂正しておかねば……⁉

「あの」

「そうやって他人に優しくできるところは私も見習うべきなのだろうね。あのエイリップの坊やに対してだってもっと強く求めてくれても良い所だったんだが」

「そこはお父さまが処断してくださいました。私はファンディッド家の娘として、それで十分です」

「しかも謙虚と来たもんだ。本当にアルダールは良いお嬢さんと巡り合えたようで私も安心だよ」

「あの、キースさま⁉」

「それにウィナー男爵令嬢に対しても鷹揚《おうよう》に構える姿は貴族らしくあって、確かにメレク殿が姉上を手本としているのもうなずけるというものだね」

いやいや、優しさとかそういうもんじゃないんですよ、前世の記憶っていう縁がですね……って言えれば納得もしてもらえそうな気がするんだけど言えるはずがないわー‼

それにメレクが私を手本にとか、なにそれ初耳なんですけど⁉

思わず横に視線を向けると弟の照れ顔がそこに！　尊い！　でもそうじゃない‼

「だがユリア殿、周囲の人間に気を配るその姿勢も大事だが、君はファンディッド子爵夫人とも少し話をした方がいいのかもしれないね」

「え？」

「いや何、なんとなく。だけれどね？」

ぱちん、とウィンクしたキースさまは、それ以上は教えてくださいませんでした。

「それじゃあ失礼して休ませていただくよ！　おやすみ!!」

「あっ、……お、おやすみなさいませ」

私たちが何かを言おうとしてもその隙を与えずに、キースさまは軽やかにサロンを退出されました。残された私たちは、少しばかり困惑したままです。

……カッコ悪い親子喧嘩をしよう。確かに、そう決めていました。

そこの『親子』には勿論、お義母さまも含まれてますけれど……なんだろう。

キースさまにまで言われるほど、私とお義母さまは関係があまり良いようには見えないということなのでしょうか、今回のことで確かに少し、話しづらい雰囲気にはなっていると思いますが。

(やっぱり、パーバス伯爵さま絡みで口を挟みすぎた？　それを謝った方がいい？)

でも私自身が必要なことだと思ったからやったわけで、謝るのも違う気がする。……謝ってしまったら、それこそ私までどうしてよいのかブレてしまうじゃありませんか。

そう思うとやっぱりよくわかりません。

何よりも、言葉にしなければ何も伝わらないのですから、やはり話をするべきなのでしょう。

キースさまの言うことを無視することは容易《たやす》いですが、あの方が仰ることはなんだか大事な気がしてなりません。これが鬼才の力ってやつなのか……。なんか悔しい。

戸惑う私に、メレクも苦い表情です。

だけれど思うところがあるのか、メレクは私にぺこりと頭を下げました。

「……母上も、きっと姉上にになら言えることがあるんじゃないかなと思うんです。息子の僕が頼りないからか、それが何かはわかりませんが……僕からも、お願いできませんか」

なんでメレクもそう思ったのかな⁉

けれど弟にそうやって頼まれて、いやとは言える空気ではありません。

（……え、なんか物事が無駄に大きくなってない？　気のせい？）

私はそっと、メレクにバレないようにため息をつくのでした。

第三章　お届けもの、来ました

（どうしよう）

キースさまのお話を受けて、メレクからもお願いされて……。

そうしてサロンを出た後、私は廊下で少しだけ。本当に少しだけ、迷って立ち止まっていました。

（……本当に、私でいいのかしら）

キースさまもメレクも、ああは言ったけれど。

私と話して、何になるというのでしょう？

血が繋がらないからこそ言い合えることもあるのではと言われれば確かにとも思いますが、平時とは状況が違う今、逆に話しづらいのではと思ってしまうのです。

（きっとお義母さまは、お部屋にお戻りになっているでしょうけど……）

あの騒ぎで、顔色も酷くて、家族問題……勿論、私たちとパーバス家の、両方のことで心を痛めている最中だということは推測できます。

そんな時に、何を話しにいけばいいのでしょうか？

（いえ、そもそもそのタイミング、今じゃなくて良いのでは？）

でもキースさまだけじゃなくてメレクまでお義母さまと話してほしいと言ってきた、そのことを軽く考えてはいけない気がするし……、そうやって悩んでしまうと、どうしても足が上手く動かないのです。思考も歩みも同じところをぐるぐるしているのは自覚しております。

お義母さまの部屋の近くまでは来てるんですけど。

決定的なものが足りないっていうか。

（ええい、ままよ‼）

グジグジしていてもしょうがありません！

変に悩んだって良い結果は出ないって学んだはずです、ユリア・フォン・ファンディッド‼

誰だって、行かなきゃいけない時がある！　そんな時は度胸を決めて行きましょう。

ってことでノックをすると、すぐに中から返事がありました。

ノックして返事がなければ戻ればいいよねって思っていたので内心動揺しつつ、私は努めて冷静に名乗ることにしました。

「お義母さま、ユリアです。今、よろしいでしょうか」

「……」

「お忙しいようでしたら、また出直しますが……」

「……どうぞ、入ってきてちょうだい」

許可をいただいたのでドアを開けて入ると、お義母さまは椅子に座ってぼんやりと窓の外を眺めておいででした。

普段はきりっとして、活発な印象を受ける女性ですが今は……ぱっと見てもわかるほどに、憔《しょう》悴《すい》しているようです。

「お義母さま……その、お加減はどうでしょうか。医師を呼ばなくても、大丈夫ですか？」

「ええ。ただ……少し、疲れただけだから。貴女も疲れたでしょう」

「……」

「話があるのでしょう？　座って」

「はい」

椅子を手で示されて、私は向かい合うように座りました。

お義母さまは窓の外をまだ眺めていらっしゃいましたが、小さなため息を一つ吐き出してから、私の方へと向き直りました。

そのお顔はやはり疲れのせいか、あまり顔色がよくないようでした。それでもどこか吹っ切れたような、穏やかで静かな表情です。

「さぞかし滑稽《こっけい》だったでしょう？」

「え？」

「ああ、いえ嫌味とかではなくて。貴女が私たちを嘲笑うなんて思ってはいないの。……だけど、自分でも思うのよ。滑稽だわ、って」

「お義母さま？」

唐突に切り出された言葉に、私はぎょっとしてしまいました。まぁ、いつものように顔には出しませんでしたしお義母さまも気にしてはいらっしゃらぬご様子ですけども。

だけどそのせいでしょうか、動揺するこちらには気づかぬ様子でお義母さまは薄く笑って言葉を続けられました。

「私も貴女も、貴族の娘として生まれたというのにどうしてこうも違うのか、とさっき思ったの」

「……そうで、しょうか？」

「ええ。パーバス伯爵、つまり私のお父さまはね、娘の嫁入り先を見つけることをあまり好まれなかった。どうしてかわかる？　頭を下げるのが嫌だから。だから、あの人が前の奥さまを亡くされて、子供のことで悩んでいると知った時に恩着せがましく私を嫁に出したのよ」

「……」

「ああ、勘違いしないでね？　あの人が子育てで悩んでいたというのは、別に貴女を持て余したという意味ではないわ。男やもめで子育てができるのかと悩んでいただけよ」

「……はい」

「あの人は、家族を愛してくれている。……私に対しては、少し違うかもしれないけれど」

お義母さまはちょっと寂しそうに笑いました。

私はなんと言っていいかわからなくて戸惑っていたわけですが、お義母さまは気にしておられなくて、いいえ……多分、吐露《とろ》してしまいたいんでしょう。色々な気持ちを、吐き出してすっきりしたいのだと、そう感じました。

それらは恐らくお父さまには『妻として』言えないし、メレクには『母として』言えない。そんな矜持《きょうじ》がそこに見えた気がしました。

私に対しては『娘だから』というよりも、同じ貴族の娘としての立場、義理の親子という関係、そういう立ち位置にあるので、あの二人とは違うのかもしれません。

そういう点では、この家にいる誰よりも話しやすい相手だったのではないでしょうか？

キースさまがそこまで見抜いておられたかはわかりませんし、メレクもどこまでわかっていたのかはわかりませんが……。

「ごめんなさい。面倒よね」

「お義母さま」

「わかっているのよ、頭ではね」

お義母さまは再びため息をついて視線を落としました。

何かを言うべきなのに、かけるべき言葉が見つからない。そんな状態に、私はただ静かにお義母さまの言葉を待つしかできなくて、それが酷く無力にも思えました。

けれども、誰かにその心の内を話すことで、お義母さまが楽になれるのなら……私は先を急《せ》かすことなく、ただ待つのが良いのでしょう。

お義母さまは落とした視線を窓の外に向けて、再び口を開きました。

「私はファンディッド家に嫁いでからずっとこの家で、妻として母として、大切にされている。そのことには何よりも感謝しているわ」

若い頃のお義母さまが何を思って嫁いでいらしたか、私には想像できませんでした。

それでもこの家での暮らしが裕福とは言えなくても私が幸せだと思えていたのは、お義母さまが色々なことを我慢していたからなのではと今、気が付いて、私はぎゅうと胸が締め付けられます。

恋をしてみたかったのでは。

もっと広い世界を見てみたかったのでは。

自分で選び、失敗し、そこから学んでみたかったのでは。

そんな私の様子に気が付かずにお義母さまは、言葉を続けました。

「女であり、よそから求められるほどの器量もない、そう言われていた実家の暮らしに比べたら雲《うん》泥《でい》の差だったもの。手放してなるものかって思ったわ。そう思うのは幸せだからよ、大丈夫」

（ああ、この人も、同じなんだ）

器量よしじゃない、なんて言われ方をされて誰が嬉しいでしょう。

それが家族から言われたなら、なおのこと。

そこにきて結婚の話が出たと思ったら嫁がされた家は格下で、相手は子持ちの男性。お義母さまだって聞かされた時には厄介払いされたのだと感じたに違いありません。

それでも、お父さまはあんな感じに弱腰でも、亡くした妻を今でも愛していたとしても、少なくともお義母さまを蔑《ないがし》ろにするようなことはなかったはず。そして長男であり跡継ぎとなるメレクも生まれ、ようやく自尊心を満たすことができたのでしょう。

それはあまりにもささやかな幸せかもしれませんが、少なくともお義母さまが今まで私に言っていたような、結婚して子供を産んで、幸せを掴む……まさにその通りのものではありませんか。

（私という存在が、目障りとかじゃなくて、……怖かったのかな）

少なくとも嫌われてはいなかったと思います。弟と一緒に構ってもらったことは、幼い頃の私にとって大切な思い出です。

だけど、本当の所はどうだったんだろう。

同じように、器量の良くない貴族の娘。

（私に結婚と言い続けていたのは、ファンディッド子爵夫人としてだけではなく、継母として精一杯、自分が掴んだ幸せと同じようなものを娘に与えようとしてくれたから？）

似た境遇の私を、お義母さまはどんな風に見てきたんだろう。きっと理解できない存在だったんじゃないだろうか。

お義母さまは家族に認められたくて一生懸命に良い子にして、言われるがままに過ごし、こうしてここに嫁いできたのかもしれない。

それなのに同じような境遇のはずである義理の娘は、不器量と言われてもへこたれず、父親に愛されて、弟に慕われて、仕事も始めて生き生きとして、挙句にそれを生き甲斐だ何だと言い出して地位を得て、恋人まで得た。

（私は、お義母さまからすると、正反対の道を歩んでいるように見えていた？）

雁字搦《がんじがら》めで生きてきたお義母さまからすれば、私は羨《うらや》ましいほどに自分勝手に生きているのではないでしょうか。理解できないと言われたとしても、確かにその通りだなと思います。

それはもしかして、私がミュリエッタさんに対して感じるコンプレックスとどこか似ているのではないでしょうか。

「さっきね、あの人が……ファンディッド子爵として、エイリップを出入り禁止にしたでしょう」

「あっ、はい……すみません」

「ああいいのよ、貴女が悪いことをしたなんて思ってないの。あの子は昔から乱暴で、……私のことも見下していて、基本的に女性を見下しているというか……そこは躾の問題でしょうから。まあ、私も親戚として他人事のように言うのは、いけないのでしょうけれど」

お義母さまは、淡々と喋りながら、うっすらと笑みを浮かべました。

なんとなく、儚《はかな》くて消えてしまいそうな空気になって思わず私が腰を浮かしかけると、お義母さまは何を思ったのか笑みを消して私をじっと見てきたのです。

それまで、向かい合っているのにどこか遠くを見てばかりいたお義母さまが、です。

まっすぐに、私の目を見つめて言葉を続けました。

「ファンディッド子爵夫人として意見を求められて。お父さまや息子を前に、あの時、私は何も考えられなかった気がするわ。それでも、夫が私を『ファンディッド子爵夫人として』尊重してくれた、そのことにようやく気が付いたの。遅いと思うけれど」

「……？」

「よくわからない、という顔ね。ええ、そうね。私は嫁いできたその日から、ファンディッド子爵夫人としての心がけを持つように努めてきたわ。良き領主夫人、良き妻、良き母。そのいずれの面も努力してきました。貴女へ多少のやっかみの気持ちも持っていたけれど、それは……私がまだ、パーバス家の娘としての感情を持っていたからでしょうね」

私には、何も言えませんでした。

お義母さまは、やはり色々抱え込んでいらしたんですね。お父さまのあの言葉で、唐突に吹っ切れた、というのがちょっぴり不思議ですが。

「本当はね、わかっていたのよ」

「わかっていた？」

「パーバス家の誰もが私に期待していなかったこと。心の中でファンディッド子爵夫人として頑張れば、実家を見返せると思っていた部分があるっていうこと。だけど、私の家族は、貴女たちだったのよね」

「お義母さま……」

「今更だわ。ファンディッド子爵夫人になって大分経つというのに。息子が婚約者を得るくらいに大きくなったというのに」

お義母さまはおかしそうにくすくす笑いながら……くしゃりと、顔を歪《ゆが》めました。

泣いてしまえばいいのに。そんな風に私が思ってしまうくらい、悲しそうな笑顔です。

「私は、私の家族が誰なのかすらわかっていなかったのねえ……」

それでもお義母さまは泣きませんでした。

胸の内をお話しになって、少しはすっきりしたのかもしれません。少しだけまた苦しそうな顔をして俯いたかと思うと、息を吐き出してから顔を上げました。

その時には、もう笑顔でした。とても、とても綺麗な表情でした。

けれど、今度は私がそれをどう受け止めて良いのか、わかりませんでした。

「ユリア。貴女は私のように悩まなくて良いの。私と違って、貴女はちゃんと『家族』に愛されているわ。私のせいでうちの家族は、今まで家族として少し、歪だったかもしれない。だけれど、これからは、ファンディッド家の一員として私も生きていきます。貴女の義母《はは》として、メレクの母として、立派になりたい。今更だとしても、赦《ゆる》してくれますか」

「お義母さまは、この家に来られた時から私にとってお義母さまです！　私だって、可愛げのない娘であったと反省して……!!」

「あら、可愛かったわよ？　見た目とかそういう意味だけではなくて、可愛いという言葉は愛すべき相手に使うものだと、メレクを見て笑う貴女に気づかされたの。私はずっと貴女もメレクも可愛いと、愛してきたつもりよ」

お義母さまは私に手を伸ばして、躊躇いながらゆるりと頭を撫でてくれました。

なんででしょう、そんな仕草に、私が泣いてしまいそうでした。

私のなさけない顔を見ても、お義母さまは優しく目を細めて笑うのです。愛されている、大切にされている、その視線だけで私にも伝わる温かなもの。

離れていく手を、勿体ないと思ってしまうくらいに。

「そして、可愛かったからこそ、……貴女が愛されていると知るからこそ、妬《ねた》ましくもあったのよ」

「お義母さま……」

「あの人も、私も、親としては未熟も良い所ね。娘と息子に助けられてばかり。……だからこそ、これからは残り短い領主夫人として、長く続く親として、頑張っていくわ」

お義母さまは、私にとってやっぱり幼い頃から変わらず、愛情をくれた『母』です。

その姿を見て私の方が泣きそうになるだなんて！

ここで泣いてしまってはお義母さまを困らせるとわかっているので、堪えてみせました。

「メレクのお嫁さんにも、あまり変に口出しをしないつもり。顔合わせも、メレクが望むように、どこかおかしいと思う所だけ、話し合っていきたいと思うの」

お義母さまは少しだけ早口にご自分の決意を述べられて、それからまた泣きそうな顔をして。それを堪えるように、再び俯いてしまわれました。

「きっと、まだ……実家の人間を前にしたら、私は弱くなる。貴女たちに何かあっても、声が出ないかもしれない。それでも、これから。これからでいいから、親子になってくれないかしら……」

お義母さまの、小さな声に私がまた泣きそうになりました。それでも今度も堪えられました。

ああ、ああ。私はなんてことを言わせているんだろう。そう思ったのです。

「お義母さまは、この家に来てくださった時から、私にとって大切な家族です」

「ユリア……」

私はこの人のことを、一人の人間としてちゃんと見ていただろうか。

メレクを産んで、幸せになった人。私の義母。お父さまの奥さん。

そんな風にしか見ていなかったのではないだろうか？

「私も……至らぬ娘ですが。どうか、これから、……もう少し、帰省する日を増やしたいと思います。その時には、もっと、お話しして、いただけますか」

「ええ……ええ、もちろん……!!」

ここに来て、ようやくお互いの姿を見るだなんて。

人間って、複雑です。貴族だから、平民だからとかじゃないんですね。

私たちがあまりにも、不器用だったのかもしれません。

そういう意味で、パーバス家の襲来は我が家の転機だったのかもしれません。

パーバス伯爵さまたちは来客じゃないのかって？　いいえ、あれは襲来で十分です‼


お義母さまと話し合いをして、なんとなくわかり合えた翌日。

今日は嬉しいパーバス伯爵さまとエイリップさまとのお別れの日！

張り切ってお見送りしようと思った私ですが、なぜか現在パーバス伯爵さまたちと向かい合うようにしてサロンでお茶会をしている真っ最中です。

勿論、楽しくなんてありません。

なんでのんびりお茶なんて飲んでいるのかって？

何故かお帰りになろうとするパーバス伯爵さまたちをキースさまが引き留められて、ニコニコ笑ってお茶に誘って今に至るわけですよ！

その理由としては、私に対するアフターケアとして届くものを是非パーバス伯爵さまにも分けて差し上げたいんだとか。

（本当かなあ？　……また面倒なことにならないといいんだけど）

ニコニコ顔のキースさまですけど、私……知っているんです。

そういう笑顔の時ってたいてい碌なことを考えていらっしゃらないと、存じておりますよ！　王城でお見かけする政治家とか腹の探り合いをなさってる方々とか、王太子殿下とかヒゲ殿下とかリジル商会の会頭とかが良い例ですからね!!

まったくもって、何を考えていらっしゃるのかわからない笑顔の時ほど、怖いものです。

まあ今まで私に実害があったわけじゃありませんけど……。

「ファンディッド子爵には先んじて、私宛のものが届くと説明してあるのだがね、その際には土産をパーバス殿にもお持ちいただこうと思った次第だ。そろそろ来るはずなんだが、お待たせして本当に申し訳ない」

「いやいや、セレッセ殿がご用意くださるとはなんともありがたいことじゃ。一体全体どのようなものであろうな？」

結局何が届くのかは私たちも知らないんですけどね？

お父さまはご存知かもしれませんが、相変わらずおどおどしているあのご様子では詳しくは知らないっていうところでしょう。

ちょっとくらいはご存知かと思いますが……今現在、胃が痛そうで、その『ちょっと』すらお聞きするのは悪いかなって思うような顔色をしていらっしゃるので。

（お父さま、頑張って……もうちょっとだから！）

パーバス伯爵さまがお帰りになったら、気持ちが落ち着くハーブティーなど淹れて差し上げたいなあと思うんですよ。ファンディッド家のお疲れさま会みたいな。

あの方々が去った後なら、きっと家族全員で心穏やかに今後の予定とか話し合えるでしょう。

……ってキースさまはいつまで滞在されるんでしょうか。

お身内の方がいるところで顔合わせの内容を話し合うのは憚《はばか》られますしね……。

そうこうしている間に執事がやってきて、お父さまに何かを耳打ちしました。

するとお父さまがものすごく驚いた顔をして、私を見て、それからキースさまを見ました。

（え、なんで私を見たの？）

すっごい形相でしたよ⁉

なんていうんでしょう、例えるなら踏んじゃいけないものを踏んづけて、思わず周りの人の様子を見ちゃう『マジで？』みたいな感じです。

伝わるでしょうか、私には伝わりませんがそんな説明しかできません。

「さて、荷物が届いたようだ。行こうか、ファンディッド子爵」

「ユ、ユリア、一緒に来ておくれ」

「私もですか？」

またか！　またなのか！

どんなお客さまが来たって言うんですか今度は‼

お父さまに急き立てられるようにしてサロンから出る時、まあ当然ながらパーバス伯爵さまたちの視線の痛いこと痛いこと。

一体どうしたことかとお父さまに聞こうにも、にんまり笑うキースさまが私とお父さまの背を押すようにして一緒に出てくるものだから……。

まあ、なんだかわからないですがアフターケアの何かが届いたってことなんでしょうか。

「ほら、ユリア殿。貴女が呼ばれた理由は階下にあるんだ」

「え？」

キースさまが私をリードするようにして、階段下の、玄関ホールを見るように促してくるのでそれに従えば私は思わず目を疑いました。

だってそこには、いるはずのない人がいたんですから。

「アルダール……⁉」

なんでここに⁉

だって、休暇はズレているからお互い会うのは休暇明けだねって話もしたんですよ。ファンディッド子爵領に発つ前の話ですけど！

（えっ、なんで？　ほんとになんで？）

思わず手すりから身を乗り出して幻じゃないのを確認してしまいましたが、向こうも気づいて笑顔で手を振ってくるんですよ。もう幻なんかじゃない、本物です。

「な、なんでここに⁉」

「ははは！　気に入ってくれたかな、王太后さまとバウム伯爵にちょっとお願いをしたんだ。ユリア殿は無欲な上になかなかに目が肥えた女性でいらっしゃるからね。アフターケアもそこいらのものじゃあ満足してもらえないと思ったのさ！　やあアルダール、ご苦労さま！」

快活に声をかけるキースさまは朗らかで、アルダールに対してとても親し気な雰囲気を出していて、先程までの胡散臭《うさんくさ》さがまるでありません。これが素なのか。

そんなキースさまに対して、アルダールの方も柔らかく笑って手を挙げて応えているからやはり仲が良いんですね。

「まったく、人使いの荒い先輩を持つと後輩は大変ですよ。キース殿！」

「おやおや、愛しい女性に会える口実を作ってやったというのに可愛げのない後輩だ！」

慌てて階下に降りた私たちにアルダールはまずキースさまと握手をしました。それから私に貴婦人への礼として手の甲にキスを落として、そのままお父さまに丁寧にお辞儀をしました。

え、手は離してくれていいんですよアルダール。

親の前でちょっとこれ、なんて羞恥プレイ？

顔が赤くなるわ、どんな顔してお父さまを見ていいかわからないわ、手を引こうにもアルダールががっちり握ってるし。どんな技だ！　痛くないのに抜けないいって!!

「あ、あるだーる、あの、手をですね、離して……」

「ファンディッド子爵さまにはお初にお目にかかります。近衛隊所属、アルダール・サウル・フォン・バウムと申します。直にご挨拶することが遅れましたこと、お詫び申し上げます」

「あ、ああ……そ、その、初めましてバウム卿」

「ご息女とは親しくさせていただいております。すでにお耳には入っているかと思いますが」

「噂、ばかり、だけれど……え、えぇと、その」

「ファンディッド子爵、まあ可愛いご息女を掻《か》っ攫《さら》おうという男を前に色々複雑だとは思うが、まずは用向きを果たさせようと思うのだが、良いかな？」

「そ、それはもちろん……」

「それじゃあアルダール。王太后さまより預かっている書状があるだろう？」

にんまりと笑ったキースさまが人差し指を立てるようにしてポーズを決める。

それがあまりにも演技らしい演技なものだから、笑いを誘うはずなのになぜかこの状況では笑えなくて私としては苦い表情になったんだと思います。

だってキースさまは私を見て面白そうに笑っていたからね‼

「はい、こちらに。……では確かに、キース・レッス・フォン・セレッセさまに書状をお渡しいたしました。それと、先輩が注文していたミッチェラン製菓店の品もこちらにきちんとありますよ」

「ああ、ありがとうアルダール。よくできた後輩を持って本当に私は幸せだなぁ！」

いっそ清々《すがすが》しいほど白々しい。

ちょっぴりそう思ってしまった私を許していただきたい！


そこから、お父さまにも先に書状を確認していただかねばならないとキースさまが仰るので、いつまでも玄関ホールではいけないということで私たちは応接室に移動しました。

サロンの方にはパーバス伯爵さま方がおられるので、こちらの部屋で。

そこで我々はソファに向かい合って座りました。お父さまとキースさま、テーブルを挟んでアルダールと私といった風です。

テーブルの上にはアルダールが持ってきた書状が二通。

それは王太后さまの印がおされた封蝋《ふうろう》の、白くて綺麗な封筒でした。

受け取ったキースさまは私たちを見渡して満足そうに頷いてから一枚をまず開いてざっと目を通し、そしてもう一枚をお父さまに渡しました。

「ファンディッド子爵、こちらは王太后さまから子爵宛の書状だ。中にはユリア嬢宛の手紙も入っているだろうから、そちらは彼女に」

「は、はい‼」

「……私宛もあるのですか？」

王太后さまから私に。

わざわざ、書状にってあたりがものすごく準備されてるじゃありませんか。

(それってつまり、この状況の説明ですかね⁉)

私の疑問に対してキースさまはただ微笑んだだけです。

お父さまが震える手でキースさまから書状を受け取り、恭《うやうや》しく掲げましたけどそこまでじゃないから。非公式だから。

うん？　でもよく考えたら王族から直接手紙を受け取るとかっていうのは末端貴族からしてみたら大変栄誉なことで、余程のことがない限りもらえるようなものじゃない。

となると、ファンディッド家としても今までになかったことなのかもしれません。

そう考えると、お父さまのあの行動もなんらおかしいものではない……？

いやまあ、内容によると思うけど。内容が問題ですから！

「ユ、ユリア。こちらがお前宛だね」

「ありがとうございますお父さま。……アルダール、手を離してください」

「しょうがないなあ」

「しょうがなくないですからね⁉」

まだ私、全然理解が追いついてないんですからね⁉

それと一応お父さまとキースさまの前ですからね、そこ考慮してほしいんですけども‼

本当は問い詰めたいところを抑えてるんですから。

「……すぐに目を通した方がよろしいですか」

「そうだね、その方が良いかな」

私の問いかけにキースさまが頷いたので私は意を決して渡された封筒を開けました。

王太后さまの紋章で封印された手紙は、美しい銀糸を混ぜ込んだ便箋に、いつか見た通りの美麗な字で文が認《したた》められていました。

『ユリア・フォン・ファンディッド子爵令嬢

雪降りしきる日々、そちらはいかがでしょうか。

ご家族とはのんびりと過ごせているかしら？

貴女のことだから、ついつい細々としたことを自分でしようとして、使用人たちを困らせているのではないかしら。その様子が目に浮かぶようです。

キースがセレッセ領で開かれる祭りに貴女を是非招待したいということで、貴女へのご褒美も兼ねてアルダール・サウル・フォン・バウムを護衛につけることにいたしました。

明日までは近衛隊から派遣された護衛ですが翌日からは休暇として処理してあります。

その後の護衛はキースが連れてきた護衛がいるので心配しないでくださいね。

セレッセ領で行われる祭りは有名ですから、小旅行と思って安心して楽しんできてください。

勿論《もちろん》二人でなどと外聞の悪いことではありません。

招待されるのは貴女と弟君の二人です。

名目上はアルダール・サウル・フォン・バウムは分家当主として経験を積むために、既知の間柄であるセレッセ伯爵領を本人同行のもと休暇を兼ねて視察することとなっています。下種《げす》な勘繰りに対しては十分な牽制になるでしょうからそちらも安心してください。

ファンディッド子爵には話を通すとキースが言っていましたから、そちらは彼に任せてしまって大丈夫よ。諸々《もろもろ》の細かいことは彼に聞いてください。


祭りの土産話など、戻った時にはプリメラにしてあげてくださいね。きっと喜ぶから。

そして、わたくしにも聞かせてくれたら嬉しいわ。

それから、あまり羽目を外さないようにキースへ注意はしてありますが、あの子は元々こうした賑やかなことが大好きだから、申し訳ないけれど付き合ってあげてちょうだいね。

もしやりすぎるようなことがあったら遠慮なくわたくしに知らせてください。後でお灸をすえてあげますからね。

離宮の主より』

え、なにこれ。

え？　なんだって？

……つまり？　なんだって？

（アルダールと一緒に、セレッセ領に旅行してこいって？）

思わず手紙を握りしめたまま、アルダールを見ました。

彼は王城を発つ前に説明を受けてきたんでしょう。動じる様子もなく、私ににっこり笑顔を見せてきて、えええ、なにその余裕っぷり⁉

（どういうこと⁉　どういうこと⁉　ちょっと理解が追い付かない‼）

混乱する私ですが、勿論まあそれを表情には出さないっていうか、お父さまには話が通ってるってどういうことなのかとかもう、えええ……。

視線をアルダールからお父さまに向ければ、お父さまはお父さまで便箋を手にぶるぶる震えていました。

でもその顔は赤らんでいて喜んでいるなぁってすごくわかるので、どうやら王族から直にいただけたお手紙に感激している……ってところでしょうか。

多分これは、今質問しても、何も答えてもらえないっていうか耳に入らなさそう。

じゃあもう、この人に話を聞くしかない。ちゃんと話してくれるのか謎だけど。

っていうかこれ、メレク知らないんじゃないの？　メレクにも話すべきなんじゃないの⁉

「……キースさま、メレクとお義母さまもこの場に呼んで構いませんか？　その上でご説明をお願いいたします。手紙では詳しい話は貴方さまから聞くようにと記されておりましたので」

「おや、そうか。構わないよ、パーバス殿たちにはもう少しそのまま待っていていただこう！　レジーナ、メッタボンもここに呼ぶといい。彼にも関係あるからね」

「かしこまりました」

私の傍を付かず離れず、見事に護衛役としての任務をこなしていたレジーナさんが柔らかく微笑んでいるところを見ると、彼女も知っていた……⁉

いや、これが元々の計画だったんなら聞かされていてもおかしくない！

途中でアルダールに護衛の役を交代するってわかってるから、休暇期間中でも問題なく二人してついてきてくれた……ってところでしょうか？

交代したらその後はメッタボンと二人っきりになれるしってこと？

目を白黒させる私を見て、アルダールが苦笑して落ち着けと言わんばかりに私の手を取りました。

「驚いたみたいだね、まあ……私も聞かされた時には驚いたんだけど」

「アルダールがこの話を聞いたのはいつ？」

「出立《しゅったつ》前。近衛隊長と親父殿に呼び出されて王太后さまの命令に従えと言われた時は何事かと思ったよ。まあ、私としては悪い話じゃないなと思ったけど……ユリアはどう？」

「そ、それは……ええと、まあ、貴方に会えたのは嬉しいですけど」

「そう、良かった。私も会いたかったよ」

「えっ、いえそういうのはこういう場では……っ、キースさま！　笑わないでください‼」

「いやいや、アルダールがこういうやつだと私は知っているから驚かないんだが、慌てている君が新鮮でつい！　すまないユリア殿‼」

「キース殿、私としてもお聞きしたいんですがいつの間に彼女と名で呼び合う仲に？」

「おっと藪蛇《やぶへび》か……嫉妬はほどほどにしろと言っているだろう、私にまでそんな牽制をするんじゃない。心が狭い男は嫌われるぞ？」

キースさまはアルダールの苦情（？）に苦虫を噛《か》み潰したような表情を見せて、笑って。そのキースさまの返しにアルダールが今度は嫌そうな顔をして、笑って。

それで少しだけ私も落ち着きました。なんとなくこの状況には追い付けないけれど、とりあえず悪いことになっているわけじゃない、というのがありがたいというかなんというか……。

そうこうしている間にレジーナさんが、メレクとお義母さま、そしてメッタボンを連れて戻ってきてくれて空いた場所に座りました。メッタボンはレジーナさんと一緒にドアの所に立ってましたが、まあ彼らは立場上仕方ないのでしょう。

お父さまはまだ夢見心地って顔をしています。それを見たお義母さまが若干引いた様子をみせながらもその隣に座る姿がなんだかおかしくて、身内の贔屓目でしょうが、うちの両親はもしかしてちょっと可愛い人たちなのかもなぁなんて思ってしまいましたが、だめですかね？

お義母さまは状況がわからなくて視線をうろうろさせていますが、メレクはアルダールを見て、なんともいえない複雑な表情を見せて……あー、うんごめんね、なんかごめんね⁉

（いや私が悪いわけじゃないし、アルダールが悪いわけでもないいんだけど。急に姉の恋人が家にいたらそりゃびっくりするよね！　多分‼）

「ではお集まりの紳士淑女の諸君、お時間をいただくようで心苦しいがこのキース・レッス・フォン・セレッセよりご挨拶申し上げる……などという口上はここまでで良いかな？　さて、ファンディッド子爵には前もって説明し、今まで口止めをさせてもらったのだが、今回我が妹オルタンスをファンディッド家で迎え入れていただくために、そちらの家族が大変心を砕いてくださっていること、まずは兄として御礼申し上げる」

キースさまがまるで歌うように一気にそこまで喋って、私たち全員を楽し気に見回します。

アルダールは呆れたように、メッタボンはつまらなそうに、他のみんなもそれぞれの反応があるけれど、私はただ見返しただけでした。

いや、どういう反応したら正解なんでしょうね、これ……。

「ついては下手に悩むよりも、我が領にある街に、オルタンスが幼い頃から慕う人物がいてね。年齢を理由に辞した、私たちの乳母だ。そこでメレク殿が直接彼女から妹について好きなものや、ほかにも色々な話を聞いてみてはどうかと思ったんだが……いかがかな？　私たちでは気づけないことにも気づくかもしれないし、参考までに、ね？」

その言葉にメレクがぱっと顔を上げました。

おお、我が弟ながらわかりやすい……。

「それとユリア殿にこの旅行を贈るのは、金銭でしか褒賞《ほうしょう》を与えることができなかったことに対する王太后さまと王女殿下のお心遣いだ。勿論、アルダールにも、というところかな？　紳士の振る舞いを忘れずに頼むよ！」

「勿論です」

即答したアルダールに対して、私はどう反応していいかわからない。

ええ……色々公認な旅行って。いやメレクも一緒だけど。お父さまが先に知っていて口止めって。どんだけサプライズしたかったのよ、キースさま!!

「まあ、名目上アルダールが私の領を見ることで分家立ち上げに役立てる……ということもあるのでね、レジーナとメッタボンはこれでお役御免ということになる。王太后さまよりお預かりの馬車と御者はそのままユリア殿とアルダールが使い、私の家人に護衛されて向かうというわけさ」

そこで一旦言葉を止めたキースさまが、優しい笑みをメレクに向ける。

お義母さまと、お父さまにも。

「ファンディッド子爵家が、オルタンスをどのように迎えてくださるか。私としては、できる限りの協力を惜しまないつもりだ。どうか、妹が幸せになれるよう、お互いよろしく頼むよ、メレク殿」

「はい、セレッセ伯爵さま！」

「どうか、キースと。これからは私もメレク殿を義弟《おとうと》として接しようと思う。少しばかり気が早いと思われるかもしれないが、どうかな」

「……ありがとうございます、キースさま！」

メレクとキースさまが義理の兄弟として上手くやっているのは喜ばしいことです。

いやちょっと気が早いと思いますけど。

でも口を挟むようなことでもありませんから、黙っておきました。

そんな空気の中、キースさまはやり切った感のある笑顔で全員を見渡しました。

「他に説明は必要かな？」

その問いに、この場にいる人間はどうしようという視線を互いに向けるだけで誰一人口を開こうとしませんでした。

かくいう私もまだ事態に頭が追い付いていません。

とりあえず！

私としては寝耳に水もいい所な話でしたけれども、そうであるのならば王太后さまのお言葉に従ってセレッセ領のお祭りに行くのが一番でしょう。

折角ここまでお膳立てしてくれたものを、お断りする方が失礼というものです。

（……ということは旅支度をしなくてはいけないのよね）

まあ元々実家に短期帰省の予定だったんですから、そこまで荷物という荷物があるわけではありませんし、身支度自体はそう時間はかからないでしょう。

いや？　そもそも!?

え、これって結果としてデートしてきなよって言われているわけですが、私ったらなんにも可愛いワンピースとか持ってきてないっていうね……!?

化粧品くらいは持ってきてますけど。どうしよう。今から買おうにも間に合いません。

（い、いやいや。そもそもデートが目的じゃないっていうか……え？　いや、デートしていいよってことだよね？　名目上とか言っちゃってるし、私の名誉がどうのこうのってあったけど）

そうです、最大の目的は『オルタンス嬢の乳母を務めていた女性に会いにいく』ことで、そこからどう顔合わせの会を整えるかメレクが参考にする。

そのついでとして、私に対してのご褒美に小旅行プレゼント……ってことですよね。

王太后さまとプリメラさまからということになっていますが、近衛騎士であるアルダールがここにいるってことは国王陛下もご了承《りょうしょう》くださったということでしょう。

近衛隊は陛下の直轄《ちょっかつ》ですもの。勝手に動かすなど、王太后さまが孫可愛さでそんな横暴な真似をなさるとは思えません。

ってことは。

ってことはですよ。

褒賞金《ボーナス》は支払われたけど、名誉をあげられなかった代わりに『ちょっとした』プレゼントを用意してくれた……ってことですよね。王太后さまとプリメラさまが。

（うっわ、豪華だな……。豪華だな⁉）

説明された内容を理解してはいましたが、今になってようやく感情が追い付いてきました。

王太后さまと王女さまがプロデュースしてくれて、伯爵さまの道案内での小旅行。

おっそろしいほど豪華です。これを豪華と言わず何としましょう。

（じゃあ、あの馬車を貸してくれたのも、その後の長距離移動を見越してってことだったのかあ！）

いやまあ、口止めの要素もあるんだろうけど。

園遊会は確かに色々と触れちゃいけない部分もあったし、あの場には侍女として立ってたとはいえ子爵令嬢である私に対して脳筋公子がした数々の無礼は王太后さまがご覧になっていたし、あのモンスター事件に関与の疑いがあったエーレンさんにも色々言われたし、怪我はしたし、気も失ったし……。

うん？　園遊会は私にとって碌でもない思い出しかないものだった……？

園遊会の後に説明された通り、表彰は騎士たちに向けたものでしたし、そこはむしろ私も心から拍手しました。

別に名誉が欲しいわけじゃないですからね。私としては『プリメラさまは良い侍女を持っている、さすがだ』と主が褒められたら大満足なんですからね。

でもこうやって、認めてくれて、褒美を与えたいと思ってもらえていただなんて感動して……。

（いや、違う。今考えるのはそこじゃない）

問題はですよ。

ええ、ご褒美がいただけたのは素直に嬉しいですし、他領のお祭りとかそういえば初めての経験じゃないかっていうワクワク感もあります。

だけどですね、それが弟の結婚に関するものであるという大事な側面と、なによりも。なによりも!!


初めて恋人と遠出するのが旅行ってどうなのっていうね!?

そりゃ今までだって何度もデートとかはしましたが。全部近場で日帰りでしたし……それが急に、小旅行って。

二人っきりってわけじゃないですが、小旅行って!!


ちらっと隣に座るアルダールを見ると、私の視線に気が付いたのかにっこりと笑ってくれ……あああーイケメンのスマイル眩しいぃぃぃ。

良かった、実家への帰省だとしても油断せずに眼鏡かけてて!!

「それじゃあ、質問も出てこないようだし私はパーバス殿にお土産を渡すとするよ！」

爽やかに笑ったキースさまが、アルダールから受け取っていた包みを掲げて私たちに見せました。

ミッチェラン製菓店に注文してたとかなんとか言っていたのを思うと、ここまで計算されていたとしか思えません。

多分パーバス伯爵さまが我が家に向かうと知って、王城からこちらに向かう途中でキースさまは最後にお土産を渡して笑顔でお別れを言うところまで計画していたんでしょうね。

渡せなければ渡せないでお菓子だもの。

メレクでもキースさまの奥さまでも、オルタンス嬢でもみんなが喜ぶと思うしね。

すっと部屋から出ていくキースさまを追うようにメレクが一緒に出ていって、それを見送ってから何かを囁《ささや》き合ってお義母さまとお父さまも連れだって出ていかれました。

レジーナさんとメッタボンは、私の方ににっこりと笑いかけてきました。

えっ、その笑顔どういう意味？　ねえどういう意味？

「ユリアさまの準備は侍女に申し付けておきますので、ごゆっくり」

「えっ、レジーナさん？」

「バウムの旦那、旅行中あんまうちの王女宮筆頭さまを構い倒すような真似ェしてくれんなよ？」

「善処しよう」

「アルダール⁉」

なんだろう、私を置いてけぼりでどんどん話が進んでいく……‼

みんな、なんでそんな落ち着いてるのさ⁉

（えっ、こういうのってよくあることなの？　私が知らないだけでみんなやってるとかなの？）

そんなことないよね？　……ないよね。

思わず息を止めてしまって苦しくなりましたが、いやまあ、この状況は嫌ってわけじゃないんですよ。旅行は嫌いじゃないです。前世とかもそこまでアグレッシブじゃなかったですけど、ちょっとした遠出でワクワクするくらいでしたし。

率先して出かけるとかはありませんでしたけど。ええまあ、そこは私ですし。

ユリアとしての人生を改めて振り返ると、領地から王城に見習いで向かうために馬車に乗ったあの時がそんな気持ちだったのかもしれません。

ただね、ほら。

いきなり恋人と旅行だよって言われて、やったー！　って言えるほど私単純では……。

（でもこれはやっぱり……あれええ？）

みんなが出ていった部屋には当然、私とアルダールしかいなくて。

そういえば手をずっと繋ぎっぱなしだったんだよね。改めて思うと、これ恥ずかしい。そりゃメレクも微妙な顔するってものですよ……。

「あ、あの、アルダール？　手を、離して」

「少しは落ち着いた？」

「え？」

「びっくりしすぎて、混乱しただろう？」

「……え、ええ。あまりにも予想外すぎて」

「気持ちはわかるよ。さっきも言ったけれど、私も話を聞いた時は驚いたからね……」

いや、でもアルダール、落ち着いてますよね！　今は冷静ってだけなんでしょうか。

てっきり私は、彼のことだから冷静に『へぇ、そうなんだ』くらいに受け止めたのかなって思っちゃいましたよ。

勿論そんなことを口にしたら、ちょっぴり叱られそうな予感がしますので言いませんけど。

するっと親指で私の手の甲を撫でるようにして笑うアルダールに、思わず顔が赤くなった気がしますけど……いや、うん。これは私悪くない。

こういう気障《キザ》な真似をしても嫌味なく似合っちゃうって本当にもう、イケメンってやつぁ……!!

「まぁ、領地経営の一端をキース殿から学べとは確かに前から言われていたんだけどね。先輩だから聞きやすいというのもあるし、いずれはディーンの補佐をする立場だから。でも今回は急だったから何事かと思ったんだ」

「そ、そうなの？」

キースさまは確かに領主として見事な手腕を振るわれているというし、アルダールが信頼する先輩ということもあってバウム伯爵さまもきっと信頼しておられるってことですね。

メレクも随分と頼りにしているようだしなるほど、今回の件はメレクにとってもお父さま以外の方の領地経営手腕を知る良い機会なのかもしれません。

「じゃあ馬車の中で私とメレクは、キースさまのアルダールへの領地経営に関する説明を大人しく見学させてもらっていれば迷惑にならないかしら。やっぱりメレクにとっても良い学びの機会だと思うし……」

「うーん、どうだろう。ああいや、教えてもらえないって意味ではなくてね？　キース殿のことだから、メレク殿と同じ馬車で行くからには色々教えてもらう機会もあると思うけれど、私たちは一緒の馬車じゃないから、別にユリアがそこまで気にしなくても」

「えっ」

「うん？　先程説明された時にキース殿が言っていただろう？　私とユリアは王太后さまにお貸しいただいた馬車に乗るようにって」

「えっ、あっ、そうでした……！」

「あの馬車を置いていくわけにはいかないからね。貸し出されているのはユリアである以上、ユリアが乗らなくては。そして私は、ユリアの護衛も兼ねているのだし」

いやまあ、そうやって説明されると納得しちゃいますけども。納得しちゃったけれども。

じゃあアルダールはいつ領地経営について学ぶのでしょうか？

キースさまと一緒の馬車だから色々と話が聞けるのではと思いましたが、そんな私の疑問を口にするよりも前にアルダールがさらに良い笑顔を浮かべました。

「ところでユリア、いつの間にキース殿とそんなに仲良くなったんだい？」

「えっ」

「パーバス家の方々とも、何もなかった？」

「えっ、ええと？」

「……その様子だと、色々聞く必要があるのかな」

「ないです！　あっそうだアルダール、折角ですからファンディッド家の中をご案内しましょう！

ねっ？」

やだ、これは叱られる気配を察知……。

でもここは華麗にかわしてみせますよ！　私の精神のためにも!!

「……それじゃあ、お言葉に甘えて案内してもらおうかな」

「はい、任せてください！」

どうやら苦笑しつつも追及してこなかったところを見るとアルダールもそこまで怒っているというわけではなさそうです。ちょっと安心しました。

しかし案内する、と言ってみたものの……うん、まあ。ファンディッド子爵家に珍しいものなんてとくにないしね。ごくごく普通の下級貴族ですからね……。

（我が家の自慢と言えるのは、テラスくらい？）

けどそのテラスもここ連日の雪ですっかり埋もれてますので、今はあんまりお勧めできません。

あとは書庫？　バウム家の方が蔵書量とか絶対段違いに多いですよね。

うーん……いや本当、自分から言い出しておいてなんですが、どうすんのこれ。

咄嗟《とっさ》のことで二人で館の中を歩くことになっても思い当たる場所が一つもなかったので、私は正直にアルダールに言うことにしました。

「任せてくださいとは言いましたが……正直、行儀見習いで十歳の頃に家を出て以来、たまにしか帰ってこないので私もそこまで詳しくはないんです」

「そうか、じゃあ……小さい頃、どこの部屋がお気に入りだった？」

「えっ？」

アルダールの問いかけに、私は少しだけ考えて。

すんなりと、思い当たる部屋を見つけて思わずおかしくなりました。

「……執務室です。お父さまがいらっしゃる時しか入れなくて、おじいさまやその前のファンディッド子爵が残した本が置いてあって、静かで、特別な部屋なんだって子供ながらに思っていたの」

「ああ、それはわかるなぁ。あそこは特別な部屋だって子供心にわくわくする場所だよね。私は子供の頃は親父殿が執務室に入っていくのを見るとちょっとほっとした覚えがあるよ。……私は庭にある木が好きだった。そこに登っているとね、大体見つからないんだ」

「隠れるの？」

「ああ。周囲の目が面倒だったからね。師匠と会う予定がない日で、家にいなくちゃならない時は大体そこにいた。今にして思えば、秘密基地みたいなものだったんだろうね」

アルダールが、懐かしむように笑うのを見て私も笑う。

そんなに広いと自慢できるわけじゃないけれど、小さい頃の思い出を語りながら家の中を案内する、というのは……ちょっと、楽しかったです。

あそこはメレクとかくれんぼをして遊んだ、あの花瓶は代々大事にされていたのにひっくり返しそうになって執事に叱られたとか、そんな他愛ないことばかりだったけど。

それでもアルダールも楽しそうに笑ってくれたから、私としては満足です。

ま、まあ彼が私に合わせてくれたんだろうけどね！　わかってますよ？

年甲斐もなく、ちょっとはしゃいでしまったとかじゃないですからね！

そうこうしていると、パーバス伯爵さまたちが二階のサロンから出てくる姿が見えました。

（あっ、そうだった……）

衝撃的なことが多すぎて、すっかり忘れていました。

そういえば、キースさまは何故《なぜ》、彼らを引き留めたんでしょう。いやまさか本当にお土産渡したかっただけじゃないよね⁉

というか、アルダールがいるのにあちらも気が付いたんでしょう。パーバス伯爵さまがすれ違いざまに「おや」と小さく声に出して驚いたご様子でしたが、すぐににっこりと笑ってアルダールに向けて会釈してきました。

こういう対応ができるところがこの妖怪……じゃなかった伯爵さまの強い所なんでしょうね。なんていうんでしょう、こういうのを老獪《ろうかい》っていうんですかね？　同じ伯爵位であっても上位であるバウム家のご子息に対して礼儀を尽くすことをしてみせているのに、腹の内は絶対に違うんだろうなって思うんですよね……。私の勘繰り過ぎじゃないはずです。

だけど、そんなやり取りの中に割り込むようにして唸《うな》るような声が聞こえました。

「貴様、アルダール……！」

「これ、エイリップ。大声を出すものではないわい」

「ははは、久しく会ったので彼もつい感情が高ぶったのだろう！　大目に見てあげてはいかがな、パーバス殿」

「セレッセ殿がそう言うならば」

（あっ、なんか狐と狸が腹芸をしているような）

笑顔で若気の至りだと笑い合う伯爵二人を見て、私は思わず遠くを見てしまいました。

それに気が付いたのか、キースさまが笑顔のままこちらを見ました。それはそれは楽しそうな顔をしておられます。こっち見んな。

「おやユリア殿。今、何か言ったかな？」

「いいえ、何も！　私もお見送りをいたします」

サロンにはパーバス伯爵さま方と、キースさまとその後を追ったメレクがいただけでした。お父さまとお義母さまの姿はそこにありません。

とはいえ、お客人として迎えた縁戚の方々をお見送りするのに次期子爵とはいえ、メレクだけというわけにはいかないでしょう。

私たちはちょうど階下にいたのでそのままお見送りできる態勢でしたし、メレクはキースさまの後ろを歩くようにしているし、近くにいた侍女にお父さまたちを探してきてもらうことにしました。

やっぱり当主夫妻がいないままというわけにはいきませんからね！

どうやらお父さまたちは書斎にいるということで、侍女はすぐに呼びにいってくれました。

（しかし……）

エイリップさまが、アルダールのことを睨んでます。そりゃもうものすごく、睨んでます。

ええ、まあ。キースさまから小耳に挟んだことも含めれば、あちらが良い感情を持ってないことはわかってますけど……あからさますぎるのもどうかなって私は思うんですよ。

どうせだったら、でんと構えてもらいたいものですよね。

器の大きさを見せてみなよ！　ってな感じで。ですがやっぱりそうはいきません。

「ふん……噂ではその女に骨抜きだとか。所詮《しょせん》お前はその程度の器だな、アルダール・サウル・フォン・バウム」

「何を仰っているか、わからないが……ご家族は先に行かれたようですよ」

一番後ろを歩いてきたエイリップさまが、足を止めてわざわざアルダールに嫌味を言う様はちょっとカッコ悪い。それもさらっと流されて、よりカッコ悪い!!

連れを貶してそれを理由に大した男じゃないとか、他人を笑える立場なのかなエイリップさま。

勿論それを口に出したりしませんよ⁉

(今はとにかく、とっととお帰り願いたいですからね……!!)

腕を掴まれたとかその辺のこともわざわざ今ここで口に出して火種にするつもりもございません。

まあ後でアルダールにはちょっとエイリップさまの行動が乱暴だったから苦手だと思った、くらいは話しておくつもりですけどね。黙ってたら後が怖いし。

「ふん！　余裕ぶっていられるのも今の内だ」

そんな私たちに対し、エイリップさまは少しだけ悔しそうにしたかと思うと、ふんぞり返ってにやりと笑ってきました。

(おお……悪役スマイル……)

貴族のご令息っていうよりもヒーローものとかで出てくる小悪党っぽい!!

アルダールが横にいるっていう安心感からでしょうか、そんな風に思えました。

だってほら、腕を掴まれた相手ですからね。あの時は本当に怖かったです。

今だって、できるなら近寄りたくもないっていうのが正直な気持ちですから!!

そんな恐ろしい相手を前に小悪党とか思えるのは、アルダールがいてくれるゆえの余裕の表れな気がします。

「セレッセ伯爵殿の口利きで、俺は騎士として研鑽を積むために軍に所属することとなった。いずれは近衛隊に入り、貴様を下してみせる……!!」

「ほう、そうですか。では、近衛隊でお待ちしております」

えっ、キースさまの口利きって……なんだかどこまであの人の手のひらの上なんだろうか？

私としては困惑するばかりですが、まあ私がどうこうするような内容でもないから黙ってますけど。後で聞いて教えてもらえるなら、ちょっとくらい聞いてみたい、かな……？

アルダールがまったく態度を変えないことにむっとしたんでしょうか、エイリップさまはまた強く睨みつけてきました。

なんだってこの人こんなに攻撃的なんでしょう。そんなんだからモテないんですよ、きっと。

いいえ、実際の所モテるかどうかは知りませんけど。どうでもいいし。

「例の英雄の娘、あれもいずれは俺のものにしてくれよう。貴様はいずれ悔し涙でも流すがいい！そこの地味女を可愛い弟のために口説いたのか、或いは閨の具合が良いのかは知らんが、選択肢を誤ったとな!!」

「……なんだって？」

まるで負け惜しみのように放ったエイリップさまの『いずれ』という言葉に、ああミュリエッタさんは今の時点では全くもって彼と関係がなかったんだなと思ったところで、私は思わず一歩下がりました。

だって、エイリップさまの言葉を聞いたアルダールから出た声が低くて怖かったんです。

うん。怖いです‼

アルダールが、一歩前に出ました。私と同じように恐怖を感じたんでしょう、エイリップさまが一歩下がりました。私は思わず下がったから、前に出たアルダールの表情は見えませんけどこれは確実に怒っている。怒っている……‼

さっきまであんなに小さな子供を相手取るかのように返事をしていたのに、突如として空気が一変しました。園遊会でモンスターを前にした時より怖いってそんなこと思ってる場合じゃない。

何に怒ってるんだって言われたら、多分まあ私との関係を揶揄《やゆ》されたことだと思います。自惚《うぬぼ》れとかじゃなくて。色んな意味で。

ほら、バウム家としての立場とか、その長男としての立場とか。

私っていう恋人への配慮とか、言って良いこと悪いことがある中でエイリップさまが発言したことは良くないことばかり！

……ミュリエッタさんっていう部分に引っかかったとは思いたくありませんし、そんなことないってわかってますからね。信じてますからね。そこんとこは大丈夫です。

「アルダール……！」

「大丈夫、ここで抜刀《ばっとう》するような真似はしない」

「良かった、ってそうじゃなくて……！」

いやまあ冷静に返事してくれた辺りで、ちょっとほっとしましたけどね？

抜刀しないってことで物騒さが減ったんで安心しましたが、いやいやそうじゃないだろう。いえ、勿論向こうが悪いんですからそこをどうこうじゃなくてですね、一応この人はパーバス伯爵家の直系男子ですから。アルダールに面倒が降りかかったらどうしようって思うじゃないですか……!!

アルダールはそんな私に振り向くことなく、エイリップさまを見据えています。

「私に関して文句を言ってくる分には構わない。気にすることもない。だが」

「……、な、なんだっ」

「ユリアに対する態度は、いただけないな」

「なに……!?」

「……アルダール……！」

ああ、やっぱり私のことで怒ってくれたのか！

自分に文句を言ったり突っかかったりしてくる分には気にしないって辺り、……あれ？　なんか私も似たようなことを思ったりしませんでしたっけね？

アルダールのことをどうこう言われるのにすごく腹が立った、あれと同じですね。

なんだろう、なんか照れるな!?

(ときめいてる場合じゃなかった)

思わずきゅんとしましたが、そんな場合じゃありませんでした。

アルダールに睨まれているのでしょう、ええ、彼の後ろにいる私でさえビビッてちょっと動けない状態ですからエイリップさまはもっと怖いでしょうね。自業自得ですが。

「訂正してもらおう。私は彼女を弟のために口説いた、なんて事実はない」

「なっ、なっ」

「私が、私自身の正直な気持ちで彼女を得ただけの話だ」

「ちょっ、ア、アルダール!!」

言い方！　言い方すごい熱烈過ぎて聞いてるこっちが恥ずかしい！　恥ずか死ねるからぁぁぁ!!

こっちからは顔が見えませんけど、そういえばアルダールはこういうのを恥ずかしげもなく言える人だった！　きっといつも通りの真面目な顔してこの恥ずかしいセリフ言ってたよね!?

これは止めないと私の方がダメージ食らうパターンですよ、危険極まりない！

「そこまでにしておけ、アルダール。メッタボンも見ていたなら止めてやったら良いのに」

「まぁ、抜刀沙汰にゃあならねえようだったからな。ユリアさまの方が食らってるダメージでかそうだけど、良いモン見せてもらったと思うことにしとく」

「メ、メッタボン？　いたならなんで止めてくれないの!!」

キースさまとメッタボンがどこからともなく現れてっていうかまあ、いたんでしょうけど。

笑っている二人に思わずもっと早く止めてくれたらいいのにって思ったら、思いの外メッタボンが真剣な顔をして私に答えました。

「抜刀沙汰ならおれも本気でいかにゃあならんからですよ、ユリアさま」

「え、どういう……」

「まぁそんだけバウムの旦那はヤバいくらい強いってことで、とりあえず呑み込んでくれりゃあいいってこった。ユリアさまの実家をぶち壊すことにならなくて良かった良かった」

（まったく呑み込めないよ!?）

メッタボンが何を言いたいのかさっぱりわかりませんが、とにかくヤバいってことはわかりました。いやそれってさっぱりわかってないってことじゃないのか？

ってていうか、あのアルダールの恥ずかしい発言を聞かれていたってことですか。

うわあああああ!!

いや、なんだかキースさまもメッタボンもなんてことない顔してますけどね!?

（なんですか、男性陣にとってあの程度の言葉は恥ずかしさなんて欠片《かけら》もない、ごくごく当たり前の発言なの？　違うよね？　世の中もっと私の考えに近いはずだよね!?）

どうしていいのかわからない、このアルダールを止めようと持ち上げた手！

見られてたっていう羞恥も加わった今、きっと私の顔は真っ赤ですよ……メッタボン、後でレジーナさんに泣きついてやるんだから……！　きっとレジーナさんは私の味方をしてくれるはず!!

（とりあえずアルダールの剣は、元がつくとはいえ凄腕冒険者のメッタボンでも相当気合を入れないと防げない、っていう解釈でいいのかな？）

キースさまは相変わらずニコニコと笑っている辺り、ちょっと腹の内が読めませんが……。

「アルダール、確かに彼の物言いは良くない。だがその辺りも今後、騎士隊の方で色々学ぶだろうし、同じような発言でファンディッド子爵から彼はここの出入りを禁じられたんだ。ファンディッド子爵の目の届くところで彼を罰するようでは、子爵の立つ瀬がないだろう？」

「……しかし、彼の言葉を許すというには少々甘い気もいたしますが。一度すでに咎《とが》められていながら繰り返すということは、彼には何も響いていないということでしょう」

「まあそうだろうね」

にっこり笑ったキースさまが、エイリップさまを見ました。

その後ろでメレクがちょっと困った顔をしているのがなんとも言えませんが……多分、お父さまたちがお見送りの場でパーバス伯爵さまたちを相手にしていても、一向に来る気配のないエイリップさまをメレクが迎えにきたってところでしょうか。

「ユリア殿も。包み隠さず、アルダールに言ってくれていいんだよ？」

「えっ」

「……ユリア？　何かあったのかい？」

「えっ。いえ。あの……先程の発言に似たような言葉を投げかけられただけで……それは、お父さまが咎めてくださいましたから！」

「……それだけ？」

「えっ」

アルダールが、私の方に向き直る。

エイリップさまが、アルダールの視線から逃れてほっとしたのかよろめく姿が見えましたが、すぐにメレクによって外に案内されている姿が……あれ？　動物園で猛獣から注意を逸らしている間に救出作戦をするような映像を思い出しますね？

（となると、この場合は……アルダールが猛獣で、私が猛獣用の餌というか囮《おとり》……？）

あれあれ？　なんの冗談ですかね。

でもなんだかちょっと私まで変な汗が出てきそうな感じなんですが、いや別に私は悪いこととかは一切していないので、後ろ暗いことなんて何もないんですけどね？

キースさまがあんな言い方するからいけないんだと思います！

責任を取って助けてもらおうと、視線をそっちに向けた瞬間にはもうキースさまがウィンクしてメレクと去っていく姿が見えました。あっ、見捨てられた⁉

（いやいや、ここで動揺してるから疑問に思われるんですよ。落ち着け私‼）

キースさま、後で覚えとけとちょっと思いました。言いくるめられそうですけど。

私は心の中でそう決めてから、アルダールを見ました。真面目な顔で私を見下ろす姿は相変わらずイケメンですが、若干眉間に皺が寄っていて……うっ、これは間違いなく心配されている。

「大丈夫です、アルダール。私はあんな言葉一つで挫《くじ》けたりするほど柔《やわ》ではありません。まぁ良い気分ではありませんけど……王城暮らしが長いんですもの、多少の悪口とかそういうものには慣れっこです！」

「……慣れてるってどういう意味だい……？」

「あっ、いえ。地味とかそう言われる程度ですよ⁉　で、えっと、エイリップさまに関してはちょっと腕を掴まれたりもしましたけど、先程も言った通り、お父さまが助けてくれましたから！レジーナさんと、メッタボンもです。だから何も問題ありません」

「……。ユリア、後できちんと話をしようか。馬車の中でゆっくりと、ね？」

「えっ」

こんなにも大丈夫って言ってるのに⁉

アルダールがにっこりと笑みを浮かべたのを見て、私は悟りました。

これはもう回避不可です、お説教コース直行です。

キースさま、あとで覚えといてくださいませ。

そう、追加で心に誓ったのでした。

幕間　離宮より、愛を込めて

「そろそろ、届く頃合いかしらねえ……」

「え？　なぁに？　何が届くの？　おばあさま」

一緒に離宮でお茶をしていたら、外を眺めていたおばあさまがぽつりと呟くから、わたしも気になったの。

だって何が届くのかなって思うじゃない？

新しいアクセサリーとか、美味しいお菓子とか、綺麗なガラス細工とか。

おばあさまはお洒落だから、わたしも是非教えてもらいたいもの！

そう思って聞いてみると、おばあさまは優しく笑ってくれたの。

「ああ、いえね。大げさなものじゃないのよ、プリメラ」

「えぇー教えてほしいわ！」

「ふふふ、しょうのない子ねえ。セレッセ伯爵キース・レッスが、ファンディッド子爵領に行くというから、後で贈り物を届けると事前に子爵に伝えてもらっているの。その贈り物がそろそろ届く頃じゃないかと思ってね？」

「ファンディッド子爵領？　ユリアのところ？」

「そうよ」

おばあさまがフフフと笑う。

なんだろう？　ユリアに何か贈り物？　わたしが気になって仕方なくて、でも聞いちゃいけないのかなって聞けないでいるとおばあさまはわたしの頭を撫でてくれた。

「わたくしの所有する馬車であの子を送ってあげたのはお前にも教えてあげた通り、先だっての園遊会の、わたくしからの褒美のつもりです。ですけれど、あの子の誕生日をお祝いしてあげてなかったと気が付いたものだから」

「おばあさまもお祝いしてくださるの？」

「ええ、ええ。今までは社交界デビューもせずお前の傍に仕える侍女としての立場を貫いていたから言葉だけを贈らせてもらっていたけれど、今年からはわたくしが懇意《こんい》にしている令嬢としてお祝いをしても構わないものねえ」

「あっ、そうかぁ……！」

侍女に贈り物をするのはちょっと変だけど、確かに懇意にしているご令嬢に対してならおばあさまが個人的に贈り物をしてもおかしな話じゃないものね！

わたしが納得したのを見て、おばあさまはまた微笑んでくれたの。

でも一体何をプレゼントしたのかしら。

「ねえおばあさまは何をあげたの？」

「ふふふ、折角ですからね。楽しい時間をあげることにしたの。プリメラにも相談したでしょう？

お休みを延ばしてあげましょうって。大丈夫よ、護衛も手配してありますからね」

「あっ、前にお話ししてくださったことね？　ユリア、喜んでくれるかしら」

「ええ、きっとね。ほらプリメラのところの料理人と、その恋人である護衛騎士。彼らも護衛任務を途中で解いて休暇を楽しめるようにするっておばあさま、ちゃんと約束したでしょう？」

そう、ユリアの帰省に伴って護衛を買って出てくれたメッタボンだけど、レジーナと休暇を合わせていたって他の人に聞いて、折角なのに悪いなあってプリメラも思ってたの！

恋人なのだもの、一緒の時間を自由に過ごしたいんじゃないかなぁって。

（わたしはディーンさまとお出かけとかはできないから、できる人たちは楽しんでほしいって思うのは……悪いことじゃないもんね？）

二人がユリアのことを心配したり、好きだと思ってくれるのは嬉しいけど、わたしはメッタボンたちのことも好きなんだもの。

「荷物と一緒に代わりの護衛も着くと思うから、安心してちょうだいね？」

「ありがとう、おばあさま!!」

「キースの坊やもユリアには恩があることだしねえ」

「え？　そうなの？」

「ええ、そうよ。セレッセ領の布地が流行したのも、あのドレスを着てくれたおかげだものねえ」

くすくす笑うおばあさまに、わたしもそう言えばそうだったなぁって思うの。

（あの夏の日、わたしの誕生パーティで社交界デビューしたユリアかあさま。あの時のドレス、素敵だったなぁ……!!）

おばあさまは、傍にいたおばあちゃん侍女と目配せして笑ってる。なんだろう？

でも楽しそうだから、きっとわたしとユリアみたいに、おばあさまにとって『特別』な関係の侍女なんだろうなあ。

聞いたら二人がどんな関係なのか、教えてくれるのかな？

でも聞いたら勿体ない気がする。

だってわたしも、かあさまとの関係を誰かに自慢したいけど……なんだかそれを話しちゃうのが、勿体ないなって気もするんだもの！

わたしと、かあさまの二人の秘密！

王女宮のみんなは本当は知ってるかもしれないけど……でもいいの。秘密なんだから!!

（でも、おばあさまからの贈り物が急に届いたら、ユリアったら驚いちゃわないかしら）

おばあさまからの褒美として馬車を出してもらえるって話が出た時も、かなり遠慮していたものね。そりゃまぁ、王室から使用人の帰省のために馬車が出るだなんて特例のことだとわたしでも思うもの！

でもユリアはそれに値《あたい》するくらい、あの園遊会での騒動で褒められる行動をしていたんだから良いと思うの。

表立って表彰とかは特にないんだって聞いて、ちょっぴり悔しいくらいだったんだから！

お隣の国の、大臣の奥さまを一生懸命庇《かば》って助けたのよ？

でも侍女としてそこにいたんだから、それをするのは当たり前なんだって。

もし令嬢として居合わせて、身を挺《てい》して庇ったのならきっと表彰されていたんだろうって。

そうお兄さまは仰っていたけど、……それは、わかるのだけど。

でもプリメラは、わたし個人としては悔しかったんだもん！

「さあ、プリメラ？　お茶が冷めてしまうわよ？」

「あっ、はぁい！」

おばあさまに勧められるままに、お茶を飲む。

うん、美味しい。

美味しいけど。お茶菓子も、美味しいけど。

メッタボンの、お茶とお菓子の方が、美味しい。

ユリアが淹れてくれたお茶の方が、わたしは好き。大好き。

（今頃、何をしているのかしら）

ご家族と、色々お話をしているのかしら。セレッセ伯爵の妹さんが嫁いでくるって話だから、きっと色々あるのよね。

プリメラにできることは、何もない。ここで待つしかできない。

もしユリアが、『家族っていいなあ』ってプリメラから離れちゃったらどうしよう？

（そんなことないもん！）

かあさまは、プリメラのこと大好きって言ってくれたもの。

家族も大事だけど、きっとプリメラのことも同じくらい大事だって言ってくれると思うの。

だってわたしも、そうだから。

おばあさまも、お父さまも、お兄さまも、勿論……お義母さまも。

家族のみんなが、大好き。

かあさまも、大好き。

「どうしたの？　プリメラ」

「ううん、プリメラ、おばあさまのこと大好きだなぁって！」

「あらあら。ありがとう、わたくしも大好きよ」

優しく目を細めて笑ってくれるおばあさまは、素敵なレディ。

わたしもいつかおばあさまみたいに、こんな風に大人な振る舞いができるようになって、ディーンさまの横に立てるかしら？

その頃には、わたしとユリアはどうなってるんだろう？

今みたいに、王女と侍女？　それともバウム家のレディと、その侍女？

輿入れしてもついてきてくれるって言ってくれてたけど……先にユリアがバウム家に嫁ぐのかしら？　そうしたらユリアはお義姉《ねえ》さまってことになるのかしら。

うーん、わからないことだらけだけど、そう考えたらずっとずっと一緒よね！

「えへへ」

「あら、今度はご機嫌ね？」

「ユリアはきっとおばあさまの贈り物を喜ぶんだろうなって思ったらプリメラも嬉しくなっちゃった。おばあさまがなさることですもの、きっと素敵だと思うから！」

「……プリメラは、良い子ね」

おばあさまが、笑って頭を撫でてくれるその手が、大好き！

帰ってきたらきっとユリアが色々話してくれると思うから、それを楽しみに寂しいのを我慢するの。わたしの所に戻ってきて、『ただいま』って言ってくれるから。

だからわたしも、『おかえりなさい。楽しかった？』って笑顔で迎えてあげるんだ！

幕間　影法師の私

私は、何をしていたんだろう。

ふと、そう思ったのはつい最近のことだった。


私はパーバス伯爵家の次女として生まれ、育った。当然なのだけれど、育った環境が全てだった。長子であり嫡男である兄は私たち姉妹を疎んだ。

我が家は女性軽視のきらいがあって、女性は夫や家族に大人しく付き従うことこそが役目と、姉も私も幼い頃から口を酸っぱくして言われたものだ。

女だから学は要らない。

特にお前は容姿が凡庸《ぼんよう》だから碌な嫁ぎ先も見つからない、せめて大人しく自分たちの言われた通りにしていろと、まるで使用人のように領主経営や色々な雑務などをやらされた。

（女なのだから、それが当たり前……本当に？）

お客さまが来る時は、愛想笑いでご挨拶だけして後は部屋に閉じこもっていろと言われたり、他の家のご令嬢も、みんなそうなのだろうか。

なんて息苦しいんだろう。

そう、感じていた。そう、思っていた。

私にとって兄も姉も、優しい人ではなかった。兄は、怖い人だった。姉は、悪い人ではなかったけれど、親しくもなかった。今にして思えば、家族だというのに奇妙なものだ。

それでも母がいた頃は、まだマシだったように思う。

たとえ容姿が平凡であろうと、身綺麗にして、礼儀作法を身につけていれば、いつかどなたかと縁があった時にはきっと可愛がってもらえると言ってくれた。

事実、姉はそれからほどなくして父が見つけてきた結婚相手のもとへと嫁入りした。その後のことは、私には知る由《よし》もない。知りたいとは特に思わなかった。

私は姉よりも見た目が劣っていたから、父はどうしたものかといつも疎まし気に私を見ていた。

その辺りから、母が病に伏した。

兄も心配そうにするけれど、役に立たないと吐き捨てるように言うこともあって、情緒不安定なのだと思った。口にすれば殴られるので、言わなかったけれど。

父は、病気になった母について、どう思っていたのか知らない。

母が亡くなり、喪が明けたあたりだろうか。

「お前の嫁ぎ先が決まった」

そう言われた。拒否権はなかった。

きっとどこに行こうが、ここと同じだと諦めていた。

何せ父の部下で、妻を亡くしたばかりだという相手だもの。きっとそれなりにお年を召した方に違いない。その上、子供が一人いるのだと。

私のような小娘が、一体なにができるというのだろう。

輿入れの馬車の中でじわりと涙が滲めば、家人から泣くなと叱られた。

「ようこそ、ファンディッド家へ」

出迎えてくれた主人であるファンディッド子爵は、妙にオドオドした人物だった。

私が知る男性像のどれにも当てはまらない。そしてその傍《かたわ》らには、今日のためにオシャレをしたらしい黒髪の少女がちょこりと立っていて、私を見上げていた。

（ああ、そうか。この子も、きっと私と同じ）

この国の美醜でいえば、決してこの子は美人と表現される日はこないのだろう。

金の髪もなければ、儚げという雰囲気でもない。

幼くして下されるその評価を補うものなど、何もない。

できることは女として夫に尽くし、家を守る、それだけだ。そのための従順さを身に着けるだけなのだ。そして私がそれをこの少女に教えなければならないのだ。

（いいえ、私は……あの人たちとは違うように、やろう。私が辛かったことを、この子にしてはならない）

家人たちが、馬車に乗って去っていく。私だけを置いていく。

それだけで、このファンディッド家がパーバス家からどのように思われているのか、わかった。

でもそれは、私が解放された瞬間のような気もした。

だって、今日からは私が『女主人』なのだ。

勿論、夫の機嫌を損ねるようなことなどしない。だってそんなことになって実家に帰されたら、それこそ私のいる場所なんてなくなってしまうに違いない。

「お義母さまとお呼びしてよろしいですか？　私はユリアです」

「ええ、勿論よ。……ユリア、今日からよろしくね」

良い妻として、良い母として。私が生きる場所を、私が掴み取るのだ。

そう思ったのに、最初から勝手が違いすぎた。

それはもう、あまりにも実家と違いすぎたのだ。

価値観そのものが根底から覆《くつがえ》されるような、この扱い！

夫は私を愛してはいないのだろう、父が怖いのだろう、だけどそれを考慮に入れても優しい人だった。初めの頃はこんなに優しくするなんて、どんな裏があるのだろうと怯えたものだ。

夫が仕事に行く時に見送ったり、娘となったユリアと少し過ごしたりするのはひどく穏やかな生活で、私は困惑してばかり。可愛がっているつもりだけれど読書ばかりするユリアに、女性に学は要らないのだ、愛想や家庭的な振る舞いを覚えて夫に尽くすことを覚えなさいと言えば、あの子は困ったような顔をして私を見上げる。

それが私を苛立《いらだ》たせた。

（ああ、可愛いからこそ大事にしたい、だからこそ言っているのに！）

どうしてわかってくれないのだろう。

夫は私が書類仕事を手伝えば喜んで褒めてくれて、ほどなくして子供だって身籠《みごも》った。

名実ともに女主人になれたのだと思えば誇らしくもあった。

それなのに、言うことを聞かないユリアだけが、私の中で異質だった。

(女性は結婚して私のように、女主人に落ち着くのが幸せなのに)

美貌がないなら、美貌以外で夫を繋ぎとめるしかない。

それは本の中になどないし、学がありすぎては不興を買うことだってあるだろう。賢《さか》しい女は鬱《うっ》陶《とう》しいと思う兄のような相手だったら困るではないか。

それどころかユリアは行儀見習いに行ったかと思うと戻ってこず、そしてなんと王宮の侍女になってしまった。ああ、ああ、なんてことだろう。

(これでは婚期が遅れるばかりじゃないの!)

それだというのに夫はあの子の好きにさせてあげてほしいと言うし、メレクも姉を応援すると言い出すし、私には味方がいないのかと思った。

(……いいえ、違うわね)

あれから月日が経って、何が正しくて何が間違っているのかはまだわからないけれど、きっと私は勘違いをしていたのだと思う。

メレクが婚約の話をいただいて、その相手がセレッセ伯爵家だったことで舞い上がってしまった。

私の育てた、私の可愛い息子が世間に認められたのだと思うとたまらなく嬉しかった。

ユリアの方は幸いにも、王女殿下との結婚を盤石《ばんじゃく》なものとするために、お相手の親族が懇意にしてくださっているというし、すべてが上手くいっていると思った。

そんな折に、実家から連絡が来たのだ。

夫宛じゃない。私宛にだ。

嬉しかった、本当に、嬉しかった。ようやく、私を見てくれたのだと、思えたから。

けれど帰ってきた娘にも、私の味方だと思っていた息子にも、それは違うと言われてしまった。

そんなわけはないと言い切れない自分がいて、それがまた悔しかった。

そしてやってきた父と甥は、私が知っている冷たさと何も変わっていなかった。

私なんて見ちゃいない。

私は一体、何をしていたんだろう？

震える足元は、まるで氷の上を歩いているみたいに冷えてしまった。

「本当はね、わかっていたのよ」

ユリアと話しながら、私は私の影を見た。

ゆらゆら揺れるそれは、私を笑っているようだった。

「パーバス家の誰もが私に期待していなかったこと。心の中でファンディッド子爵夫人として頑張れば、実家を見返せると思っていた部分があるっていうこと。だけど、私の家族は、貴女たちだったのよね」

パーバス家の次女として生きてきた年月、その辛かった日々を、お父さまたちを見返すことで埋めたかった。

決して叶わないと知っていたのに。

「今更だわ。ファンディッド子爵夫人になって大分経つというのに。息子が婚約者を得るくらいに大きくなったというのに」

時間は戻らないと知っていたし、女に学が必要ないなんて時代遅れだってわかっていた。

だって、ユリアはちゃんと自分で道を切り拓いてみせたもの。

私ができなかったことを、この子はちゃんとやり遂げてみせた。

それが、答えなんだって私はもう、気づいてしまったの。

羨ましかった。家族に愛され、許される貴女が。

可愛かった。私と同じように、世間から認められない貴女が。

だけど、そうね。

「ユリア。貴女は私のように悩まなくて良いの。私と違って、貴女はちゃんと『家族』に愛されているわ。私のせいでうちの家族は、今まで家族として少し、歪だったかもしれない。だけれど、これからは、ファンディッド家の一員として私も生きていきます。貴女の義母として、メレクの母として、立派になりたい。今更だとしても、赦してくれますか」

許しを乞おう。

貴女を通じて、過去の私に。

そして願おう。

私はこれから、ユリアに自分を重ねることなく、愛していくことを許してほしい。

可愛い、私の娘。

わかってあげられなくてごめんなさい。わかろうとしなくてごめんなさい。

これからようやく、私は母親になるのだと、この歳になって知った。

もう影法師の私は、笑っていなかった気がした。

第四章　旅には色々つきものです

あの後、なんとかアルダールを宥《なだ》めて……というか、話は結局馬車の中でゆっくりと、ということになったので私にとってはなんだかお説教コース一直線に違いないのですけれども、とにかくお客さまの出立を見送らなくてはと外に出ました。

するとそこにはもう出発を始めた馬車の姿があって、思わず呆然としましたよね‼

お父さまがちょっと何か言いたげでしたけど、笑顔のキースさまに封殺されたっていうか。え、貴方が原因の一端を担ってますよね。

そう口に出さなかった私、偉い。

「いやぁ、パーバス殿はユリア殿にお別れの挨拶をしたかったようなんだが、エイリップ殿が少々具合が悪そうだったのでね！　早々にお帰りになってしまったよ！」

「……さようですか」

「うんうん。我々もできれば準備ができ次第、出立したいと思うんだよ。それでいいだろう？　アルダール」

「私は構いませんが……」

「ユリア殿も良いかな？」

「ま、待ってください。まだ支度が済んでおりませんし、アルダールももう少し休憩してからでないと辛いのでは？　王城からここに着いたのは先程ですよ？」

「ははは、ユリア殿！　騎士の体力はなかなかのものだよ？　心配なさらず！」

キースさまは楽しそうに大笑いしてアルダールの背を叩きました。

アルダールも苦笑してるけど、ええ、そういうもんなの？　いやもしもに備えて騎士に体力がないと困るのはわかるけど、休める時は休んだ方がいいんじゃないのかなあって。

まあ、キースさまはご自身の領に早く戻られたいのかもしれないし、あまり遅くに出発しても……。

「メレク、そちらの支度は？」

「も、もうすぐできると思いますので確認してきます！」

私が問えば、メレクは慌てて中に戻っていった。

うん、まあ私は元々王城からの帰省だしそんなに荷物はないけど、メレクはそうじゃないものね。

家人が準備をしてくれているとはいえ、なんせ急なことだったたからなあ。

レジーナさんが言っておいてくれたから、多分私の分はもう済んでるはず。

アルダールをちらっと見れば、にっこり笑顔で返されるし。

「……ではお父さま、お義母さま、私も準備の確認をしてまいります」

「あ、ああ」

「お父さま、出発の前に、少しお時間をいただいても？」

「勿論だとも」

「ありがとうございます」

お父さまが即答してくださったので、それが嬉しい。

お義母さまとはまだ少しだけ、ぎこちない雰囲気が残っていましたが、お互いに笑顔を見せられたと思うし……うん、うちの家族はガッタガタだったけど、今回のことでそれなりにちゃんとお互いの気持ちが見えた気がします。

今まで見てこなかった部分とか、気づかなかった部分とか。

もっと、言葉にしなきゃ。私も、わかってくれるはずとか甘えていないで。

（そう思うと）

自分の部屋に向けて歩く私の隣を、アルダールが当たり前のように歩いてくれる。

それをなんとなしに見て、思いました。

（やっぱり、アルダールはすごいなあ）

幼い頃に、悩んでちょっぴりやさぐれたっていうのは本人の言葉だけど。

彼の家庭環境から考えれば、家族と心を開いて話すっていうのは結構な勇気が必要だったはずで。

私みたいに、ぐじぐじ悩んだり、泣いたり拗《す》ねたり……そんなアルダールはちょっと想像ができないけど、悩んだりはきっとしたんだろうなあって思うと胸がこう、きゅってしました。

「どうかした？」

「えっ」

「こっちを見ていたから」

「……アルダールは、すごいなぁって」

「え？」

「えっ。あれっ？　ええと。後で、……馬車の中でお話しします」

私がいきなり褒めたからアルダールは小首を傾げたけど、今ここで立ち話するような内容でもないなって思って馬車の中でって先延ばしにしました。

だってお父さまに時間くださいとも言ってあるし、準備の確認もしなくちゃだし、……家族と喧嘩したわけじゃないけど仲直り（？）をしたなんて話は廊下では、しづらいじゃないですか。

それに思わず、すごいなぁって言っちゃったわけですが、いやまあすごいなぁって思ったのは事実ですので嘘はないんですが、だからって本人にそんなこと言うつもりではなかったっていうか。

アルダールだってすごいって言われて、それが家族と向き合う勇気がうんたら言われても微妙な気持ちになるんじゃないですかね。

いやぁ私ったらアルダールを前にするとどうも失言が多い気がしてきました。これは気をつけねばなりません。旅行中は気を引き締めていきましょう。

「あっ、お嬢さま！　お荷物、まとめておきましたが、他にもお持ちになる物があるかどうかご確認をお願いいたします」

「ええ、ありがとう」

部屋に着くと丁度、年若い侍女が私の荷物をまとめ終わったところでした。

ちょっぴりアルダールの方を見て頬を赤らめていたのがなんていうか……うん、まぁ確認するまでもなくイケメンだもんね、しょうがない。

私は荷物をざっくり確認して、持ってきたものは当然持ち帰りますが他に必要なもの……うぅん？　実家から持っていくもの、ねえ。あったかな。特に思い当たらないなあ。

なにせこれから他の領に行って、こちらに戻ってこないで王城に戻るようになるでしょう。だとすればあまり無駄に荷物を持っていっても……ねえ？

（顔合わせについての家族会議はもう後は手紙でやり取りするとして……）

部屋を見回して、やっぱり持っていくものは思いつかなかったので、侍女に荷物を運び出すようお願いしました。

アルダールは室内をちょっとだけ見回して、物珍しそうにしてましたが……うん、まあ。世間一般の貴族令嬢に比べたら、私の部屋は普段暮らしていない分、どうしても物がないですからね。自分で言うのもなんですが殺風景だと思いますよ。それが物珍しいのかも。

下手したら王城にある私の部屋よりも殺風景だよね、この部屋……女子力が今、フェードアウトしていった気がする！　そしてそれを気にしたら、負けな気がする!!

いや、何と戦ってるんだよって誰かに突っ込まれたら何も答えられない気がしますけどね……今度からはマメに帰省するってお義母さまと話をしたんだし、何か飾ろうかな……。

「ユリアは、十歳くらいから王城で暮らしていたんだっけ」

「え？　ええ」

「……それまでは、ここで過ごしていた？」

「そうです」

「なんだか、不思議だな」

「不思議、ですか？」

「ああ」

アルダールが、そっと壁を撫でるようにして私に笑いかけてきました。

ちょっぴり、照れくさそうな、楽しそうな、そんな表情を見せるからまるで少年みたいだと私も思わず笑みを返しましたけど。

「子供の頃のユリアはどんな子だったのかなってちょっと思ってね。その頃、私たちが会っていたらどうなっていたかなぁって……ね」

「まあ」

子供の頃に会っていたら、かぁ。

どうなんだろう。

中身が大人だっただけに、子供らしさがまるでなかった可愛げのない私と。

複雑な家庭環境からいち早く大人になりたくて、ちょっとやさぐれていたアルダール。

うん？　想像できないな！

「……ちょっと想像できないです」

「うん、私もできない。だけど、こうしてユリアが幼少期を過ごした部屋にいるんだと思うとちょっとそんな馬鹿げたことを考えてしまって」

おかしな話だね、と笑ったアルダールの笑顔がとても楽しそうで、私は何も言えませんでした。

多分アルダールのことだから、子供の頃の私も可愛かったんだろうとかそんなこと考えてそうですからね。実際はそんなことありませんよ、なんて夢を潰すような真似は人間としても恋人として

もできませんからね……‼

デキる女は、口を噤《つぐ》むことも忘れないものです！


準備を速やかに終えた我々は、玄関ホールに再び集結しました。

先程とは違い、メレクは旅装としてもう少し動きやすいものに着替えていました。

目的の街までは少し距離があるので速やかにファンディッド家を出発、途中セレッセ領内にある目的地手前の街で一泊、という計画だそうです。

計画って辺りでもうね、いつから考えてたのよ？　って突っ込みたくなりましたけど聞いたら聞いたで後悔しそうなのでそこは何も聞かないことにいたしました。

キースさまがにっこり笑ったら、もうなんだか勝てる予感はしないじゃないですか。

私はわざわざ聞かなくていいこと、知らなくてもいいことに対して勇猛果敢に挑むようなタイプではありません。ええ、なんでもかんでも穏便《おんびん》に。これ大事‼

お父さまとは少しだけ、二人きりで話せました。

なんとなく、こう……ぎこちなくなりましたけど。

それでも、また遠くないうちに、まあメレクの婚約顔合わせって理由で帰省するし、その時にまたゆっくり時間をとって……家族でいろんな話をしようって約束をしました。

メレクの婚約式はセレッセ領で得た情報からメレク主導で決めて、私にも確認の手紙をくれるということに落ち着いて……笑顔で再会を約束できたと思います！

お義母さまは……ちょっと私、出立の際に目を逸らされてショックがないわけじゃないですけど、今回は複雑な心の内を聞けて良かったと思います。次回はもう少し、うん。

もう少し、お互い本音で話し合えればいいなって思います！

そんなこんなで、無事出発したんですけどね？

「ええと、アルダール？」

「なんだい？」

「なんで隣なんですか」

「あれ？　だめだった？」

「いえ、だめとかそういうわけじゃないんですけど……」

無事出発となったわけですが、出発した馬車の中。キースさまとメレクがセレッセ家の馬車、アルダールと私が王太后さまがお貸しくださった馬車に分かれ、セレッセ家の家人の方々が周囲を護衛する、元々の予定通りとなったんですが……。

「ちょっと、あの、距離がですね？」

「うん？」

「ち、近くないですか？」

そうなんですよ！

いいえ、馬車の中なんだから狭いんだし距離が近いのはしょうがないよねって話なんですけどそういうの以上に近いっていうかね？　これわざとですよ絶対!!

だってこの馬車、魔法の馬車だから内部は広いんだもの！

来る時に私とメッタボン、レジーナさんの三人が乗っても余裕の広さでしたからね。まあ来る時は私の隣に誰も座ってませんでしたけど。

ですけどね、アルダールったら私の様子を見てにこにこ笑ってるんですよ、これが。

（これって、からかわれてる？）

うん、からかわれてるのかなコレ！　反応が面白いなあって思っているでしょう。

くっ、よくわかっているじゃないですか……!!

「いいじゃないか、私たちの関係を考えたら」

「いえ、あの。ほら！　アルダールは今、まだ任務中でしょう」

「まあ……そうだね」

「で、ですからほら、そこに私情を挟むのはどうかなぁって思うんですよ。ねっ？」

「でもそれは建前……ってキース殿も仰ってたろう？　それに、もうじき私は休暇だけど？」

「だけどこの距離は……」

「いや？」

「いやってわけじゃなくて……！」

あぁーいつも通りアルダールのペースで物事が進んでいく……。

私、いつか勝てるんでしょうか。いつまでもこうやってアルダールのペースで進んでいくんでしょうか？　いやってわけじゃないんですけど、これに慣れることができるんでしょうか。心臓がいくつあっても足りない気がしてなりません!!

なんかさりげなく手を握ってますけど。

アルダールって手を握るの、好きですよね？　いえ、私も嫌いじゃないですけど。

この笑顔を見たら何も言えるはずもないですけど。わかっててやってるのか……‼

「それじゃあ、少し真面目な話をしようか？　到着まで時間はたっぷりあるからね」

「えっ」

なんでしょうその死刑宣告みたいな物言い‼

別になかったことにするつもりはありませんでしたよ？

ただ、ほんのちょっぴり？　このまま楽しい旅行になるといいねって会話で終わらないかなー、なんて思ったりなんかしたりしなかったりとか、ほらやっぱり人間楽な方に楽な方に思考がいくものであって……はい、ごめんなさい、自分からは言い出す勇気はありませんでした！

「え、ええと……何を、お話ししましょう？」

「そうだなあ」

私の質問に、アルダールは少しだけ考える素振りをしてから、また笑顔を見せてくれました。

そして握っていた私の手を軽く持ち上げるようにして、軽く手の甲にキスを落として……って、あああああ、そういうことしちゃだめだってー‼

どうしてこうこの人、甘い所作がこんなにも似合っちゃうのかなあ。

わかってますよイケメンだからですよね⁉

でも何でしょう、真面目なお話するんだって言ったのもアルダールなのに！

「……先程の彼の話をしようか。パーバス伯爵さまの孫、だったかな？」

「エ、エイリップさまのこと、ですよね？　メレクの婚約に際してパーバス伯爵さまがお祝いの言葉を直接届けに来てくださったのです。それで、年齢も近いからメレクの友人になれるのではということでご一緒にお越しに……」

「ふぅん？」

「勿論、建前のことであって……まぁ、そこは……」

「わかった、そこは聞かない。で、何を言われたんだっけ？」

あっ、笑顔が怖い。

そう思いましたけど、ここで言葉を濁す方が危険な気がする……。

私は諦めて、素直に話すことにしました。

「……アルダールが、私を選んだのはディーンさまのため、だと……」

「ユリアはそれを信じる？」

「えっ？」

アルダールの質問に、私は思わずびっくりして彼の顔を見つめてしまいましたね！

あっ、真っ直ぐに彼もこっちを見ていたから目を直視しちゃいましたよ。あーあー慣れたとはいえまだ美形直視はダメージが……って言っていられない空気ですが。

「信じてません」

不安に思ったことがないとは言いませんけど。

でも、私は私のことを信じてはいませんが、アルダールのことは信じています。

だから、そこはきっぱりと答えることができました。

するとアルダールが安心したような表情を見せたので、もしかして私は彼に不安を感じさせるようなことをしたのだろうかとちょっと心配になりました。

「アルダール?」

「いや、うん。私は真摯《しんし》に気持ちを伝えたし、その上でユリアの心を得たのだと思っているし、それらは事実だとわかってる。わかっているけど」

困ったように笑ったアルダールは私の手を離すと、今度はそのまま両手で私の頬を挟むようにして至近距離で……えっ、ただでさえ狭いこの空間でそれはちょっと……!

いや、御者さんだって勿論見てないし、恥ずかしいけど別に変なことしてるわけじゃないし、人目を忍ぶ仲ってわけでもないし、問題ないっちゃ問題ない!?

いや、ただ単に私が恥ずかしいってだけでね? それが一番重要なんだけどね!!

「周りの言葉で、ユリアが揺らぐようなら、それは私が不安にさせているのと同じじゃないのかと思ったら気が気じゃなくて」

「そんなこと、ないですよ」

「それにあの男に腕を掴まれたとか言ってなかった?」

「それは……まあ、その時、エイリップさまはお酒を嗜まれていて、少しばかり気が大きくなっておいでだったのだと思います」

「うん。だとしても、怖い思いをした?」

「……。……少しだけ」

そんなことないですよ、って言おうかと思ったんです。

心配をかけたくなかったから。

でも、どうしてでしょう。

アルダールが真っ直ぐに私を見てくれる眼差しが、私を案じてくれているものだと思うと。

弱音を言っても、許される気がしたんです。弱音というか、ちゃんとした大人でなくては、といつも私は考えていたんだと思います。

大人って何だろう？　から始まって、弱音を吐かないで頑張る姿っていうのが理想なんじゃないかな……って。

実際にはそんな人間は存在しないと思うんですけどね。だって人間だもの。

前世の記憶があるのも関係しているのかなと思ってはいますが、そこまでちゃんと考えたことはなくて……なんて言うんだろう？

日々を生きるので精一杯っていうか。

ご側室さまに出会えて、プリメラさまにお仕えして、毎日が幸せで。

だからその幸せを手放さないように、でも私は平凡だから、人一倍努力をしてなくちゃいけなくて、弱音を吐いている余裕なんてなかったし、強がりだって必要だったんだと今は思います。

そんな私に対して、アルダールは困ったように笑っていました。

「……怖い思いをしたんだったら、私にもっと甘えてくれていいんだよ？」

「だって」

だって、それは。

あの時、アルダールは傍にいなかったんだから、どうしようもなくて。

実際に、私は無事で、確かにエイリップさまに腕を掴まれて怖いと思ったのは事実で、アルダールがいてくれたらってちらりとも思わなかったといったら嘘になるけど。

怖かったの。そう甘えて、良いのだろうか？

何もなかったのに、彼のせいじゃないのに。

だけど。もし、許されるなら。

「……少しだけ、怖かった」

「うん」

「少しだけ、ですけど」

「うん」

でも、言葉にしてみたら。それはすとんと私の中で、落ち着きました。

怖かった、助けてほしかった、ほっとした、そんな感情は言葉にはなりませんでしたがきっと彼にはわかったんでしょう。

そのまま引き寄せて、抱き留めてくれました。

恥ずかしいはずなのに、温かくて、優しくて、ああやっぱりすごいなぁって思っちゃって。

「……アルダールを、すごい、って私、言ったでしょう？」

「え？　あぁ、そうだね」

「私、……家族と仲が悪いわけじゃないですけど、すごく良かったわけでもないんだなってようやく気づけたんです。アルダールが、家族と向き合ったのを見て、私もできるんじゃないかって勇気をもらったんです」

「私が？　ユリアに勇気を？」

「ええ」

私へのプレゼントのために、家族と話をして、その力を借りることまでしてくれたアルダールに、家族と向き合って歩み寄っている彼の姿に。

知らない間に、私も、なんて思ったんです。

「お父さまが私のことを愛してくれていても『不器量だ、働くしか道がないなんて可哀想だ』って言う度にそんなことはない、幸せだって……手紙とかで伝えてきました。でもそれは、ちゃんとお父さまの目を見て、私の気持ちを正直に伝えたとは言い切れなくて。心のどこかで、親なんだから理解してくれて当然だって思っている部分があって」

「……うん」

「お父さまが仰ることは、何もおかしなことはないんです。領地持ち貴族の長女ですもの、一般的に言えば早々に婚約者を見つけて嫁ぐのが当たり前で、……だから、お父さまは間違ってはいない。私の方が、珍しいんです」

そう、私の考え方が前世に影響されているんだろうなっていうのは自覚している。

働く女の何が悪い、って開き直って。プリメラさまのお傍にいることが楽しくて！

でもそれは、あくまで私の都合。

一般的な考えと違う娘を持つ父親の苦悩を、見えないふりをして『親なんだから』って考えを押し付けていた私の逃げだったんです。

「それで、ちゃんと話せばきっとなんとかなるって思ってて。でも上手くいかなくて……結果としては、パーバス伯爵さまたちがいたから逆に話し合えたり見えたりした部分があって」

「うん」

「ごめんなさい、……変な話をしてるって思うんだけど」

「いいよ」

「アルダールが、私に、きっかけをくれたの」

それは、ちょっぴり苦しいことだったけれど。

お父さまの気持ちも、お義母さまの気持ちも、知れて良かったと思っています。

なんでこんな複雑なことを、簡単に解決できるって思ったんだろう？

そう思うと、ますますアルダールが家族と向き合ったことがすごいなって思うんです。

「エイリップさまが仰ったことは、城内でも噂になっていたから知っているの。だから、今更傷ついたりなんてしない。もし、とか考えなかったわけじゃないけど……」

「けど？」

「私は、……私『が』アルダールのことを好きだから、それでいいって思ったの」

疑うというよりは、自分に自信が持てなくて最初のうちは傷ついた。

だけど、それはあくまで自分に対しての問題であって、アルダールに疑心を……とかはなかった。

どうしてこの人は私のことをこんなに大事にしてくれるんだろうって、ドキドキすることはあるけどね！　今もだけど。

「そりゃ、すごい美人にはなれないし、照れてばっかりで恋愛初心者すぎるし、名前を呼ぶのだって随分と時間をかけてしまって……その、迷惑を、かけてばっかりだけど……」

あれ？　何を話そうと思ったんだっけ。

段々とまとまらなくなってきた話に困ってしまった私を見て、アルダールがふっと笑いました。

「アルダール？」

「私も、ユリアが好きだよ。ありがとう」

好きだ、と改めて言葉にされた上で掠《かす》めるようにキスされて、その流れるような動作に思わず見惚れてしまいますけど今、キスされた！

その事実に熱が上がってくる感覚に思わず離れようと身を引こうとしても、それはできません。

でも、なんでしょう、馬車の中だってわかってるんですが、彼が私を安心させようとしてくれているのがわかっているから、文句を言ったり怒ったりだなんてできなくて、むしろ……今は、姉だからとか、王女宮筆頭だからとか、そういうのを取っ払った私しかいないんだなって。

「やっぱりアルダールは、すごいですよ」

「そう？」

「……こんな私を、甘やかしちゃうんですからね」

「恋人を甘やかしたいっていうのは、普通だと思うけどね」

「それはそうかもしれませんけど。……やっぱり手慣れてる？」

「へぇ、そんなこと、この状況で言い出すんだ？」

「あっ、やっぱり今の無しで」

にっこり笑顔が怖くなる！

やらかした!!　そう思った瞬間に、アルダールがぎゅう、と抱きしめてきて、あっこれマズいと思った時には弁明の機会もなく唇が重ねられる。

あっ、ほんとこれダメなやつだ！

私が何も考えられなくなっちゃうやつだ……!!

身の危険を感じて突っぱねようにもアルダールと私じゃ力の差が歴然としているわけで、下がろうとすれば抱きしめる力が強くなるし、だからって身を委《ゆだ》ねてとかそんなのちょっと無理無理無理!!

「またすぐ逃げようとする」

「と、当然です……！　こ、ここをどこだと思ってるの！」

「馬車の中」

「それはそうだけど、そうじゃなくて！」

「……うん、まあ。キース殿にも紳士の振る舞いを、とは言われてるからなあ。自重しようか」

「是非!!」

「嬉しそうなところが問題かなあ」

苦笑するアルダールですが、私にとっては身の危険をいかに安全に回避するかって話なんですよわかりますか！

必死になる私に、呆れたように笑いながらでしたけど、彼は引いてくれました。こういうところが紳士ですよね、ありがとうございます!!

「ね、アルダール」

「なんだい」

「私のために、怒ってくれて、ありがとう」

そっとだけど、ちゃんとこの気持ちは伝えておかないと。

今更、遅くなってしまったけど私がそうやって言葉にすれば、彼はちょっとだけ驚いたように瞬《まばた》きをしてから、また笑ってくれました。

「……どういたしまして」


道中、雪が降り始めたので少しだけ不安な気持ちになりましたが、目的の町には予定通り夜に着きました。馬車の中からは雪しか見えなかったんだもの……不安にもなるよね。

キースさまによると、この町はセレッセ領内でも交易で賑わう宿場町ということで、特にこの季節は目的地で行われる祭りを見物する客で賑わうのだそうです。

交易が盛んということで、色々な特産品が見られてなかなか楽しいそうなのですが、残念ながら天候に恵まれておりませんし、何より夜でしたから町はもう静まりかえっておりました。

そんな中、事前に手配済みということで宿から迎えが来ており、私たちは雪でもスムーズに移動……って手配済みって辺りがもうね⁉ やっぱり最初から仕組まれ……いえ、突っ込まないって決めたんでした。

「本当は明日の朝に出発予定だったんだが……雪で道が厳しいようでね、明後日《あさって》に変更だ。まあ明日は明日でこの町を楽しんでくれると嬉しい。この町も宿場町として賑わう良い町だ、見るところはたくさんある。祭りの会場となっている町ほどではないが、良い所だよ」

キースさまが誇らしげに私たちに今後の説明をしつつ、町のプレゼンをしてくれました。

まあ、雪での交通事情の乱れは仕方ありません。冬場は特に。

（しかし……落ち着かないわぁ……）

キースさまはまるで自宅のサロンかのように寛いでらっしゃいますけどね、ここ、宿屋さんのサロンなんですよ。なんかすごく豪華なので私は落ち着けません。

そりゃね、領主であるキースさまとそのお客さまが宿泊するとなれば、できる限り最上のお部屋を用意するでしょうね。当然と言えば当然なんですが、それがとんでもなく豪華なんですよ……本当にここ、宿屋さんですかねって聞きたくなるくらいです。サロンでこれなら、部屋はどうなっているのか恐ろしい！

ファンディッド領の宿屋さんでこんなに立派なのって目にしたことないです……メレクも唖然《あぜん》としてます……。このサロン、下手したらファンディッド家《うち》のサロンより立派じゃない？

（これが、交易とかで栄えている町の力ってやつなのですね……実感が半端ない……!!）

城下だと、貴族たちが利用するという理由で立派なお店が軒を連ねているということは理解できていました。そして、領地によってもやはり違いはあると学んではおりましたが、実際に目の当たりにするとこう、びっくりしますよね。ここまでとは思いませんでしたから。

ちなみにお部屋は全員個室です。まあそこはお互い貴族ですから想定内と言えば想定内ですが、廊下も豪華だったからまだ見ぬお部屋も推《お》して知るべし。

（メイナの実家も名の知れた旅亭だったはずだけど、こんな感じなのかしら……）

なんとなく王女宮にいるメイナを思い出しながら、私は落ち着かない気持ちで周りを見渡しました。そしてサロンの壁に掛けられている絵が王城でも見たことがある画家の作品だったのでむしろもっと落ち着かなくなったのは内緒です。

豪華な内装とかに気後れすることはないですよ、王城で見慣れていますから！

そうではなくて、単純に私自身が『客』っていう立場なので落ち着かないだけです。同じか。

ちなみに食事はもう済ませました。それもまた豪勢で……ってびっくりし通しですよホント……。

多分ですが、私とメレクは目を丸くしっぱなしだったと思います……。

旅ってしてみるものですね……。貴重な体験です。

「それじゃあ今夜はもう遅い、ゆっくり休んで明日から是非セレッセ領を楽しんでくれたまえ！」

メレクはもう少しキースさまとお話をするようで二人で出ていきましたが、私とアルダールはどうしようかと顔を見合わせて小さく笑い合いました。

なにせ夜の散策というには時間も遅くなってしまいましたし、天候も悪いですし、かといってお酒を飲む……というのも気分ではないと言いますか。

じゃあもう休めばいいじゃないっていう流れになるとは思いますけど、それはそれで勿体ないっていうかね？　なんでしょう、私ったら、なんだかんだ楽しくて浮かれてるんでしょうね！

「……どうしましょうか」

「どうせなら、このままここでお喋りでもしようか？」

「アルダールは、疲れてるんじゃないですか」

「馬車に揺られてばかりだから、大したことはないよ。……こんな機会は滅多にないしね」

くすっと笑ったアルダールは、もう近衛隊の制服ではありません。

そんな無粋《ぶすい》なものをいつまで着てるんだって、この町についてすぐ、笑ったキースさまに言われて着替えたんですよね。いつの間にか用意されていた衣服に、アルダールも苦笑していました。

まあその辺りは全部セレッセ領で受け持つということになっていたそうなので、アルダールも遠慮せず受け取ってましたけど。

（そういうところがさすがですよねキースさま。ホントにもう……）

栄誉ある近衛隊の制服を『そんな無粋なもの』扱いしても嫌味に聞こえないのは、キースさまご自身が所属しておられたことや、愛情が感じられるということ、そしてアルダールに対する後輩への気遣いが見えるから、なんでしょうね。

この宿屋さんだってキースさまが貸し切りにしているのか、他の宿泊客がやってくる気配はありません。私たちが落ち着いて過ごせるようにと配慮してくださったんでしょう。

少し離れたところに見える、メイドさんや給仕の男性、バーカウンターの奥でグラスを磨くバーテンさん。

しっかり教育がなされているであろう彼らはピシッとした姿勢で、いつ用事を言いつけられてもいいようにそこに佇《たたず》んでいます。室内にいる客人の数が減ったからといって、少しもだらけないところが一流なのでしょう。

程良い距離感も、こちらの会話に聞き耳が立てられていないという安心感を与えますし……っていけない、私は侍女の観点でそういうものを見にきたんじゃないんです！

「明日はどうしますか？　町中を見て回りましょうか」

「そうだね、ユリアは普段あまり城下から外には出たことがないんだっけ？　帰省の時くらいなのかな、ファンディッド領までは直通の馬車もあるし途中下車とかはしない？」

「ええ、お恥ずかしながら」

まあ、全くよその町ってのに行ったことがないわけではないんですよ。

実家への帰省の際に、馬車の都合上、乗り継ぎで時間潰しをしたりとか、プリメラさまが陛下のご公務についていかれる際の給仕役として同行したりとかです。

ただまあ帰省の時は隙間を縫っての行動なので、そこまで周りを見ている余裕がないですし、プリメラさまのお付きとしてだと、勤務中によそ見なんて以《もっ》ての外っていうか。

うん、結局それは……ほぼ知らないと同義ですね‼

改めて思うと私って本当に仕事のこと以外、世間知らずだな……⁉

若干落ち込む私にアルダールは気づくこともなく、少し考えているようでした。

「なら、少し見て回ろうか。私もこの町に詳しいわけじゃないけどね。キース殿が自信たっぷりにああ言っておられたのだから、何かしら見て楽しめるものがあるんだろう」

「そうですね！　あ、でも……天候次第ですね」

「ああ、そうだね。天気が良くなったら行こう」

私の言葉にアルダールも苦笑しながら頷いてくれました。

暖かい部屋から見る窓の外は、雪がしんしんと降り続いていますからね……。

向こうが見渡せない感じで吹雪きはじめていますから、きっと今夜は誰も出歩かないか、どこか暖かな店の中で過ごしていることでしょう。

（今頃プリメラさまはどうしていらっしゃるかしら？）

寒くはないだろうけど、寂しく思われていないでしょうか。

私はこうしてアルダールと一緒にいられることに、ちょっとだけ申し訳なさを感じています。

だって、ほら。

いくらプリメラさまがディーンさまとお時間を共にと願われても、ご一緒に過ごすのは色々と手続きが必要なのです。婚約者（候補）といえども、ディーンさまはまだ臣下なのですから。

プリメラさまご自身はとても聡《さと》い方なので、あちらの都合を考えずに呼びつけたり、ご一緒できたからといって無理にお引き止めになることもしませんし……完璧な、そして優しくて思いやりに溢《あふ》れる女の子です。だから我慢してるんじゃないかなと心配なのです。

きっと本音は、もっと一緒にいたいと思うんですよね。

城内の庭を散策したり、他愛ない会話をしたり、……普段私がアルダールとしているような、そういうものに憧れておられることをこのユリア、知っておりますとも‼

（プリメラさまは、私の恋を応援してくださると仰った。……だけど、私も優しいあの子たちの恋を、応援したい）

何ができるんだろう？

プリメラさまとディーンさまが会える時には精一杯のおもてなしをしてきたつもりだし、今後も二人のお茶会ではしっかりと給仕をするつもりだけど。

（だけど、それだけで足りるんだろうか？）

私ばかり、最近幸せなんじゃないだろうか。

そりゃまあ、ちょっと不安なことがあったり、まだよくわからない胸の内にあるモヤモヤとした気持ちとか、まだ整理できていない部分もたくさんありますけど。

私は、私の周りの人にたくさん優しくしてもらって、こうして応援もしてもらえて……ってそれはそれでうん？　アルダールとの恋を公認で応援されるってちょっと、いや、かなり？　恥ずかしくないかな？

「ユリア、また何か難しいことでも考えてるだろう」

「えっ、別にそんなことないですよ？」

「私と旅行に来ることになって、困ってる？」

「そんなこともないです。一緒にいられて嬉しいですし」

「……どうしてそういう時は照れないのかな」

「え？」

「いいや、私もユリアといられて嬉しいけどね」

うーん、プリメラさまに対してちょっと申し訳ない気持ちが……なんてアルダールに言ったら彼も気にしてしまうでしょうか？　そういう風に言うとまた気を使うなとか言われそうだし、アルダールにも普通にお祭りを楽しんでほしいって思っているっていうか……。

いや、ここは素直に相談しましょう！

後でちくちく突っつかれてもさらにその後が怖いですしね！

私、ちゃんと学習してますから!!

「アルダール、私は貴方と一緒にいられて嬉しいけれど、本音を言うとプリメラさまとディーンさまに少し申し訳ない気がしているんです」

「……え、ああ……なるほど」

「それで、何かできないかなと考えていたんです。別に不満はありませんし、先程も言ったように
アルダールと一緒にいられて嬉しいですよ？」

「そういう時はユリアって直球だよね」

「え？　……あっ⁉」

素直に、ちゃんと気持ちを言葉にしなくちゃ。

そう思ったら取り繕うべきところを取り繕うの忘れてるっていうね！

自分で言ったセリフながら、相当甘ったるいセリフでしたね！

アルダールに突っ込まれてどんだけのこと言っちゃったのか自覚すると、穴があったら入りたい
気持ちになりました……‼

勿論、耐えましたよ。

ええ、耐えましたとも。

アルダールったら、顔を真っ赤にして突っ伏《ぷ》した私に笑いを堪えるのが大変そうでしたけどね！


若干の、こう……醜態《しゅうたい》を晒した夜もなんとか乗り越えて！

どう乗り越えたのかって⁉

最終手段、何もなかったことにして話を続ける……というのは私の心がもたなかったので、とりあえずアルダールの笑いが落ち着くのを待ってから仕切り直しをして、もう少しだけ話してそれぞれ部屋に戻っただけです。

うん、話し合っている間もアルダールが時々笑いを堪えていたのを私は知っていますよ……知っていますが突っ込んだらそれはそれで墓穴を掘りそうな気がしたので、思い出し笑いされようがなんだろうがそこは恥ずかしくてもスルー！

私ができる限りの力を込めて全力スルーを決め込んだってわけです!!

勿論、その後……割り当てられた部屋に戻った私がベッドに突っ伏したのだとしても、しょうがない。これはしょうがないんだ……。

変な声はあげなかったし転がりまわらなかっただけ私も大人の対応をしたんです。

できてないって？

今そう思った人は自分の胸に手をあてて自分の黒歴史を思い出せばいい!!

で、まあそんなこんなで翌日です。

もう昨日のことは吹っ切ろう！　私は過去よりも未来に生きる女です。

身支度を整えて食堂に向かえば、みなさますでにお集まりでした。早いですね……!!

私も言われた時間より早く来たはずなのですが……メレクが一番最後に、時間通りに現れて自分が最後なことに恐縮しつつ照れてました。うちの弟がこんなにも可愛い。

「幸い雪の方はだいぶ穏やかになったけれど、昨晩だけでかなりの積雪が見られたようだ。昨日話した通り安全のために今日は出発せず、明日の朝早くに出立ということでご理解いただきたい」

全員が席に着いたところで、キースさまから雪の状況が説明されました。まあ予想通りでしたので誰一人不満なんて口にすることはありません。

「この町もなかなか賑やかだからね。雪もちらついている程度だし、馬車移動ができないだけで町中を散策するには楽しめるはずさ」

「はい、僕も折角ですので交易場などを見学させていただきたいなと思います」

メレクが真面目な顔をして答えるのを見てキースさまは笑顔です。

朝からご機嫌ですね！

「そうか、ではメレク殿は私が案内しよう。アルダールとユリア殿はどうするのかな？」

「私たちはのんびりと町を見て回ろうかと思っています」

「はい」

アルダールが笑顔で答えてこちらを見るものだから、私も同意を示すために頷いて……いやいやキースさま？　そんな微笑ましいものを見る目をこちらに向けるのは止めてくださいませんかね。メレクも目を逸らすんじゃありません！　逆に恥ずかしくなるからね！　私が!!

「仲が良いようでなによりだ。買い物などもしてはどうかな、今日はどこの店も開いていることだろうし、なんならデート用の服などもプレゼントする良いタイミングだろう？」

「彼女に似合いそうなものがありましたら、その時に考えますよ」

いやいや、買わないでいいからね？

思わずそういう念を込めてアルダールを見ましたけれど、スルーされました。おのれ……。

それにしてもキースさま、私たちを仲良しだと微笑ましく見守ってらっしゃいますけれど貴方も

相当な愛妻家だと私は知っているんですからね！

祭り会場で奥さまと合流のご予定だということもメレク経由で聞いてます。

夫婦でお祭り見学とか本当に仲が良いですよね。

（いいなあ、そういえばうちのお父さまたちは連れだって出かけることもあまりなかったかもしれない。夫婦仲が良いのを見せるっていうのは悪くないよね……対外的にも、家族的にも）

しかもそれが美男美女だったりすると見てるこちらとしても眼福《がんぷく》眼福。おっと。

そう遠くない未来、メレクもオルタンス嬢と仲睦まじい姿を見せてくれるでしょうし、姪か甥が生まれたら私もきっと可愛がりますよ！

まだお会いしたことはありませんがゲームで見たオルタンス嬢はなかなか可愛らしい方でしたから、きっと似合いの若夫婦になること間違いありません。仲良くできたらいいなあ。

まあ弟夫婦に嫌われない程度に、ほどほどに。距離感大事。

ええ、そこは心に誓っておきましょう。

前世、職場にいたパートのおばさまが息子夫婦に対して、親心だからってついつい手出ししたり口を挟み過ぎて嫌われちゃったなんて重たい話を、なぜ今このタイミングで思い出した……私！

思わずスンっとしましたが、幸いそれは誰にも気が付かれていないようでした。

（よかった、危ない危ない……!!）

朝食を終えた後はもうみんな自由時間ということで解散です。夕餉《ゆうげ》の頃にまたここに集合ということで、私たちも出かける準備をするために部屋に戻りました。

といっても私の準備するものとしては外套《がいとう》とお財布くらいなんですけどね！

そうやって玄関に行くと、アルダールが先に来て待っていました。

「いや、私も今来たところだから大丈夫。どうやら町の広場辺りが一番賑やからしいよ。まずはそこでいいかな?」

「お待たせしました」

「ええ。楽しみですね」

「そうだね。寒くない?」

「ええ、大丈夫です」

アルダールが宿の人に話を聞いてくれたらしく、私たちはそちらに向かうことにしました。

賑やかなところに行くにあたって旅行用の姿とはいえ、貴族の人間がうろちょろしていて平気なのかとか心配事は当然あります。治安の問題など、旅行先だと不安になるじゃないですか。

城下ですと何処《どこ》に行ってもそれなりの数の衛兵が立っていますし、やはり治安の良さは国内イチですよね! 今回はアルダールもいるから大丈夫でしょうが、私が不慣れだという点がなんとも不安要素なのです。迷惑をかけないようにしないと。

勿論、領地ごとに違いがあって城下並みに安心安全な所もあると頭では理解しています。

でもほら、メイナやメッタボンから地方での盗賊討伐の話を聞いたりとか、モンスター以外にもこの世界の脅威《きょうい》ってものを新聞などで目にしておりますからね……!

前世だって旅行で浮かれていたらスリに遭ったとか聞いたでしょう? それに対してこう……色々気を付けなくちゃって思うアレと同じです。

ちなみに、各領地での治安維持はそれぞれの領に任されており、基本的に各町で自警団がいたりするのです。ファンディッド領にもいましたよ！

正直なところ領主側が助成金や兵を出すには限界があるのです。そのことを領主の娘としてよく知っておりますので、各町での自警団の方々にはいつも頭が下がる思いです。

……まあ助成金という点でファンディッド領とセレッセ領を比べるのは、ちょっと比較対象にならないのかもしれないんですけど！

「この町は冒険者ギルドもあって、治安は良いと聞いているよ。地元の自警団とこの町出身の冒険者たちが協力しあって、祭りの時期は特に巡回を強化しているというしね」

「そうなんですね……！」

どうやらアルダールには私が不安からドキドキしていることがバレていたようです。不覚。

（そりゃそうか、お祭りだと人の出入りも激しいんだし、治安が悪いと集客できなくなっちゃうものね。町だって協力的にもなるってもんでしょう）

観光地特有のあるあるでした!!

そもそも交易が盛んなんだから、治安が良くないと信用度が下がってしまいますもんね。

（冒険者ってそういうことも請け負ってくれるんだ……知らなかった）

ついつい前世のイメージ的なものが先行して、遺跡の発掘とかモンスター退治とか、商人の護衛とか……そういうものを想像してしまいがちです。

でもよく考えたら、今現在、世界を揺るがす魔王の出現とか聞いたことありませんしね！

モンスター退治だって自警団が対処する場合もありますし、ちょっと強めで手に負えないようなやつは依頼を出して、冒険者にお願いするという話を聞いたことはあります。主にメッタボンから。

彼の場合は、依頼を受けてモンスターを退治したっていう体験談でしたけど。

ええ、そのお肉が美味しかったとか王女宮のみんなに食べさせてやりたいから、情報が出てきて時間があったら狩りにいこうかと思っているとか言っていたんですけど、当時その話を聞いた私は冗談だと思ってました……。

今だとやりかねないなって思えます。

「どうせだったらキース殿が言っていたように、服でも見繕ってみるかい？　急な旅行だったからね、そんなに服や防寒着を持ってきていないだろう。この町には祭りを目的に貴族たちもよく来るそうだから、きっとそれなりのランクの店があると思うんだ」

「えっ⁉　いえ、大丈夫ですよ。確かに旅行は予想外でしたから、その……そんなに持ち合わせがなくて。あ、いえ、後ほど請求書を届けてもらってもいいんですが、この地で王女宮筆頭という名前にどれだけ信頼度があるかはわかりませんし。私の顔を知る人も少ないでしょうから」

手持ちが少ないということを言うのは少し恥ずかしくもありましたが、まあ突然のことでしたから当然と言えば当然です。城下町でしたら王女宮筆頭としての名前でなんとかなるんじゃないかなっていう部分もありますが、この辺りではそれも難しいでしょうし。

そう考えればお祭り会場にまだ辿り着いてもいないのに無駄遣いはするべきではないのだと思って私はアルダールの申し出を断りました。

「まあ地元の商店はともかく、ここにもきっとリジル商会関連の店があるだろうからそこは大丈夫じゃないかな？　……というか、こういう時は私におねだりしてくれてもいいいんだけれどね？」

「えっ」

「まあキース殿に全部押し付ける、というのもアリだと思う」

「だ、ダメですよ⁉」

「ふふ、わかってる。冗談だよ。あの人にそんな借りを作ったら後々まで面白がられること間違いなしだからね」

それは恋人にプレゼントも贈れないのかって先輩にからかわれるってことですかね。お二人は仲が良いからそういうジョークも確かに交わしそうですが……。まあキースさまにっていうのもただの冗談だったからほっとしましたけど！

でもアルダールがさらっとおねだりしてくれてもいいって言ってきたことも、ちゃんと断らないと。ここははっきり言っておかないと本当に買ってしまいそうだから怖いのよね。

「アルダールも支払わないでくださいね⁉」

「わかったよ、無理矢理押し付けるような真似はしないから安心して」

苦笑しながらも了承してくれたので一安心です。

気を使ってくれているのに申し訳ないなとは思うんですが、ここはきちんとしておかないと。

（アルダールは新年祭の時も服を買ってくれたし、これ以上は申し訳なさすぎる……！　服だけじゃなくてアクセサリーまで貰《もら》ってるし……‼）

貰ってばかりはフェアじゃない！

それを口に出すのは可愛くない態度だなと自分でも思うのでそこは呑み込みました。言ったところで気にすることないって返されるのは目に見えているしね。

ふふふ、私がいつまでも墓穴を掘り続ける女と思ってくれるな！

（そのはずなんだけど、惨敗続きな気がするのは気のせいかしら……）

アルダールが一枚上手《うわて》なのか、はたまた私の恋愛経験値が低すぎるからなのか……或いは両方⁉

いや両方だとしたらこれ、差って開きっぱなしなんじゃ……。

「どうかした？」

「いいえ。何かプリメラさまとディーンさまへのお土産になるようなものが見つかると良いなと思ったんです」

「ああ、そうだね。後でキース殿に聞いてみようか、ディーンには何でもいいとまでは言わないけれど、さすがに王女殿下にはそれ相応のものでないと」

「ええ」

咄嗟の言い訳でしたが、いや本当にちゃんとしたものを買いたいです。

プリメラさまには勿論、ディーンさまにもお土産を買うにあたって品質は大事です。

お二人のことですから、その気持ちが嬉しいと言ってくださることは目に見えておりますが、さすがにそれに甘えて良い場面とそうでない場面があることはわかっておりますから。

（となると、やっぱりリジル商会のような大手を中心に見る感じかしら）

セレッセ領といえば有名なのは織物と、それに伴って服飾系。

でもそれで『お土産』って言われると難しいんですよね……。服って好みやサイズがあるし。

この町もやはり交易が盛んということで、そういった品もきっと豊富なはずですが……。

（うーん、美しい布で作られたコサージュとかどうでしょう。ちょっとしたお出かけの時とかに良さげですよね！）

ああでも、できればディーンさまとお揃いのものの方がプリメラさまはお喜びになるのかもしれない。悩ましい!!

(どうせだったらメイナとスカーレットにもお土産を買ってあげたいなあ)

折角ですからね、みんなにお土産買いたいですよね……多分お父さまとお義母さまにはメレクが買ってくれると思うので、私もお金を一部出すような形にさせてもらおうかなと思っております。

勿論ここでも見繕いますけど、お祭り会場でも見ます!

「思ったより人が多いね」

「そうですね、私たちのように足止めを食らった人もいるんでしょう」

宿屋さんを出てからほどなくして私たちは、町の広場に到着しました。

しっかりと舗装された道に、綺麗に雪かきされているこの整った町並み。先程まで雪がちらついていましたが、段々と晴れてきたのもあって出てくる人が増えてきたようです。

朝市もまだ残っているようで、少し離れた所にちらほらと見えました。

そちらは町の住人が利用するのでしょう、ちょっと覗いてみたい気はしますがアルダールに迷惑はかけられませんし、貴族令嬢としての振る舞いじゃありませんからね。我慢我慢。

……余分なお小遣いもないし!

「あ、広場の中心にある噴水は祭り用に飾られているみたいだ」

「まあ。見にいきますか?」

「そうだね」

広場は人の姿がさらに増え、家族連れらしい地元の人々や旅行客、知り合いらしい商人たちや冒険者たちが談笑する姿があって、なかなかの賑わいです。

旅行者の中には身なりの良い人もいましたが、高位貴族という雰囲気ではありませんでしたね。まあ、そういう方々はもうとっくに祭りの会場に着いているのかもしれません。

それと、カップルの姿もちらほらと……広場の噴水はどこも人々の憩いの場であり、デートの待ち合わせの定番ですからね！

「素敵ですね、飾りが水しぶきできらきらしてる……！」

「へえ、面白いなあ。こういうのも綺麗だね」

「お父さまに提言してみようかしら。ファンディッド領にもあったら、みんなきっと喜んでくれると思うんですが……」

「いいんじゃないかな、提案してみたらどうだい？」

「後でメレクと相談してみます。きっと賛成してくれると思いますけど」

こういうのができたら、きっと大勢が喜んでくれる気がするんですよね。綺麗なものが嫌いな人って少ないと思うので。

……ってアルダールについついそんな話をしていたら、近くにいた厳《いか》つい男の人が私たちの方をまじまじと見ていることに気が付きました。

アルダールはとっくに気が付いていたのでしょうが、相手にするつもりはないのでしょう。

私をさりげなくその相手から遠ざけて、「行こうか」と小さく私に促しました。

「ちょっとそこ行くお二人さん、待っちゃくれねえかな？」

アルダールの提案に頷いた私だったんですが、どうしてこう……わざわざ相手の方から来るんですかね！　いや、私たちが去ろうとするから声をかけたんでしょうけれど。

なんだか嫌な予感がします!!

私が嫌な雰囲気を感じ取ったように、アルダールだってそれを感じ取ったんでしょう。目をすっと細めました。

「あんた……アルダール・サウル・フォン・バウムだな？　次期剣聖って噂の男だろ？」

（おっと、この男性が我々に一体何の用だろうと思ったらアルダール絡みだった⁉）

私を庇うようにするアルダールは、何も答えることもなく男性に視線を向けただけです。

ですが向こうもそれを気にする様子はなく、今度は私のこともしげしげと眺めてくるではありませんか。私も負けずに見返してみました。

（こういうのは目を逸らしたら負け……って、ん？）

声をかけてきた男性をよく見ると、胸元にぶら下がるドッグタグのようなものがあります。私はそれに見覚えがありました。

以前メッタボンに見せてもらったことがあります。間違いありません、冒険者の身分証明書です。

つまり、あの男性は冒険者ということになりますが、一体アルダールに何の用でしょうか。

そして、その上あちらの方の連れ……というか、この場合は冒険者仲間？　いわゆるパーティってやつですかね、そんなような方々がゾロゾロと出てきたではありませんか……！

「おう、どうした？」

「いや、つい聞いちまったんだが、どうやら例の二人らしくてよ」

「あ？」

男の言葉に、連れの男たちも眉を跳ね上げました。

逆にこちらは理由がさっぱりわからなくて困惑するばかりです。

(なんだ、例の二人って‼)

冒険者たちに絡まれるようなことなんて何一つ記憶にないんだけど⁉

思わずぎょっとする私を、アルダールが肩を抱くようにして引き寄せました。

貴族としての簡易な旅行服に身を包んでいるとはいえアルダールは帯剣をしているので、もし荒事になってもきっと守ってくれるに違いありません。

私は意識して体から力を抜きました。

思いの外、突然の事態に体を強張らせていたのだと気づきましたから。これでは逃げろと言われても足をもつれさせる未来しか見えません。

(……園遊会の時だけじゃなく、侍女としてそういう心構えを持てと常々言われてるし。冷静になったらこのくらい、なんてことはないわ!)

いや、こんな事態とか普通慣れてないからついね、驚いてしまって。

程良く緊張を保っていつでも脱兎《だっと》の如く逃げられるとか、そんなスキルを私は持ち合わせておりませんので……自分で意識して行動できるようにしないといけないんです。

まあ変に騒いだり煽《あお》ったり、無駄なことを口にしてしまわないとか、そういう点では落ち着いてみせることができているんだと思いますが。

(でも冒険者たちにまで『次期剣聖』と知られているなんて、アルダールはすごいなあ)

それと同時に、またモヤモヤっとしたものを感じました。

以前、エーレンさんと共に鍛錬場を見ていて感じたのと同じものです。なんでだ？

（でも、今はそれを考えてちゃだめだ）

この町の治安は良いという話なのですから、きっと自警団が現れるでしょう。

（まさかと思うけど、この冒険者たちがその自警団と協力体制にある地元の冒険者なんてオチじゃないですよね？）

そこがちょっと不安ですが、まあいきなり喧嘩を売られているわけではないのできっと大丈夫。

いや、こんだけ睨まれて絡まれてるんだから喧嘩を売られているのと同義か……？

「こんなヒョロっちぃアンちゃんが次期剣聖？　しかもお嬢のお気に入り、だったよなァ」

「で、そうなるとそっちの野暮ったいねえちゃんがそのアンちゃんのオンナってことで……」

（えっ、どういう。っていうか野暮ったいって言うな‼）

お嬢って誰だ。

そう思いましたけど、ここは大人しくして声に出しませんでした。

（ああ、ここにメッタボンがいてくれたらこの人たちと顔見知りかもしれないのに！）

そうしたらもっとこう、穏やかにっていうか、和やかに？　会話らしい会話をしてハイ終わり‼で済んだかもしれませんがどうも不穏な空気が流れ始めた気がするんです。

これ、気のせいじゃないでしょう。

「……おう、改めて確認するぜ。アンタがアルダール・サウル・フォン・バウムか？」

「……」

男の問いかけに、アルダールは答えませんでした。

私はちょっとだけこの空気にどうして良いのかわかりませんが、おたおたしては余計な足手まといになりかねませんので表面上だけでいいから冷静を装うのがベストだと判断して、大人しくしております。

いやまあ様子がわからなくて戸惑いはしておりますが。ええ、本当。

なんとなく、察せられるものがありますけども。

この人たちはミュリエッタさん、というかウィナー男爵の、冒険者時代のお知り合いじゃないのかな……。

「答えねぇのか」

「答える必要があるのか」

苛立ちの滲んだ冒険者の声に、アルダールが涼しい声で答えました。

けれどそれは切り捨てるような言葉で、私の方がぎょっとして思わず見上げますがアルダールは落ち着いた様子で相手を見据えています。

(アルダール⁉)

なんだか聞きようによってはその返答、逆に喧嘩を売っているようにも聞こえますけど⁉

いいえ、どう答えようともあちらが逃がしてくれる感じでないのは確かなんですけど……だからってそんな対応をして大丈夫でしょうか。

そう思いましたが、こちらは貴族、あちらは平民。

その身分差ゆえに聞かれたから答えるなんてできないのです。貴族は見栄と面子を大事にしなければならない、面倒なもの。特権を与えられている側としての立場があるのです。

……それに対して冒険者は自由を尊ぶので、身分差があろうと気にしない人々が多いということもメッタボンを通じて私は知っています。

おそらくアルダールもお師匠さまを通じてそれを知っているのでしょう。

(だからいつまでも無視するのは得策じゃないと思った?)

ですが、『バウム家の子息』であるのかと直に聞かれて、わざわざフレンドリーに肯定なんてできないですよね。名門バウム伯爵家の長子が、見も知らぬ平民に気軽に身分を問いただされて、それに応じた……なんてなったら貴族社会的には笑い者です。

なんのための身分の上下だと思っているのだ、無礼者を相手にするなど落ちたものだ……なんて言われるでしょう、想像できてしまう恐ろしさ。

ああ、面倒くさい!

私もまた子爵令嬢という身分ですから、そんなことを思ってはいけないのですが、貴族というのは本当に色々面倒なのです。権利だのの恩恵がある分、それに見合った行動を求められます。

それは居丈高《いたけだか》に振る舞うのとは違いますし、同時に気安くありすぎてもいけないのです。ね、面倒くさいでしょう。

そこから派生して、昔は声をかけてきた一般市民を無礼だと裁く事例もあったとかなかったとかで大変な騒ぎになった……なんていう記録も残っているくらいです。

勿論、今ではそんなのありませんけどね!

冒険者側も貴族を相手取ることの面倒さは知っているのでしょう。騒ぐこともなくこちらを睨みつけています。ですが、思いっきり顔に『気に入らない』と書いてあります。

「……ああ、そうかい。お貴族さまらしい反応をどうも……ってなぁ」

「くそ、こんな優男《やさおとこ》にお嬢が袖にされたってぇのかよ、俺らの可愛いお嬢が！」

剣呑《けんのん》な雰囲気に、私はアルダールから離れた方がいいんだろうかと彼の方を見上げましたが、アルダールは涼しい顔をしたままです。

むしろ私の視線に気が付いて、安心させるように笑みを見せるくらいの余裕っぷりです。

対する男の人たちを見て、ああ、そうかと私はこの暴挙の理由を察しました。

（……酔っ払っているんだ、この人たち）

随分しゃんとして喋りもしっかりしているものだから、気が付くのが遅くなったけれど、間違いありません。多分、祭りを楽しむ中でまだ朝だけどさっそく飲んでいたようです。

彼の仲間が現れた方向には酒場があって、そこから野次馬が出てきたので合点がいきました。

いや理由がわかったからって酔っ払いに絡まれるのは困るんだけどね！

「ど、どうしますか？　アルダール」

「どうもこうも、私たちには関係のない人たちだしね。とっとと退散するに限ると思う」

そうだろうとは私も思いますけど。

だけど向こうがそれを良しとしてくれるかな⁉

「ちょっくら、剣聖候補さんよ……お相手願おうか！」

「お嬢のお相手に相応しいか、改めて俺らも確認させてもらおうか！」

「ついでにそっちの嬢ちゃんもだコラァ‼」

「私も⁉」

それ、なんてとばっちり⁉

私、戦うとかできませんけど！

っていうか全然事情を説明してくれないで一方的に怒って武器を抜こうとする辺り、これだから酔っ払いはって言われるんですよ‼

「ユリア、掴まってて」

「え？」

「しっかり、ね？」

ふっと笑ったアルダールが私を片手で抱き込むようにして殴りかかってきた男をひらりと避け、空いている手で相手を軽くとんっと押して雪の山へと転がして。

そして、次いで私をまるでダンスのリードをするみたいにぐいっと引っ張って、腰の剣を掴んだかと思うと、そのまま武器を振り被った別の男の腹部に柄を叩きつけました。

（うわ、カッコいい……じゃなかった、私を片手に抱えてよくそんなに戦えるね⁉）

思わず感心して惚れ直……違う、そうじゃないから。違うから‼

あちらは五人、そのうち二人が雪に突っ伏したわけですが、まだ後三人いる怖さよりも一瞬で二人も倒してしまったアルダールの強さにびっくりです。剣を抜くこともなくですよ。

実力差だのなんだのはよくわかりませんが、アルダールが強いのはよくわかりました。

そりゃモンスターをあっさりと撃退する人ですものね、改めて納得ですよ‼

「まだやるのか」

「く、くそ」

「優男と侮ったこっちの分《ぶ》が悪《わり》ィな……」

男たちの剣呑さが増した気がします。

どう考えても逆効果！

「だがなぁ、俺たちの天使、ミュリエッタちゃんを袖にするような碌でもねえ輩《やから》はぶちのめさなきゃあ気が済まねえ‼」

どぉん、と気合を入れた冒険者たちの啖呵《たんか》に野次馬から歓声が上がりました。

なんとなく予想していた通り、どうやらウィナー父娘《おやこ》の知り合いのようですね。

でもさ、でもさ。

正直に思っちゃうじゃない。

(超とばっちりじゃないのさ――――⁉)

増える野次馬、猛《たけ》る酔っ払い、巻き込まれた私たち。

ああ、なんだってこんなことになってしまったんでしょう⁉

ただ観光するだけじゃなかったのか、治安が良いんじゃなかったのか、自警団はどうした。

そんな思いが脳裏を駆け巡るわけですけれどもそんなことを思ったところで今目の前で起こっている事象があっという間にハイ解決！　になるわけもなく……。

「ど、どうするんです?」

「そうだなあ、どうしようか?」

こそっとアルダールに問いかけても、アルダールの方は私に笑いかけてくるこの余裕！

なんですかね、イケメンってのはどうしてこういう場面でもイケメンなんですかね⁉

（……私、大丈夫かしら、冷や汗だかなんだか出てたりしませんかね）

野暮ったいって知らない人に言われて地味にダメージ食らっている上に、冷や汗でびっしょりとかそんなことになっていたら立ち直りまで時間を要してしまいますけれど。

え？　野暮ったいって言われて地味なダメージで済むのかよって？

落ち込みますとも！　はっきり言って先程の言葉、グサッときてますからね。なんせこんな観光地旅行するなんて思ってませんでしたもの。

実家でのんびりまったり家族と過ごすって感じで普通の服しか持ってきてませんでしたから!!

いや、服が派手ならいいのかって問われればそれまでなんですけど。

普段、後輩侍女たちに『何かあっても良いようにいつでも備えを忘れてはいけませんよ』とか言っている立場だとしても、まさかこんなことになるなんて予想できるかってんですよ……!!

「とりあえず、これ以上騒ぎになってはキースさまにご迷惑が……」

「あの人が治安が良いって自慢していたんだから、ちょっとくらい迷惑を被ってくれてもいいと思うけどね」

「でもどう考えてもこれは予想できませんよ」

「なにコソコソ喋ってやがんでぇ！」

「この期《ご》に及んでイチャイチャしやがって……!!」

おっと、酔っ払い――もとい、冒険者の方が痺れを切らしてしまいました。

しかもこの期に及んでイチャイチャって、違いますからね!?

そりゃヒソヒソ小声で会話もしましたし、身長差がありますから私が背伸びしてアルダールの耳に顔を寄せて……って第三者から見たらそれってイチャついてるように見えるんですかね、しかもこの状況に対して超余裕な感じってやつですか？

（違う、そんなつもりではなかったんですよ……⁉）

周囲の野次馬《ギャラリー》からも囃《はや》し立てる声はするし賭け事を始めている声まで聞こえてきました。

なんだなんだみんな暇人か！　お祭りだからってそれはちょっとどうなのかな、そこはキースさまに苦情を申し立てますからね。絶対にだ‼

さすがに冒険者たちも街中で魔法を使おうとはしていないようです。この人たちが使えるかどうかはわかりませんが、一部の冒険者は使えるとメッタボンが言っていましたから、少しだけほっとしました。

私たち貴族位にある者は元々魔力が強い人々が功を立てた結果、貴族として脈々と続いてきた……なんて言われてますので魔力持ちが多いわけですが、ミュリエッタさんのような特殊例はともかくとして、平民にだって魔力はあると言われています。

ただ貴族のように古くから続く家系ほど平民は強くないというのが通説で、そこから稀《まれ》に強い魔力を有する人が現れては国や貴族たちに取り立てられて……っていうのが一般的でしょうか。

（メッタボンも重力系の魔法が使えるって言ってたし、冒険者も使えるんだなっていう判断基準って……あれ？　有名な冒険者とこの人たちを比べるのもおかしな話なのかしら？）

卵が先なのか鶏が先なのか、それもなんか違うな、私は混乱している‼

睨み合い、と言いますかなんというか。

この状況に私は、緊張感から若干震えていることを自分でも感じています。

顔には出しませんけど、ええ、悔しいから絶対に顔には出しませんけれども、足が震えてると思います。多分、アルダールには伝わっているのでしょう。

だって、肩を抱く力は、優しいけれど、とても強いから。

アルダールなら、私をその場に一旦置いてしまえば彼らを取り押さえるなんて造作もないこと。

それをしないのは、震える私を気遣ってくれているんですよね。

「アルダール、私は後ろのギャラリーまで下がりますよ。自分の足で、下がれますとも。ええ」

「それはあまり嬉しくない提案だ」

「ですが」

「ユリアを守るのは私じゃないとね。大丈夫だから、信じてほしい」

「……信じてます」

「なら、いい」

ふっと笑ったアルダールが、その表情のまま冒険者たちを見る。

その目は静かで、睨むとかそういうんじゃなくて、ただ静かなもので。

……それが、逆に怖いくらい。

私が受けた印象と同じようなものをあちらも感じたのでしょう、酔いが回り始めて気が大きくなっていたらしい彼らの目が、一瞬にして正気を取り戻したというような気がします。

それでも構えを解かない辺りまだ酔っているのか、多勢《たぜい》に無勢《ぶぜい》ならやれると思っているのか、それとも周囲の空気から引くに引けなくなったのか。

（とにかくやっぱり剣呑な空気は変わりませんね⁉）

それにしても、アルダールが自信たっぷりなのはいいんだけど私、やっぱりただの足手まといじゃないですかね……せめて、彼は両手を使えた方が良いんじゃないの？　とは思うんですがそれを許してくれないほどにがっちり捕まえられているっていうか。

（何か、策があるのかな）

とりあえず、アルダールに剣を抜く気がないというのはなんとなく察しましたけど。

降りかかる火の粉《こ》を退けることは仕方ないかもしれませんが、近衛騎士として一般人相手に真剣で立ち向かうのはまずいですしね。何より目先の問題としては、ここでそんな殺傷沙汰が起こってはキースさまの面子にも関わるわけですし……。

早く自警団が来てくれれば、酔っ払いが絡んできたってだけで今ならまだ済む……済むかな、これ……ちょっとそこらへん怪しいです。

（しかし雪の壁と野次馬がいては、自警団も入ってこられないんじゃ……？）

なんか酒場のおねーさんたちはお酒をお盆に載せて販売始めたし。この商売上手!!

って違ぁぁぁう。

誰か！　この状況をまとめてくれる人はいないのか!!

「今すぐ止めるなら、互いにとって穏便だと思うがどうかな？」

「今更引けるかってぇんだよ、坊主」

「酒が入ったからって優男一人にいいようにされちゃぁ、こちとら商売あがったりだ」

（いや、酔っぱらって喧嘩売っている状況がすでに自分たちの評判を下げている気がするけど）

こっそり内心でツッコミを入れつつ、アルダールの提案を呑んでもらえなかったことに思わずげんなりしてしまいました。

アルダールは断られることを見越していたのでしょう、表情一つ変えることはありませんでした。

お互いにじりじりと距離を測りながら動くこの緊迫感。

いやアルダールと私は、今いる位置からそんなに動いてないかな。

むしろ事件の真ったただ中の私、本当もう、ちょっとなんていうか限界ですよ？　無表情貫くにもね、それ相応に気力ってものがいるんですけどそろそろ気力ゲージが赤くなりそうです。

あの園遊会でのモンスター事件に比べればいいんですけど。マシっちゃマシですけど。

それでも荒事はどうしたって不慣れですからね⁉

早く自警団とかキースさま辺りが来てくれないかなってちょっと神さまに祈っちゃいますよね！

楽しいお祭り旅行はどこいった⁉

「この騒ぎはなんなの！」

「えっ」

救いの主が来たって思ったけど、なんだかすごく高い声。

私の背後の方から聞こえたってことは野次馬の集団からなんだろうけど、慌てて顔だけ向けてみると、そこにいるのはなんと幼い女の子。

しかもエプロンドレスにふわふわもこもこのケープを身に着けて、片手に引きずるほど大きな兎《うさぎ》のぬいぐるみ、もう片方の手を腰に当ててふっくらほっぺをさらに膨らませて『わたし、おこってるんだから！』なポーズをとった可愛らしい女の子です。

呆気にとられる私たちをよそに、どうやら幼女は人混みの足の間を抜けてきたらしく、保護者らしき人物が人垣の向こうで大慌てしている……ように見えたんですが、あれ、そうですよね？

私もびっくりですが、冒険者たちもびっくりのようです。

そんなことお構いなしに、幼女はてちてちと私たちの方に寄ってきて酔っ払いに向かって堂々と指をさし大きな声で言いました。

「お祭りはバカ騒ぎする場所じゃないんだから！」

いやまあ、もっともな意見ですね。私もそこは賛同しますが、人を指さしちゃいけません！

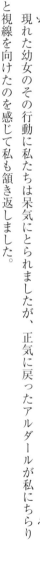

第五章　冒険者ギルド

現れた幼女のその行動に私たちは呆気にとられましたが、正気に戻ったアルダールが私にちらりと視線を向けたのを感じて私も頷き返しました。

私とあの子。

アルダールは両方をどう守るのか、瞬間的に考えたのでしょう。彼は、騎士だから。

だから私も、王家に仕える侍女の一人として為すことはただ一つ。

幼女の登場に酔っ払い冒険者の方も呆気に取られていましたが、その言葉をようやく理解したのでしょう、赤ら顔をさらに赤くしてダァンと大きく足踏みをしました。

その足元に残る雪が、びしゃりと四方に飛び散って派手な音を立てたので、周囲から小さな悲鳴が聞こえてきます。

「うるっせぇな、しゃしゃり出てくるンじゃねえよ、ガキがぁ‼」

その怒号たるや、私のような大人までびりぃっと竦みそうになるようなものです。

無謀なだけなのか、はたまた正義感からくる勇気をもっての行動だったのか、それでもまだまだ幼い子供。途端にびくつく姿が見えました。

それでもその子は震えつつも冒険者を見据え、何か次の言葉を紡ごうとして、はくはくと口を動かしました。でも、それはきっともう限界。

（ああ、だめ）

「ユリア」

「守ってくれるんでしょう？」

私の言葉に、アルダールがどんな返事をしたのかは知りません。

だけど、彼から離れて少女に向かう私をアルダールは、止めなかった。

それが答えだと思うんです。

人垣を越えて現れた幼女は、空気も読まずに冒険者たちと私たちの中に割って入ってきました。

怖い冒険者のおじさんのその表情を近くで見てしまったその顔は、くしゃりと歪んで、「う、うー」と小さな唸り声をあげて、ああ、ああ、もう！

この子はどれだけ気が強いのか、泣こうとするのに抗《あらが》って、ああもう、なんてこと！

（こんな大人のよくわからない喧嘩に出しゃばっちゃう無謀な正義感、可愛らしい子供らしい勇気だったね。さあ、もう、大丈夫）

そんな気持ちを込めて、私は女の子を抱き寄せました。

抱き上げてその場から離脱できれば格好良いんでしょうけれど、生憎と私は一般的な成人女性に過ぎませんのでそんな身体能力はありません。

幼女の登場に苛立ちを増大させた酔っ払いが詰め寄ってきているのと同時の行動でしたが、アルダールがきちんと私たちの間に入ってくれてあっという間に投げ飛ばしてしまったので、今度は私が呆気にとられましたよ。有言実行で守ってくれたんですけども。

私の腕の中にいる幼女も泣きそうだったのにもう目を丸くして！　あっ、この子可愛いな。プリメラさまほどじゃないですけどね!!

「まったく……自警団が来るまで、と思ったけれどね。小さな子にまで怒鳴りつけるようじゃあ困ったものだ」

アルダールが心底呆れたような声で冒険者たちを睨みつければ、彼らは仲間がやられたことに対して腹を立てているのか、今にも武器を抜きそうな雰囲気です。

（何度か武器を抜こうとしていたけど、それでも抜かなかったのは、まだ理性が多少は残っていたってことなのかな……？）

女の子を抱きしめるために膝をついているから、じわりと雪の冷たさが伝わってきます。

それとは違う子供特有の熱に、「もう大丈夫」と声をかけるのも勿論忘れておりません。

私の言葉に女の子は、ほっとしたのでしょう。潤《うる》んでいた目から涙がポロリと零《こぼ》れたのをきっかけに泣き出してしまったので、私はぎゅっと抱きしめてあげました。

アルダールが私たちを庇うように立っていてくれるから、私もこの子に対して笑顔で接することができますが、もし彼がいなかったらどうなって……いや、アルダールが目立つからこうなったのか……？

冒険者たちは腹を立てつつも、正論を言われてどこか冷静な部分でこれはまずいと思っているのでしょう。酔いが醒めてきたのか、だいぶ焦りの色が見えるようになってきました。

「う、うるせえッ‼」

「そればかりだな」

アルダールに庇われる私たちはどうしようもありませんが、冒険者たちももしかすると引き際を探しているのかもしれません。

若干ふらついているようにも見える足取りで、あちらこちらに視線を彷徨《さまよ》わせ、さりとて仲間を置いて立ち去るのは論外だし、と思考がまとまらないように見えました。

「そこまでだっ！」

そうこうしているとようやく人混みをかき分けて、軽鎧《けいがい》に外套を着こんだ人たちが現れました。

どうやら自警団の方々のようで、冒険者たちも安心するやら自分たちに非があることを理解しているからバツが悪いやらで複雑そうな顔でした。

それと一緒に、女の子の保護者らしき人物もみえて、女の子は私の腕から離れてそちらに駆け出しました。その人物もそれに応えるように膝から滑って抱きとめ……スライディングハグですね、新しい。びっくりしました。

「ああ、ああ、お嬢さまご無事で何よりです！　お嬢さまに何かあったら奥さまがどれほどご心配されると……‼」

「ごめ、ん、なさぁぃ……だって、だってえええええええ！」

女の子は保護者の方に抱きすくめられて、ようやく本当に安心できたのでしょう。

とうとう本格的に泣き始めました。

思わず手を伸ばして私もよしよしと頭を撫でてあげましたが、そういえばこの子はどこかのご令嬢なのでしょうか。保護者かと思いましたがお嬢さまって呼んでましたものね。

とにかく保護者代理？　の執事さんらしき初老の男性の登場に私が安心して立ち上がれば、あちらも女の子を抱き上げたまま、慌てて立ち上がり軽くお辞儀をしました。

「お嬢さまが、大変ご迷惑をおかけいたしました」

「いいえ、こちらの事情に巻き込んだ形になったようなものですので」

「それを言いましたならば、うちのお嬢さまがこのようにお転婆《てんば》ゆえ事態を更に混乱に……」

お互いに謝り合うような形になってしまい、思わず互いに苦笑を浮かべました。

そんな私たちに、自警団とやり取りをしていたらしいアルダールが歩み寄ってきて、彼もなんだか困ったように曖昧に笑いました。

「ユリア、事情を聞きたいらしくて我々も冒険者ギルドへの同行を願われているんだ。申し訳ないけど買い物は後回しでもいいかな」

「勿論です」

まあこの場でいきなり断罪とかそういうわけにはいきませんし、調書を取るにも相手は酔っ払いですし、現場にいた人間が呼ばれるのは当然と言えば当然でしょうね。

目撃者も大勢いることですし、私たちが今すぐ出向く必要はないかもしれませんが……。

いやならばキースさまのお名前を出して回避という方法もありましたが、大きな問題にしないためにもついていくことにしました。

それとは別に、打算も一つ。

ちょっと、ドキドキします。ええ、これは不安だけが理由じゃない。

（ぼ、冒険者ギルドに行ける……！）

前世の記憶で考えればもう冒険者ギルドといえばファンタジーのテッパンですよね。

いえ、浮かれてなんかいませんけどね？　でもほら、やっぱり異世界に転生したなら一度は憧れるじゃないですかー!!

すぐさま侍女が天職だって気づいたから、その憧れは憧れで終わりましたけどね。

私だってこの現実社会を生きる女ですもの。メッタボンからも冒険者の実情を聞いてちょっと無理だなって即座に理解できましたとも！

冒険者生活で生き抜く実力なんて得られそうにありませんし、何よりプリメラさまのお傍を離れる気なんて一ミリとてないんで!!

とりあえず私たちに対して自警団の方々はとても丁寧に対応してくれているし、ここは協力的になった方が心証も良いだろうっていう考えもあります。

（だけどさあ）

昏倒《こんとう》している酔っ払いと、意識ある酔っ払い。

それらを連れていく自警団と、私とアルダール。

移動する前から目立つ集団になってませんかね。

（いえ、まあしょうがないか……）

幸いにも野次馬は自警団が現れた途端、あっという間に散っていきましたからそこまで好奇の目に晒されることもないでしょう。

「お、お待ちください、お嬢さまがお世話になったというのに、このままお別れするわけにはまいりません！　何かお礼を……！」

「まあ、お礼だなんてとんでもない。むしろ勇気ある行動、ありがとう。だけれど」

執事さん風の男性が、女の子を抱いたまま私たちを追ってきてそう言ってくれましたけれどお断りして、私は女の子に視線を合わせました。

そう、受け取るようなお礼なんてなんにもないのです。

（だって結局何もしてないしね？）

最終的にあの状況を冷静に考えてみると、私が飛び出してアルダールが前に出ざるを得なかったっていうだけの話なので、結局のところアルダールが助けたようなものなんだよね！

「レディを目指すなら、危ないことを一人でしてはいけないわ。それと、人を指さしてはいけません。ね？」

「……はぁい……」

「ちゃんとお返事もできて偉いですね。きっと将来は素敵なレディになれます」

「ありがとう、おねえさん！」

ああー素直な子供って可愛い……!!

私に注意されてちょっぴりしょぼんとしちゃっている姿とか、引きずられている兎のぬいぐるみとかもう子供っていてくれるだけで可愛い……。

別に子供なら誰でもいいってわけじゃないし、私の最愛はプリメラさまですけど！

ただ、可愛いが正義なだけです！　可愛いは正義!!

「で、でしたらもし、此度の雪祭りを楽しまれるご予定でしたらアトリエ・デロッツィニ！　そちらに足をお運びくださいませ!!」

「デロ……なんですって？　すみません、もう一度」

「デロッツィニ洋裁店にございます。お嬢さまが無茶をしたのを庇ってくださったお方に何もお礼をしなかったとあっては、私が主人に叱られてしまいます」

「……アトリエ・デロッツィニ……。どこかで、聞いたような……？」

「新進気鋭のデザイナーとして最近ご贔屓にしていただくことも多く、セレッセ伯爵家御用達《ごようたし》の洋裁店にございます。お嬢さまは、そのチーフデザイナーであり店主のマウリア・デロッツィニさまの一人娘、ロマリアさまにございます」

「そ、そうなのですね」

そうだったー！

そういえば聞いたことがあると思ったらセレッセ領からの布の買い付け書類に記されていた、『お勧めのデザイナー一覧』にそのお名前を見たことがありますね！

予想してなかった大物？

予期せぬ接点ができたけどこれは吉なのか、凶なのか？

わからないけれど、差し出された名刺を受け取ってしまった私には、それをとりあえず汚さないようにしまうことくらいしかできないのでした。

「……ユリアはそういう商人とかに好かれやすいよね」

「こればっかりは好かれたというのとは違うと思いますけど⁉」

アルダールが呆れたように言うものだから、思わず反論しましたけどね。当然です‼


執事さんとロマリアちゃんと別れた後はそう！　冒険者ギルドですよ冒険者ギルド。

どんなところなんだろう、やっぱりこう……冒険者で溢れかえったり、依頼の貼られた掲示板があるんでしょうか！

若干楽しみになってしまうのは不謹慎かなと思うんですけど、わくわくが止まらない……‼

そう、そんな時間を過ごしながら大通りを通った私が見たものは……大きめの建物でした。

といっても街の中にあるから普通の家よりも少し大きい、商店で考えたら中規模、といったところでしょうか？

（想像していたのと……なんかちょっと違う……）

鎧《よろい》とかを着こんだ色んな冒険者でごった返していたり、お酒を片手に受付嬢に俺強いんだよアピールをしている人とか、新人を見つけていびり倒してやろうと待ち構えているような人とかは、見た感じいませんでした！

むしろ衛生的なロビーっていうか、そこに受付帖《ちょう》みたいのがありましてね？　まずそこへ必要事項を記入して、希望の受付窓口に提出するようです。

依頼をしたい方はこちら、依頼を受けたい方はこちら、みたいにカウンターが分かれていて……なんていうんでしょう。

（うん、前世の市役所を思い出すっていうか）

そんな感じでした……。

あれぇ、私ってば剣と魔法のファンタジー世界に転生したはずなんですけど。

ま、まあ現実的に効率を考えたらこういう形になるのかもしれません！　よくわかんないけど!!


私たちは大人数でしたが堂々と正面玄関から入りました。というのも、裏口側は貨物馬車などが入る、道具とかの搬入口なんだそうです。裏手には倉庫とか医薬品などのバックヤードがあるからだとか。

まあギルドでは道具とかの販売もしているとメッタボンが以前教えてくれましたから、きっと搬入口が倉庫と繋がっている方が便利なのでしょう。

そういう意味でもギルドの建物は、商店と造りが似ているのかもしれませんね。

（後ろめたいことがあるので裏口から……とかそういうのはなさそう。むしろ倉庫側だと常に人がいるから、逆に目立っちゃうのかしら）

正面から入ったとはいえ、私たちは正面にあるカウンターでお話を……なんてことはなく、捕らえられた冒険者たちと共に二階の部屋へと案内されました。

地下に貴重品の保管庫と、薬草や薬などの保管をするためのメインの倉庫。

一階が受付や事務室、他に座学の講習部屋がいくつかとサブの倉庫。

二階は来客室、来賓室、それと会議室が三つほど。

三階にギルド長の部屋、という造りになっているんだそうです。

（……やっぱり、役所か何かかな？）

そんな風に思ったのは秘密です。

領主の館は迎賓館《げいひんかん》も兼ねているので多少は贅《ぜい》を凝らすことが必要ですが、こちらはもう機能性重視の建物といっても過言ではありません。

前を歩く方が丁寧に教えてくれて私としてもありがたいのですが、他にも細かい説明が要るかと問われて私は少しだけ困りました。

「良いんですか？　内部の説明をしても」

保管庫とか倉庫とか、普通、そこで働く人が知っていればいい情報じゃないのかな。

そう思って問えば、案内をしてくださる方は笑顔で答えてくれました。

「問題ありません。一般の方を含め今後ともギルドとのお付き合いをしていただくことを考えれば、先に明瞭にしておくというのがギルド側の方針ですしね！　……我々自警団に協力するギルド員としても詳細を話すわけではありませんから、大まかに説明する分にはむしろ迷子にならないでいただけるというものですし」

「……迷子になる方が？」

「ええ、依頼主や新人が時々ですがね。まあ迷子のフリで重要な書類や、納入品、或いは貴重な保管品や危険物などに手を出そうとする間抜けもいるといえばいますが……そんな大事なモノを簡単に『はい、そうですか』と持ってかれるほど我々も抜けちゃいないと思いますよ」

しかしこの方、エスコートしてくれる所作はとても洗練されてるんですが言葉遣いがなんだろう、ちょっと丁寧なメッタボンかな？

おそらくこの方も元冒険者で、貴族とか商人たちとそれなりにお仕事をしたことがあるんでしょう。なんだか慣れている気がしました。案内とか説明とか！

「さて、こちらでお待ちいただけますか。今、担当者が参りますので」

通された部屋は二階の広い会議室でした。

縛られた冒険者たちもそこの椅子に座り、私たちが座った前にはほどなくして事務員の方がティーセットを運んできてくださいました。しかもクッキー付きで。あら好待遇！

とはいえ、私だって落ち着いているってわけでもないんですよ。相変わらず意識のある酔っ払いの方々には睨まれてますし。

いくら睨んでくる冒険者の方が縛られていて、彼らを自警団から引き取った冒険者さんたちが同じ部屋に控えていてくれるとはいえ、睨まれながら紅茶とクッキーを堪能できるほど私は度胸があるわけではありませんので。

……表面上冷静を装っておりますけれども、内心はなんで別室にしてくれないのさと悪態をつきたい気分ですね!!

（事情聴取だけでしたら別にそれぞれで話を聞くんで良くない？　ねえ）

ゆらゆらと湯気を立てる紅茶は美味しそうでした。喉は乾いていたし外は寒かったしでとりあえず飲むことにしましたが、酔っ払い冒険者たちの方は見ないことにしました。

幸いなことにテーブルの端と端ですし、アルダールを壁にするようにしてしまえばまあ、なんとなく見えないような見えるような、いや、やっぱり見えるわ。

とはいえ、こちらからもじろじろ見てるわけじゃないですし？　不可抗力ですし⁉

思わずため息が漏れ出そうになったところでバンッと勢いよくドアが開きました。

びっくりしてそちらを見ると、肩で息をするメレクがいるじゃありませんか！

「姉上！　ご無事ですか……ッ！」

「メ、メレク？　どうしてここへ、貴方は交易場へ行ったんじゃ……」

「キースさまのところに冒険者ギルドから連絡が来たんです！　大丈夫ですか、お怪我は⁉」

「心配してくれてありがとう、だけど大丈夫よ。……アルダールが、ちゃんと守ってくれたから」

「そ、そうですか……はあ、本当にびっくりしたんですよ……」

なんて可愛い弟なんだろう。思わず感激してしまいました。

私のことが心配で、礼儀作法とかそういうのをすっ飛ばして飛び込んでくるだなんて！

「バウム卿も、姉上を守ってくださってありがとうございました」

「いや、当然のことをしたまでだから」

「それでも、ありがとうございました！」

ぺこりと頭を下げるメレクに、アルダールも穏やかな笑みを浮かべています。

ようやく落ち着いたのでしょう、メレクは照れたように笑みを浮かべながら首を傾げました。

「でも、一体なにがあったのですか？」

「それを聞くためにみんなここに集まったんだよ、メレク殿」

「キースさま」

くすくす笑いながら入ってきたキースさまは私たちを見て苦笑を浮かべ、会議室の議長席に座りました。領主なのだから当然なのでしょうが、なんだか裁判みたいですね。

そしてそんなキースさまに続いて、一組の男女が苦い顔をして入ってきたではありませんか。

どうやらあの方々が『担当の職員』というやつなのでしょう。

「……お待たせして、申し訳ございません。伯爵さまもお手数をおかけいたします」

「気にしなくていい」

ええまあ、冒険者が領主のお客さまに対して喧嘩を吹っかけるなんて不祥事もいいところですから、担当になったのは多分このギルドの偉い方なんでしょう。

（私だったらあちらの立場になりたくないな……）

絶対、胃が痛くなるやつですもの。

だからって被害者っていう立場だって、決してありがたくなんかないですけどね。

でも心配なんかしてませんでしたっていう余裕というか、穏やかに、面倒なことになったねえみたいなキースさまの笑顔が若干こう……いらっとですね。

ええまあアルダールがいますから？　怪我なんてしてませんけど？

でも怖い思いを少しもしていないわけじゃないんですからね!!

（まあわかってますよ、貴族は見栄と体面。たとえ心配していたとしても、領主としてここで狼狽《うろた》えるだなんてことがあってはならない。そういう意味でキースさまはあの笑顔で内心をまったく読ませないんだから、その点はメレクが学ぶところなんでしょうね）

なにせ、メレクったらようやくそこに考えが至ったらしく、今更ながら表情をきりっとさせていますけど、不安そうに眉を寄せているし視線はあちらこちら彷徨っているし……。

そんなんじゃあ百戦錬磨の商人とかの良いカモになっちゃいますよ！

心配だなあ！　素直な弟、可愛いけど!!

とりあえずこれで役者も揃ったから、事情聴取が始まって解放されたら買い物を……なんて思った瞬間、まだ担当者の後から人が入ってきたではありませんか。

「……えっ」

思わず、入ってきた人物を見て私は声を漏らしてしまいました。

だってそれは、薄紅の髪を持った美少女で。

どうしてここに呼ばれたのかまるでわかっていない、という雰囲気で目をぱちくりさせた、ミュリエッタさんだったんですもの!!

あちらもアルダールと私の姿を見つけて驚いたようですが、すぐに満面の笑みを浮かべて手を振ってきたのでちょっと躊躇ってから私は手を振り返しました。

アルダールは気が付かないふりしてましたけど。

（いや気づいてるよね？　完全スルーするのはどうかな⁉︎）

まあ彼女との今までのあれこれを考えると、スルーするのが無難なのかもしれませんけど。

下手に友好的な態度をとったら、また噂とかが出そうですしね。

「お久しぶりです、バウムさま、ユリアさま！」

「ウィナー男爵令嬢、申し訳ございませんが貴女のお席はこちらです」

ミュリエッタさんは笑顔でこちらに歩み寄ろうとしましたが、それをギルド職員の方が声をかけて留めました。そしてその後ろには、縮こまったウィナー男爵のお姿が。

「ええ……？　ご挨拶もだめなんですか？」

「今は大事な話がございますので」

「とりあえずまずは話を終えてからだよ、わかっておくれミュリエッタ」

「……はぁい……」

ウィナー男爵の言葉に、彼女は大人しく同意して指定された席に座りました。

だけど、可愛らしく唇を尖らせて不満そうな顔を見せています。

（……うん、どういうことなんだろう？）

これはまあ、普通に考えて先程の冒険者絡みなんでしょうけれども。

なんで都合よくウィナー父娘がここにいるのか、とか。

（まさか仕組まれてるとかないよね？）

最近トラブル続きで、大人ってコワイ……とか思っていた私の脳裏を色々な疑問が駆け巡ったわけですが……誰かが教えてくれるとはこの状況では思えません。

ああ、メレクが微妙な顔であちらこちら視線を向けていて、どうしていいのかわからないその気持ち、よくわかります。

（とはいえ、私はここで動揺を顔に出したらいけないのよね？　多分）

そしてアルダールが黙することを選択しているということは、ここでの振る舞いとして私も同じように沈黙を貫くのが正解なのでしょう。

そのくらい空気読めるよねっていう雰囲気ですよ、ええもう空気空気ハイハイ！

などと茶化せるだけのチカラはないので、ここは大人しくしておきます。

正直、この面子が揃うと碌なことがなさそうって思っちゃうのはいけないことですかね……？

普通に考えてもあんまり楽しくない感じです。頭を使わなくたってわかりますとも。

「それでは、当事者が揃いましたので、今回の件に関して各自に事情をお伺いしたいと思います」

みんながテーブルについたところで、ギルド職員の男性が重々しくそう宣言しました。

重々しい雰囲気のギルド職員に、ミュリエッタさんが眉を寄せます。

一体当事者とはなんのことか、そう言わんばかりの態度ですが、さすがにそれを口に出すこともなく、大人しくウィナー男爵の横に座って姿勢を正しています。ウィナー男爵はその隣で、びくりと体を震えさせていました。

そういえば冒険者であったウィナー男爵は、あちらの酔っ払い冒険者さんたちとお知り合いだと思いますが、ギルド職員さんとはどうなんでしょう。

英雄と呼ばれる方だけあって……というかミュリエッタさんと力を合わせて冒険者として頭角を現したと耳にしていますが、それがイコール人脈に繋がっているとは限りません。

「今回そちらにおられる旅人のお二人に、冒険者ギルドに籍を置く人間が酔っ払った挙句、難癖をつけて絡んだと報告を受けている。それに関して、どちらが悪いかは目撃情報多数ということで確認を取る必要はないと判断した。……酒臭くもあるしな」

じとりとした眼差しで縛られている冒険者たちを睨むギルド職員さんは、まあぶっちゃけ『よくも面倒事を起こしてくれたなコノヤロウ』って目が語ってますよね。

ええ、なんとなくわかってしまいました。

そこは酔っ払い冒険者たちも自覚はあるし後ろめたくもあるのか、その視線を受けて睨み返すことはせず不満そうではありましたが、大人しく項垂《うなだ》れています。

「冒険者たちが自ら起こした行動で裁かれるべきと判断は下されているが、なぜそのようになったのかを詳《つまび》らかにせねばならないだろう」

「さて、難癖というのがなんであるのかそれを聞こうじゃないか」

どちらかというと職員さんはこれ以上はやりたくない雰囲気がありますけれど、もしかしてそれ、キースさま辺りに言わされたりしてませんか。キースさま、めっちゃいい笑顔なんですけど。

ミュリエッタさんもなんとなく状況が呑み込めたのでしょう、私たちと酔っ払い冒険者たちを見比べて、口をきゅっと引き結んでいる姿が見えました。

その隣でウィナー男爵がすごい汗を浮かべてますけど。お父さんを心配してあげて。

「ちょっと待ってください！　あたしたちはどうして呼ばれたんですか？」

「……ミュリエッタ、その……」

「えっ、お父さん心当たりあるの⁉」

ミュリエッタさんが当然の疑問を、びしぃっと綺麗に手を挙げて質問した瞬間にウィナー男爵が泣きそうな顔で娘に向かって何かを言おうとして、また俯いてしまいました。

その様子に彼女もこの件に関係しているのは自分ではなく、父親なのだと思ったのでしょう。

それはもうびっくりした顔ですよ。うん、それでも可愛いとか本当、美人って得だなあ……。

（っていうかミュリエッタさん自身は関与していないっぽい……？）

あの驚きようでは本当に知らないと思っていいですよね。いくらなんでもミュリエッタさんが超演技派女優とかじゃない限りですけど。

色々わからないことの多い子ですけど、私から見て宰相閣下やキースさまみたいに底なし沼系腹黒タイプじゃないと思うんですが……おっと失言失言。声に出してないよね？　オッケー、セーフ。

（ってことは今回のことは偶然？　それにしてはこんなに素早く関係者を全員集めるとかどれだけ手際が良いのかしら）

いや、よく考えなくても今や話題の『冒険者上がりの英雄』ウィナー男爵となれば冒険者ギルドとしても期待の星っていうか、冒険者たちの憧れの的ですものね。

そんな憧れの英雄が、トラブルに関与しているとなれば……ただの巻き込まれならともかく、ウィナー男爵のあの様子だと心当たりがあると言っているようなものです。

ギルドだって急務扱いにするかな。するよね。

それにしてもウィナー男爵ですが、本当に腹芸のできない方なんでしょうね。

前にお会いした時もそう思いましたけど、きっと大変素直なお人柄なのでしょう。

（よく言えば実直、だけどそれじゃあ腹黒い貴族とかに絡まれたらたまったものじゃないんでしょうね……）

ウィナー男爵とはご挨拶くらいしかしたことがありませんが、なんでしょう、こう……うちのお父さまを彷彿《ほうふつ》とさせるっていうか。

いや、うちのお父さまはあれでもね、武器なんて持ったこともない生粋《きっすい》の貴族なんですけど。でも今あそこでウィナー男爵のしおしおになっちゃってる姿が、つい最近実家でしおしおしてたお父さまを思い出させるっていうかね？

そんなことを私がぼんやり考えていると、ミュリエッタさんがウィナー男爵に詰め寄ってました。

「お父さん、どういうこと⁉」

「い、いや、それは」

「どういうことも何もお嬢が袖にされたってウィナーの旦那に聞いて俺らァ……！」

「えええ⁉」

あっ、なんか察した。

冒険者仲間に会ったウィナー男爵、ついついお酒の席か何かで冒険者時代のような気安さで近況を、ちょっぴり盛って話しちゃった……ってところですかね？

どうだろう、この私の推測、かなりいい線いってると思うんだけど！

「ちょ、ちょっとお父さん⁉　どういうことよ‼」

「い、いやだからな？　ほら、お祭りに来てつい懐かしい顔に会ったから、ほら、な？」

「な？　じゃないよ！　えっ、袖にされたってなに、どういう意味？」

「袖にされたというのはね、要するにフラれたってことだよ」

本気で意味がわからないらしいミュリエッタさんが解説を求めたのはギルド職員さんで、そして困った顔をしながらも真面目に答えてくれる図。なんかシュール。

そしてその答えを聞いて唖然としてから段々と怒りを顕《あら》わにしたミュリエッタさんがウィナー男爵を睨みつけてっていうか、何これ、私ここにいる必要あったかな……？

ウィナー男爵も、冒険者気分に戻ってしまったっていうオチなんでしょうが……そこだけの話題で済めばこんな騒ぎにならなかったのにね……。

（しかし、ミュリエッタさんも相当だと思いましたがまさかウィナー男爵までとは……）

いや、これが『普通』なのかもしれない？

だって一般人の生活をしていたら、急に裕福だけど窮屈な生活になっちゃったんですものね。

憧れていた〝貴族〟の生活は思ったよりも自由がなくて、窮屈だなあって思ってたところに気安く騒げる昔馴染みと顔を合わせてつい張り切っちゃった、みたいな？

酒の席での失敗あるある、みたいな……？

ちょっとその問題レベルがアレすぎてアレなんだけど。

何せキースさまは笑顔だけどあんまりにも無言っていうのが……。

「ちょ、ちょっと失礼ねっ！　あたしは別にまだフラれてなんかないんだから!!」

（まだってなんですかね、まだって！）

思わずアルダールの方を見ましたけど、アルダールはしれっと紅茶を飲み始めました……？

今彼がどういう感情なのかまったくわからなくて、それが怖いんですけども。

「だけどよう、ミュリエッタちゃんは貴族になったのに苦労ばっかりだって……!!」

「そうだぜ、そっちの兄ちゃんや姉ちゃんみたいな生粋のお貴族サマは冒険者上がりのウィナーの旦那たちを邪険に……!!」

「もういいだろう、そこまでだ」

私たちの方に視線を向けて怒鳴るように喋り出した、というか文句を連ねた冒険者たちを制したのは、ギルド職員の方でした。

こめかみに指をあてている姿はなんとも頭が痛そうですけど、この場を収めなければならない立場って辛いですよねー、他人事なので私としてはただげんなりするだけで済みますけども。

ウィナー男爵は顔を青くして、時々ちらちらとキースさまへ視線を向けたり、ギルド職員さんに視線を向けたり、ミュリエッタさんの方を見たりと忙しい様子です。

わぁ、なんだろうなあ。

すごくどうでもいいから帰っていい？　って言いたくなるんだけどそうはいかないよね……？

「さて、そうなると我が領で起こった問題は、そう複雑ではないと思うのだがね」

静かな一言でしたが、キースさまのその言葉にこの場にいた全員が口を閉ざしました。

この場において最も地位と権力を持つ立場にあるキースさまの発言に、注目が集まります。

本来ならばギルドは国営よりの民営ということで、完全に彼に主導権を明け渡す必要はないはずです。

領主が相手だからと特別へりくだる必要はないはずですが、今回は『冒険者ギルドに所属する人間』の不始末であることからやはり立場が弱いようです。

「ウィナー男爵とそのご息女が旅行の帰りに立ち寄ったこの町で、旧知の仲である彼らと出会い、再会を祝して宴席を設け、話に花を咲かせた。酒の席であるがゆえにご息女は参加しなかった、ということで良いのかな？」

「……はい、あたしはその時、宿泊していた宿の部屋に戻りました。父はみんなと一緒に、その近くにある酒場で飲んでいたと思います」

「ウィナー男爵。相違ないかな？」

「は、はい！」

「ふむ」

キースさまは、少し考える素振りを見せてから全員を見回し、そして再び口を開きました。

口元には変わらず笑みを浮かべていますが、目は決して笑っていません。

「それぞれに誤解があってのことのようだが、何も咎めなしとはいかないほどに今回は騒ぎが大きくなった。それについて領主である私が偶然この街にいたことと、冒険者ギルド側から謝罪の意味を込めて、この件について裁量を任されているのでそのつもりで聞いてほしい」

キースさまの柔らかな口調に含まれる重い内容に、息を吞んだのは誰だったでしょうか。

私としては静観するしかないと言いますか、下手にここで口を挟んではならないということくらい勤め人として理解しています。

これまでウィナー男爵父娘がしでかした失敗というのは、貴族になりたて
ゆえであると思います。

ですがなりたてだからこそ、今まで内輪で留められる内容のうちは留めてもらえていたんです。

少なくとも王城内の出来事でしたから。

ところが今回はそうもいかないでしょう。

かつてトップクラスの冒険者であったという事実はあっても、王城の外で冒険者たちと楽しくお酒を飲んだ結果がこれでは、色々問題がデカすぎてこんなの誰がフォローできるのって感じです。

ミュリエッタさんがすでに何回かやらかした後だけに、周囲の見る目も厳しくなっていますし。

まあ……フォローできるとしたら、この場で言えばキースさまだけでしょう。

（キースさまのあの様子だと、フォローする気なさげですけど）

まあさすがに爵位取り消しになるように働きかけるとかはないでしょうし、多少の情状酌量《しゃくりょう》をされることも含めてものすごく重いペナルティを課すこともないと思います。

なりたての貴族を厳しく罰したとあれば、それを揚げ足取りする貴族も出てくるでしょう。かといって軽くしすぎては甘いと叱咤してくる貴族も出てくるっていうね。ここはバランス感覚が問われる問題です。

ただ、キースさまでしたら私が心配しなくとも、きっとその辺りをよくご存知でしょう。

（まあ、ミュリエッタさんに同情してしまうところもあるんですが）

まさかの、親に『うちの娘が恋する相手を見つけたんだけどフラれちゃってさー』って酒の肴《さかな》にされてたとか恥ずかしいよね！　しかもそこからこんな大事《おおごと》になってるせいで、実際のところはどうだっていうのは置いてけぼりにして色んな人にそれを聞かれたっていうことだし。

彼女からしたらとんでもない羞恥プレイでしょう。私だったらお父さま、後で覚えてろ案件です。

（乙女心としては大変だけど、でもそれどころじゃないんだよなあ……実際問題）

その『片思い相手』でもあるアルダールをちらっと見ると、つまらなそうにお茶を飲んでいました。すぐに私の視線に気が付いて小さく笑みを返してくれるとか、本当にもうこの罪作りなイケメンめ……まあアルダールに非はないんですけども。

この場において、キースさまとメレク、アルダールと私。

この四人にだけお茶とお茶菓子が用意されている、そのことについてウィナー父娘は果たして気が付いているんでしょうか。

乱暴な行動をとってしまった冒険者たちは縛られた上で、何もない。

ギルド職員たちにも、何もない。

そこに同列扱いをされるというのが、どれほどのことなのか。

「まず、そこの冒険者たちについてはギルドにおける地位の格下げを要求する。その他の罰則については、ギルドの規定に沿ったものとしてもらおう。酔った挙句に旅行者に絡むなど言語道断だ。武器を持つ立場の者としての自覚が足りず、それではならず者となんら変わらない」

「な、なんだとぅ……」

「彼らがウィナー男爵が言っていた存在かどうか、どのようにして確かめたのかね？」

「そりゃ名前を言い合っていたし、そうなのかと確認して」

「確認して、そうだと言われたから襲ったと？」

「……」

私は思わずアルダールを見ました。

そうです、彼は「答える必要があるのか」とだけ返してその後一切自分が、そして私が何者であるのかということには言及《げんきゅう》しませんでした。否定もしなかったけれど。

それはつまり、同意したとは言い切れない。やや強引なこじつけではありますが。

冒険者たちもキースさまのその言葉に思い当たる節があったのでしょう、怪訝《けげん》な顔つきから段々と顔色を悪くしているように見えます。

……単純に酔いが醒めてきたのかなとも思いますけど。あと、飲み過ぎで暴れたせいっていうか。

「さて、ウィナー男爵はどのような名前をあげたのかな？」

「そ、それは……バウム家の、長子さまと、……その、王女宮筆頭さまのお名前を。しかし、娘のミュリエッタがご迷惑をかけたという話題で……！」

「だが結果としてバウム卿とファンディッド子爵令嬢の名が挙がっている。わざわざその二人の名前を教えたということかな？　そして彼らは周囲を憚ることなくそれを確認したと？」

「……」

「だとすれば世間的にはとある貴族が冒険者を煽り、他家の人間を攻撃させたと取られてもおかしくない状況だと理解しているかな？」

「……申し開きのしようもございません……」

「貴殿《きでん》とご息女が功績により、身分の違う世界に飛び込むこととなったことで多くの人間が注目している。その重責たるや窮屈であり、重荷であろうとは私も察するに余りあるが、今回のことがいかに軽率な行動であったか、貴族としての立場をもって改めて考えてもらいたい」

キースさまは穏やかな声音で諭すように、厳しい言葉と優しい言葉を交互にかけていきます。

もうなんかウィナー男爵ったら、キースさまに恐縮するばかりで声も出ないようです。

いや、やらかしちゃったことは確かにどうしようもないんだよね……王城内でやらかした時もかなりひやひやものだったのに、外でもやらかしちゃうとか。

お酒ってコワイ……で済まないことって、どこにでもあるんですよね。

「では、こうしよう。ここにいる全員に納得できるよう、まずミュリエッタ嬢には次の言葉を誓約書として書いてもらおうか」

「誓約書、ですか」

アルダールがキースさまの言葉、その意味を探るような声音でそちらに視線を向けました。

その声には問うような響きがありましたが、キースさまは特に答えることもなく笑顔でしたし、アルダールもそれを見て詳しく説明を求めることはありませんでした。

(何か、問題があったのかな?)

ミュリエッタさんは何かを言いかけて、ウィナー男爵に制されて俯いてしまいました。

私は、何も言うべきことは思いつかずただ成り行きを見守るだけです。

この中で私は被害者的立ち位置で、非武装者である私は加害者に対して物申すことができる立場でしょう。ですが、この場を預けられたのはキースさまである以上、私は求められない限り何かを言うべきではないと思いました。

勿論、冒険者たちを庇う気もありませんし、ウィナー父娘に対しても私がフォローするのはお門違いです。そしてそれをする理由も私にはないわけですが。

年上として、ともすればまだ幼いとも感じてしまうミュリエッタさんに対して、心配な気持ちになってしまうのはぐっと我慢です。彼女だって来年から学園に通う立派な淑女。

そんな淑女を子供扱いはよくありませんからね。まあアルダールのことを諦めてないっていう点は相変わらずいただけませんが、表立って張り合うほど私も幼稚じゃありません。

ええ、表面上は冷静に、ここでの空気なんて取るに足りないものだという風情でやり過ごしてみせましょう!

(……ってまぁ要するにこの場の流れなんて全部知ってますよって顔でお茶を飲むことくらいしかできないんですけどね)

キースさまが必要以上に酷い裁定をするとは思えないから、こうして落ち着いていられるんですけどね。アルダールが何を思っているかについては、よくわかりません。

「誓約書の内容はこうだ」

キースさまはにっこりと笑顔を浮かべ、よく聞き取れるようゆっくりと今この場で考えたであろう文面を言葉にしました。

「ウィナー男爵家長女ミュリエッタは噂にある異性関係にまったく関与していないことをこの場の人間に誓い、また本件に名前の挙がった異性に対し、無闇に近づかないことをここに明言する。……それだけだよ。これは君の淑女《レディ》としての外聞を守るものでもあるから良い案だと思うけれどね」

「……そんな……！」

「このままでは君がとある異性に袖にされて、親がそれを案じて冒険者たちを動かした、などという不名誉な話が広まってしまいかねない状況なのだよ？　ここでこれを明文化することによって、旧知の冒険者たちはそれが誤解であると知ることとなり、ギルド職員たちが耳にした噂は噂でしかないと打ち消してくれるし、貴族としての体面を守ることもできる。すべてにおいて良い方法だと思うがね」

笑顔のキースさまが軽く手を振ると、それが合図だったのかギルド職員がインク壺と巻物のようなものをさっと持ってきました。用意していたわけではなく、備え付けのもののようですが……それを前に置かれたミュリエッタさんは、ぎゅう、と胸の前で手を握りしめて難しい顔をしています。

「まあ勿論、ウィナー男爵には別途咎めがあることは理解してもらいたい。貴族としての、当主としての責務というものがあるのだから。そちらは追って宰相閣下とご相談申し上げたいので時間をいただくことになるから、自宅に戻ったら大人しく知らせを待っていてほしい」

「……どうしても、その文面で書かねばなりませんか。未来はわかりません、どうなるのか。誰にも。だから、あたしが、誰とどうなるかなんて……」

「そうだね、わからない。だが今のままでは、君は淑女としての名誉を失う瀬戸際だということも理解しているかな？」

「……。……それ、は。それは、わかります。わかります、けど……!!」

ミュリエッタさんは、助けを求めるようにアルダールを見ました。

この中で、他の誰でもない、アルダールに。

だけれど、アルダールは目を瞑《つぶ》って、決して彼女を見ることはありませんでした。

そのことに彼女が泣きそうな顔をしたことで、この部屋の空気がとても重くなりましたが……

ミュリエッタさんは、何も言わずにペンをとって紙に向かって文字を書き記していきました。

「文面はそのままにはできません。あたしの名誉はあたしのものです、お父さんがしたことはうっかりどころじゃないけど。……でも、あたしは、今回のことに関与はしていない。それだけは確かです。そのことを、ここに誓います。必要ならば、魔法の誓いも立てます」

凛《りん》とそれを告げてミュリエッタさんは記した紙をキースさまに差し出して、挑むように視線を向けたまましばらくそうしていたかと思うと彼女は受け取ってもらえない書類を机の上に置きました。

そして立ち上がり、何も言わずに部屋を出ていってしまったのです。

慌ててギルド職員が追っていきましたが、ウィナー男爵はただ青い顔をして呆然とするだけで……ああ、なんてことでしょう。

私にわかることと言ったら、この部屋の空気の重さが半端ないということくらいです。

それと、侍女としてわかることと言ったら、こんなに話し合いに時間がかかるなら出されたお茶はもう少し温度が熱くても良かったんだろうなということくらいでした。

おかしいな……ただ旅行に来ただけのはずだったのに、なぁ……。

幕間　転がった石は同じではない

情熱的な物言いの挙句、自分の思い通りにならないと悟って敵前逃亡をした少女が出ていった扉を見て私が小さくため息をつけば、びくりと肩を竦めるウィナー男爵の姿が目に入る。

ああ、まあ上位貴族である私の機嫌を損ねることに対して、良くないという程度には理解があるのだろう。どうしてそれを酒の席で思い出せないのか、というのが問題ではあるが……。

まあ旧友と出会って羽目を外すなんてことは誰だって経験があることだろう。

目の前に置かれた、かの少女が書いた文章に目をやって私はそれをどうしたものかと思うだけだったのだけれどね。

（既知《きち》の冒険者をけしかけるような真似は一切しておりません、か。なかなか強情なお嬢さんだ）

たとえ彼女が否定しようとも、そうだという事実はこの場にいる全員が証人になっている。

それをあの少女はまだ理解できないらしい。

書かなかったらそれで済む？　そんなはずがないだろう。上位貴族に逆らって、意向を無視して、それで誰かがなんとかしてくれるとでも？　そんな甘い話があるはずもない。

（まあだからといって、私がどうこうするということもないのだがね）

だがもう平民でなくなってしまった以上、そこに伴う責任も生じていることを知ってもらわねばならないよなあ。

私がちらりと視線を向けると、アルダールが呆れたように目を細めて立ち上がる。

それに隣のユリア嬢がはっとした視線をこちらに向けたが、彼女に軽く手で制するだけで察してくれたようだ。やはり侍女としての経験が生きているのだろう、ユリア嬢は少しばかり私が何を考えているのか探るように視線を向けてきたがすぐにそれを逸らした。そうだね、その方が良い。

「さて、ギルド職員の諸君。冒険者たちに対して私が求めたことを執《と》り行っていただきたい。そしてこの部屋をもう少々借り受けようか、ウィナー男爵と話があるのでね。その際は席を外してもらえるかな？　ああ、大丈夫、大したことではないさ」

彼を庇おうと声を出そうとする冒険者たちを制して、私が意識して明るい声でそう言えば、ウィナー男爵が幾分かほっとした顔をしたのが見える。

（ふむ、冒険者も依頼主との交渉事などで腹芸が必要だと思っていたが、彼は得意でないのだな）

かといってあのミュリエッタという少女がそれを担っていたとは思えないから……幸い周囲に恵まれていたのか、多少商人たちにいいように扱われても楽々暮らせるだけの実力をもって依頼をこなしていたのか、だが。

ギルド職員としょっ引《ぴ》かれた冒険者たちは、去り際にアルダールに聞こえるように『次期剣聖、強かったな』だとか『本人かわかかんねぇけど』だとか話していたがあいつは綺麗に無視したね。

まあ、それが良いだろう。

それらを見送ってから、私はユリア嬢とメレク殿の方に笑顔を向ける。

笑顔は、大事だ。

内心を読ませないこともあるが、安心を与える。親しみを与える。

それらは警戒心を解くのに最初にすべきこと。

勿論、胡散臭い笑顔と思われてはいけないけれどね！

「さて、メレク殿とユリア殿には少々疲れさせてしまったね。私の護衛をつけるから、二人は先に宿に戻った方が良いだろう。メレク殿、姉上の方がこうした場は慣れておられるのであのように気丈な振る舞いをされているが、当主となってからはこのような裁定は当主が求められることが大前提だ。無論、ない方が良いがその時は毅然と振る舞うのだよ？」

軽く教えた心構えは当然彼も理解しているのだろう。

目の当たりにすることは珍しいことだから何とも苦い顔をしているだけの話だ。ユリア殿も人が良い分、複雑な部分はあるのだろうがメレク殿よりは大人なのだろう。私にもその心の内は読みづらい。

だが弟が疲れているのを案じているのか、アルダールに心配そうな視線を向けつつ、彼女は会釈してメレク殿と一緒に部屋を出ていった。

そう、面倒な話とやらは今だけこちらが受け持てばいいという話。

予定になかった面倒ごとだが、起こってしまったことはしょうがない。最低限、自分にとって都合よく利用するだけの話だ。その後については宰相閣下にお任せでいいだろう。

「……なあアルダール、もう少しその不機嫌さを隠してくれないかな？　みんながいなくなった途端にその態度、私に対して酷くないかな？　これでも先輩だけど？」

「先輩だから信頼して文句も言えるというものですよ。まったく……これから買い物でも、と思った矢先だったんです。どこが安全ですって？」

「誰がどこで酒を飲み笑い合うかなんて私の管轄外もいいところだろう？　それは貴族だろうが平民だろうが、与えられた自由というものさ！　……だが、ウィナー男爵？」

「はっ、はい！」

「供は、いないのかな？」

「……わ、わたしと、むすめ、のふたりで……」

「自分たちは元冒険者で、実力があるから大丈夫、だと？」

「……はい……」

まあ、わからなくはない。

今までもそうやって父娘《おやこ》二人で旅を続けてきたのだろう。

私だって時折面倒だからと供を振り切ったり、一人で飛び出してしまうことはある。

それは己の身を守るだけの自信があるからだ。同様にアルダールにユリア嬢と二人で出かけさせたのも、この可愛げのない後輩の実力を信じているからこそだ。

……だがそれは、必要な場面を知っているからこそ、だ。ウィナー男爵は、違うだろう。

「ウィナー男爵は、少々貴族としての心構えが足りないようだ。ご息女についても同様のことが窺《うかが》える。罰することはできんよ、陛下が召し上げられた御仁《ごじん》だからね？　だからといってこのようなことが続いて、陛下のご厚情に泥を塗られてはたまらん」

「……」

「今回、アルダールが名乗らないでくれたからね、陛下が召し抱えた『英雄』が愚かな振る舞いをして古参貴族の名誉を傷つけるようなことになった、などという話はお耳に入れずに済むかと思うが……」

まあ、それはあくまで建前で耳には入るだろうけれど。

内心舌を出してそう思うが、ウィナー男爵はわかっていないのだろう。

彼はわかりやすく安堵の表情を浮かべていた。

「で、では……!!」

「だがアルダールがここにいるという事実は変わらない。わかるかね？　バウム家には私からも謝罪を入れておこう、己が領でご子息がトラブルに見舞われ、それを対処する自警団の到着が遅れたことに関してだがね。だからバウム伯が知るということに変わりはないよ」

顔を青くしたり赤くしたり忙しいことだ。

そう、複雑な事情があるからこそ短慮はいけない。

（あのお嬢さんはそれをどう理解していくのかな？）

ユリア嬢をただの子爵令嬢、ただの侍女と思うのは簡単だ。

アルダールをただの伯爵の長子と見るのも簡単だ。

だが、そこにはそれだけで済まない人間関係が、複雑に存在する。

それも、貴族社会の柵《しがらみ》を含んだ複雑さ。

たとえ伝説の『英雄』であろうとも、そいつは簡単に切って捨てられないもので、逆にそれに飲み込まれて姿を消してしまった『英傑』だって過去にはいたんじゃないだろうか。

「勿論、バウム伯だけではないよ。宰相閣下にも、このようなことが起きたことを黙っているわけにはいかない。当然、ウィナー男爵はこれから寄親《よりおや》となる貴族家を募るところであったろうが、バウム伯とセレッセ伯は当然それを受け入れる気はない。宰相閣下もそうだろうね」

「よりおや、ですか？」

「おや、聞いていないかな？　まあ簡単に言えば貴族間で後ろ盾になる指南役のようなものと思えばいい。それによっては色々な制限をかけてくることもあるかもしれないがね。陛下が召し上げた英雄だ、そう悪い扱いはされないだろう」

「そ、そんな……‼」

「少々、貴族になるということを軽んじてはおられないかな？　ウィナー男爵。爵位を賜《たまわ》ったその日から、貴君はこのクーラウムという国の責任、その一端を担う立場になったのだと何度となく言われてきたことだろう。それをそろそろ実感しても良い頃だ」

がっくりと肩を落とすウィナー男爵に私は今度は優しい声で、それでも悪いようにはしないからと告げて立たせてやった。

出ていった娘の方もギルド職員が連れ戻した頃合いだろう、二人揃って寄り道せずに城下の自宅に戻るように言って送り出せば、アルダールが冷めた目でそれを見ていたことに気づく。

「アルダール、お前だっていずれは分家を預かるのだろう。こういった場面で、お前は迷わずやれいるか？」

「さて……どうでしょうね」

「お前が頼りないようではユリア嬢がやらねばならなくなるだろう？　だって、お前がいつか彼女を妻に迎えるなら――」

「まだ、その話は。……少なくとも彼女へ負担をかけるようなことはいたしません」

「おっと」

いずれは妻に迎えるのだろうと思ったが、アルダールは食い気味にその言葉を私に言わせなかった。そのことに思わず首を傾げるが、この後輩は答える気がないらしい。

相変わらず可愛くて、可愛くない。

「まあ良いさ。……こんな紙切れ、結局意味はないけれどね。お前にとっての負担が減るなら良いかと思ったんだがなあ」

「それでどうにかなるような娘でしたら、統括侍女殿が頭を痛めることもないでしょう」

「なるほど、もっともだ。さあ、我々も戻るとするか。……せめて晩飯くらいはのんびりと食いたいものだな、さすがにもうトラブルも起きないだろうよ」

「わかりました」

ざくっと切って捨てられるならば、それはそれで楽だろう。

むしろその方があの父娘としては良かっただろう。今頃貴族にならなければ良かったなどと話しているかもしれないなあと、私はほんの少しの同情をしてギルドを後にしたのだった。

幕間　父の心子知らず

ああ、なんでこんなことになってしまったんだろうか。

自分が迂闊《うかつ》だったんだろうな、確かにその通りだろう。

だけど、自分は望んで貴族になったわけじゃないんだ。

貴族になった時にはそりゃ嬉しかったさ。雲の上の存在である国王陛下に直接声をかけてもらって、感情が高ぶらないはずがない。

それに、可愛い娘にこれで苦労をかけず飯も食わせてやれるし、綺麗な服も着せてやれるし、裕福などこかの家に嫁に行かせてやることだってできるんだって！

だけど、貴族になるってことがこんなに面倒だっただなんて誰も知らなかっただろう？

平民は、貴族になんてなるもんじゃないんだよ。

特に裕福な商人とかでないかぎり、あんなもん、なるもんじゃないんだ。


好きな時間に起きて飯をかっくらって、剣を揮《ふる》って日銭を稼いで、夜は疲れた自分を労うために安酒を浴びるように飲んで寝る。

そんな自由は、まるで夢みたいに消えちまったんだ。

「……ミュリエッタ、大丈夫か？」

「うん」

「そっか。とりあえずは家に戻ったら、大人しくしとこうな」

「……うん」

娘が恋をした。

そしてそれは片思いで終わった。

ただそれだけだったはずの話を、なんとなく昔馴染みにしたってだけでこの大騒ぎだ。

なんでそんなに騒ぐ必要があるのかと思うけど、勉強勉強と詰め込まれたこの頭は現状を理解している。やらかした、わかるのはそこだけだったけど。

ミュリエッタが初恋を諦められないのは、しょうがない。

やり方がとか色々あるのかもしれないし、こちらは平民上がりだからどうしても貴族のやり方ってものには慣れなくて後手《ごて》に回って、周囲に迷惑をかけてしまう。

だけど、恋する人に振り向いてほしいと頑張っていた娘を、突き放すことはできなかった。

「信頼を取り戻す、か……」

「お父さん？　どうかした？」

「いや、なんでもないよ、独り言だ」

「そう？　無理しないでね。あたしは大丈夫だから、お父さんこそ自分のこと大事にしてね」

「ああ」

可愛い娘。大事な娘。

お前の幸せを願ってやまない、この父親の気持ちをこの子は理解してくれているだろうか。

いや、どっちかっていうと大した親でもないのに、こんなにできた子がいてくれることの方を喜ぶべきなんだろうなって思う。嫁に似てくれてよかった。

それにしても、信頼を取り戻すってのはどうしたらいいんだろうか。

（冒険者なら、依頼を失敗しても他の依頼をこなしていけばなんとかなったが）

残念ながらその方法は使えない。

寄親だったか？

それが得られないとなると、ウィナー男爵家ってのはあんまりよくない立ち位置になっちまうんだろうと思う。ってことはとりあえず、沙汰があるまで大人しく反省しているっていう態度を見せるのが一番なんだろう。

年頃の娘であるミュリエッタにまでそれを強要するのは気が引けるが、今回ばかりは仕方ないと諦めてもらうしかない。

今後の学園生活とやらもあるし、ここで上の人たちに睨まれたらひとたまりもない。

その方が冒険者に戻れて良いのかもしれないとちらっと思ったけど、それはそれできっと『元英雄』なんて二《ふた》つ名がついちまって冒険者としてもマイナスイメージにしかならないだろう。

（セレッセ伯爵さまも、バウム卿も怖かったなあ）

なんであの侍女さんにべた惚れなのか、イマイチわからない。

親の欲目もあるがミュリエッタの方が若くて美人だし、スタイルだっていいのになあ。

お貴族さまの趣味ってのはよくわからないな、なんて思うが、さすがにそれを口に出すような真似はしなかった。

「ミュリエッタ、家に着いたら本当に大人しくしてろよ？」

「もう！　そもそもお父さんが勝手にあたしの恋愛話をお酒の話題にしたのが悪いんでしょ⁉」

「ぐ、ま、まあそうなんだが……だってしょうがないだろう、あいつらだって悪気はなかったんだよ。可愛がってたお前の近況を知りたがってたし……」

「だからってあたしはまだフラれてないんだから！」

「でもさあ、バウム卿はあの侍女さんを大事にしているんだろう？　割って入る隙なんてないぞ、多分。セレッセ伯爵さまも応援してるみたいだったし」

「……でもまだ、フラれてないんだから」

小さくなる声に、さすがに悪いことをしたとミュリエッタの頭を撫でようと手を伸ばす。

ぱし、と小さな音がして、伸ばした手を拒否されたのだとようやく頭が理解した時にはミュリエッタが冷たい眼差しをこちらに向けていた。

「お父さんのせいなんだから」

「ミュリエッタ……」

ああ、貴族になんてなるんじゃなかった。

ならなかったらこんなに困ることもなかったろうに。

ミュリエッタだって恋に苦しむこともなく、数多の男たちに求婚されて、それを自分が蹴散らして、そんな夢が見られていただろうに。

国王陛下の前に出た時はそりゃどきどきしたもんだ。

自分がこんな栄誉に預かるなんて、誰が想像しただろう？

国のための剣となれ、そんな一言に、心が打ち震えたのは今でも覚えている。

貴族じゃなくて、ただの騎士だったらよかったのかもしれない。

いや、いずれは国の英雄として正式な軍所属の騎士となるんだけど。

「ごめんな」

「……」

もし英雄なんかじゃなかったら。

あの時巨大なモンスターを、倒さなかったら。逃げてりゃよかった。

モンスターは逃げようとしてたのに、倒したりなんかしたから。

(……あれ、でも)

あの日、逃げようとする自分の手を取って倒しにいこうと言ったのはミュリエッタだった。

困っている人たちがいる、そう告げた強い眼差しにいつの間にか頷いていた。

そんなガラじゃないはずなのに。

「……ごめんな」

熱に浮かされて、自分は娘が望まないことをしているのだろうか。


ガラガラと音がする馬車の中で、ぷいっと外へ視線を向けているミュリエッタは不機嫌なままだ。

こうなるとどうしようもないというのはお決まりなので、そっとしておくしかない。

(幸せにしたくて、頑張っているつもりなんだけどな)

そう言えば『つもり』だけじゃダメだって貴族教育の係の人が言ってたっけ。

やっているつもりはやっていないも同然だっていう厳しい言い方にドン引きしたけど、ただ自分が甘ったれているだけなんだろうか。

そうかもしれない。

依頼をこなす中できちんとやっているつもりだなんて甘っちょろいことを言っていたら、ぽっくり逝《い》っちまったやつもいた。生き残った自分はやれていたんだと思う。

（……じゃあ、今度は。父親として何ができるのか、だなあ）

可愛い娘の、女心ってやつはさすがにちょっとわからない。

だけど、幸せにしたい気持ちだけは本物なので、とりあえず禁酒から始めてみようと心の中で誓ったのだった。

第六章　一難去ってまた一難

私たちは、ギルドでの一件の後、少しだけ後味の悪さを感じつつ翌朝予定通りに出立しました。

そこからの行程は特にトラブルはなくて、目的の街についたらキースさまの奥さまだけじゃなくその妹であるオルタンス嬢まで待っていたっていうね？

『きちんとした顔合わせの場ではなく大変失礼いたします、キース・レッスが妹のオルタンスと申します。こうしてお会いできて本当に嬉しいです！』

輝く笑顔でご挨拶されて、私……眩しくて目を逸らしそうになっただなんて、言えない……。

オルタンス嬢、ゲームでちらっと登場した画像よりもずっと溌剌《はつらつ》とした美少女でした！　あれではメレクがメロメロになったって仕方ない。納得です。

『メレクさまも驚かれたこととは思いますが、私もお会いしたかったのです』

『オルタンスさま……』

『いやですわ、婚約者ですもの！　私のことはオルタンスと呼び捨てにしてくださいませ』

『オ、オルタンス……僕も、会いたかったよ』

『いやあ、若いっていいねえ』

『お兄さま！』

ってな感じでキースさまが叱られたり、オルタンス嬢の方が積極的でメレクは腕組みされて顔を真っ赤にしたりとか。

まあ弟が上手くやっているようで姉としては微笑ましかったです。

『そういえば、英雄のご息女に先日お会いしましたわ。祭りの見物をなさっていたようです』

『……そうですか』

『以前、学園に見学に来られた際にご挨拶をしただけでしたので、よくこの雑踏の中、私のことがわかったなと思いましたのよ。なんというか……そうですね、積極的な方だと思いましたわ』

それ、なんとなくマイルドに言ってますけど顔が嬉しそうじゃなかったんで良い印象ではなかったってことですよね。

（ミュリエッタさんはオルタンス嬢と親しくなりたいと思った？　学園のことを教えてくれる人なら、ちゃんと教育係がついているはずだし、学生生活での味方を作りたい……とかかな）

まあなんにせよ、勢い余ってトラブルにならなきゃいいんですけどね。

誰か諫めてくれる良い友人がミュリエッタさんにできるのを祈るばかりです。

その後、セレッセ夫人にも挨拶をして、折角だからみんなそれぞれデートを楽しみましょうねって別行動をとることになりました。


「あっ、あの時のおねえさんだ！」

「えっ？」

そんなこんなでたくさんの観光客と、お祭りの飾りで溢れる町をゆっくり歩いていた私とアルダールでしたが、前方から駆けてくる女の子を見て思わず顔を見合わせて笑ってしまいました。

そこにはあの時の元気な幼女、ロマリアちゃんがいたのです。

「こんにちは、ロマリアちゃん」

「こんにちは！　けんせいこうほのおにいさんもこんにちは！」

「こんにちは」

「あら？　今日は一人なの？」

「んーん、じいやもいるよ？　ほら、あそこ！」

「お、お嬢さまぁぁぁ」

どうやら元気っ子なロマリアちゃんは、今日も走り回っているようです。

追いついたらしい執事さんも息を切らしながら、私たちとの再会をとても喜んでくださいました。

そして以前、是非お越しくださいと言われたアトリエ・デロッツィニがこの近くだというので折角ですから見学させていただくことにしたのです。

決して人混みから避難したかったわけではありません。

(何かお土産になりそうなものがあったらいいなあ)

そう、結局前の町では碌にお買い物できませんでしたからね‼

宿屋さんで聞いたところによると、今セレッセ領内では綺麗な布を使ったカップル向けの服飾品が人気らしく、これはプリメラさまとディーンさまにうってつけなのでは？

セレッセ領の布地と一口に言ってもピンキリですが、キースさまお勧めの工房の一つに名を連ねるアトリエ・デロッツィニでしたら品質はばっちりでしょう！

どこでどう縁が繋がるかわかりませんね……‼

「こちらにございます」

「……なかなか立派な建物だね」

「そ、そうですね……」

アルダールが感心したように見回した店内は、高級感溢れるものでした。

服なのにアトリエ？

そう思っていましたが、ここに来てみて納得です。

店内にはデザインされた服だけでなく、布地を使ったアート作品のようなものや装飾品の類も販売されており、執事さん？　じいやさん？　の説明によると多岐に渡るデザイナーが集まっているんだそうです。

なんと、例のカップル向けの飾り、こちらもアトリエ・デロッツィニが発祥だそうで……。

「申し訳ございません、売り出しと同時に人気が出て、残念ながらどこも売り切れ状態でして……。

供給が追い付かない状態なのです」

初めのうちはそれでもまだ良かったんだそうです。他の良心的なテーラーですとかブティックですとか、そういった仲間内でできる限り対応していたそうですが……。

人気が出た弊害《へいがい》でしょうか、我も我もと参入した商人によって粗悪品が出回るようになってしまい、そちらの取り締まりのために、全てオーダーメイド方式をとるようになってしまったんだとか。売れすぎるというのも頭が痛いという話でした。

「噂を聞いて遠くから買い求めに来てくださる恋人同士の方々などを見ると、胸が痛みます」

ロマリアちゃんのお母さん、デザイナーのマウリアさんが本当に申し訳なさそうに眉を下げました。彼女が悪いわけじゃないんですけどね。

「ですが、娘の恩人ですもの！　是非お二方《ふたかた》の分は私に手掛けさせてくださいませんか！」

「えっ、よろしいんですか？　お話を聞く限り、順番待ちをなさっているのでしょう」

「はい。ですが娘の恩人に対し何もしないなど、商人としても個人としても私のプライドが許しません」

「……どうしましょう、アルダール」

「ここは店主の気持ちをありがたく受け取っておこうか」

「……では、お願いできますでしょうか。あの、大変申し訳ないのですが、私たち以外にもう一組だけお願いしたくて」

「はい、そちらも承《うけたまわ》らせていただきます」

「ありがとうございます！」

諦めて無難にお菓子とか買っていこうかと思いかけていたので、本当に助かりました！

融通を利かせてもらって迷惑をおかけしちゃったなと思うので、縁があったら今後こちらのお店にお仕事を依頼することも考慮に入れよう、そう心の中で誓いましたとも。

私は恩を忘れない女です！

名前は伏せましたけれど、プリメラさまとディーンさまのイメージを伝えて製作をお願いし、ラッピングしてもらった後で王城の私宛に届けてくださるように手配しました。楽しみです。

ちなみにその飾りというのは、ドレスなどに用いる一級品の布の端切れで作っているんだそうです。そのため、ちょっとした贅沢というか、高級感があって贈り物にもぴったりだと人気が出たというわけですね！

女性はコサージュ、男性はスカーフかポケットチーフなんだそうです。

私はちょっとだけマウリアさんにお願いして、工房の端っこに積まれていた、とある宝石の屑石《くずいし》を飾りにつけてもらいました。

（……筆頭侍女になって宝石もそこそこ見てきたけど、この世界でもローズクオーツって恋愛のお守りになるのかな……？）

屑石、つまり宝石としての金銭価値がないもの。

マウリアさんの工房ではそれをたくさん引き取って粉のようにして、布に吹き付ける加工などしているそうです。

わあ、すごい!!　って思いましたが、それ最終的に重くならないのかな……？

そんなキラキラしたドレスだとかは私には縁がないので、それ以上話題としては広がらなかったんですけどね！　どう考えても夜会とかそういう用途ですから、当分予定もありませんし。

マウリアさんは私の提案に不思議そうにしつつも、快く応じてくれました。

「でも、どうしてですか？　なんでしたらカッティング済みの宝石などもつけられますが」

「あ、いえ……そこまで派手にしたかったわけではないんです。あのくらいのサイズで、宝石とまではいかなくても綺麗な色合いのものの方が、日常使いには良いかと」

「ああ、なるほど。ですが王城勤めでしたら目も肥えていらっしゃるでしょうに、なぜあれなんです？　価値などほとんどありませんのに」

「……色合いが可愛らしかったので、恋愛ごとの願掛けに良いかなと思ったものですから」

私は宝石を鑑別できるわけじゃありませんしそこまで詳しくはないですが、前世で見たのとよく似てるなっていう感じでちょっとしたお守りになったらいいなって。

マウリアさんはそんな私の様子に優しい笑顔を見せてくれて、なんだか恥ずかしいですね。

ええ、まあ……うん、アルダールとやっぱり恋愛的に上手くいっているって思ってもこういうことしたいっていう乙女心っていうの？　私にもこういう部分はあるんですよ言わせんな！

「しかし、恋のお守りですか……。なるほど、揃いの装飾というだけでなく、そういう違いも出せれば随分と広がりますね……」

「マウリアさん？」

「ユリアさま、もしよろしければそのアイデア、使わせていただいてもよろしいですか？」

「えっ」

「勿論使用料も払いますし、なんでしたら考案者としてお名前を公表させていただきます」

「い、いいえ、そのようなことは必要ありません。私としてもただの思いつきでしたので、マウリアさんが良いように使っていただければ」

「ありがとうございます！」

サンプルも注文品と一緒に送ってくれるそうで、それはもうマウリアさんは晴れやかな笑顔でした。うん？　まあ、デザイナーさんと知り合えて、ちょっとなんとなくいい話ができたと思うことにしよう……そうしよう。

その後はロマリアちゃんにお勧めのお祭りスポットを教わって、今度こそ穏やかにデートをしてきました。お祭り楽しかったです。

（いつかはプリメラさまとも来たいなあ）

まあさすがにそれは難しいかもしれませんけどね！

でも、バウム家にお輿入れが済んだ後でしたら、可能かもしれませんよね。

「綺麗」

「本当だ」

夜になって、お祭りのメインイベントが始まりました。手のひらサイズの小さな気球《ランタン》を作って火を灯《とも》し、空へと飛ばすセレモニーなんですが、それが何とも幻想的なのです。

それを願いごとを胸に飛ばすと叶うとも言われているそうですが、元々は無病息災を願って空の彼方にいるとされる神さまやご先祖さまに、気球と共に自分たちは元気だよと想いを届けるためのものだったんだとか。

（いいものが見られたなあ……今回の旅行、来られてよかった）

実家への帰省だけのつもりが急な旅行で戸惑ったし、ミュリエッタさんの件でちょっとだけ困惑はしたけれど。家族とも改めて関係を築き直せたと思うし、新しい出会いもあったし。

（……でも、大丈夫だったのかなあ）

あの父娘、無事に城下の自宅に戻れたんでしょうか。

ウィナー男爵とミュリエッタさんとは結局、出発までの間に会うことはありませんでした。

キースさまはバウム伯爵さまにも宰相閣下にも今回のことをご連絡すると仰ってましたし、速やかに帰るよう促してもおいでですでしたのできっと真っ直ぐ帰ったのだと思いますが……伯爵家と公爵家がどんな判断を下すのか、ほぼほぼ外野の私でさえ怖くなります。

（きっと夜も寝られないんじゃないかな、少なくとも私だったら怖くてしょうがないなあ！）

旅行先で失敗をして、統括侍女さまがお怒りの表情で待っている……とか想像したらそれだけで胃が痛いわ！

まあ、私が心配するのはお門違いなんですけどね。

どうにもまだ浮き足だって見えるあの父娘、パーバス一家みたいな妖怪にとり憑《つ》かれでもしたらさすがにちょっとねえって思うじゃないですか。

陛下が召し上げた英雄って公言されているから大丈夫だとは思いますが、そんなことになったら食い物にされて終わっちゃう……というのが言葉を交わした父娘だと思うといささか気分が良くないっていうか……。

（アルダールたちにそれとなく聞いても、何を話し合ったのか教えてくれないし）

まあ私が子爵令嬢のままで成長していたならば、こんな面倒な身分社会のことは理解しきれなかったかもしれません。

王宮で働く侍女として、多くのそうした人たちのやり取りを、一歩下がった場所で見られたからこそ学んだことでもあると思います。

いつかミュリエッタさんたちもそんな風に、周りを落ち着いて見る余裕を持てる日が来ればいいと思うんですが……まあそれは私みたいな遠い遠い関係性の人間が言うことじゃないですよね。

私だってすごい人間ってわけじゃないんですから、手の届くところを守るので精一杯。それを忘れてはいけません。

(でも、モヤモヤしてた気分の原因はわかった)

ずっとずっと、私の中にあったもの。

それは、ロマリアちゃんがアルダールを、「けんせいこうほのおにいさん」と呼んだことで気が付いたのです。ロマリアちゃんはあの時の酔っ払い冒険者たちの言葉をそのまま覚えていただけなので、罪はありませんよ!

そうじゃなくて、私はそれで違和感の正体に気が付くことができたのです。

私は、アルダールが、……周囲から彼個人として見られないことに腹を立てていたようです。

私が腹を立ててどうするんだよ⁉ って、すとんと頭の中で理解したところで思ったわけだけど、まあそういうことだったらしく……。

王城内で、王城外で、そりゃまあ『剣聖』ってのがすごいってのはわかるんですよ。

ええ、その次期とまで噂されるっていうのは光栄なことなんでしょうね。

本人が望むと望まざるとにかかわらず。ここ大事。

（アルダールとしては自分がまだまだだっていう意識があるのとお師匠さんが健在であること、その点から嬉しくはなさそうだし……）

バルムンク・脳筋・公子の時はあれはあくまで一方的なライバル視ってことで気にならなかった。彼はあくまで『打倒！　アルダール!!』だから。

王城内での次期剣聖候補、という扱いでアルダールが一対多とかの場面に駆り出されて当然っていう空気とか、それで勝っちゃうのも次期剣聖候補なんだから当然って褒め称えられてるのも納得できなかったんです。

キースさまが冗談交じりに「次期剣聖候補殿！」ってアルダールを呼ぶのはからかってるとしか思えないからノーカン。

「……どうかしたの？」

「え？」

「なんだか楽しそうに笑ってるから」

「笑ってました!?」

「いいや、本当は笑ってない。ただ、そんな気がしただけ」

な、なんだってー!?

カマかけられたってやつですか！　よくわかりましたね。

思わず脳裏で脳筋公子とキースさまがケラケラ笑う姿を想像して面白くなっちゃってただけなんですけど。あんまりにもな想像だと笑いが起きるものじゃありませんか？

「大したことはないんですよ、ただちょっと変な想像をしただけです」

「ええ？　どんな？」

「内緒です。……ねえ、アルダール」

「うん？」

私が問いかけると、アルダールが小首を傾げる。

相変わらずちょっと直視は厳しいイケメン具合ですが、隣にいることには慣れました。

……このまま、隣は私がいいな。

できたら、そうであってほしい。

「アルダールが頑張っていて、真っ直ぐだって。私、ちゃんと知ってますからね」

「え？」

「なんとなく言いたかっただけですよ、普段はこんなこと言えません。……このくらいの声なら、周りの人にだって聞こえないですから」

「……」

「アルダール？」

「本当、ユリアはいつだって不意打ちだから困るんだ」

そりゃそうでしょう。

私だっていつもアルダールから不意打ち食らってばかりじゃいられないですからね！

……でも今の、どこが不意打ちだったのか教えてほしい。

恥ずかしいセリフは言っていないはずだ！　多分。……いや、多分……？

帰ってきました！　王城です!!

はー、やっぱりなんだかんだ言って実家と同じくらいの年月を過ごし、というか活動内容の濃さで言えばこちらの方が濃いからもう一つの実家とも言えちゃいますよね王城。

王城が実家ってすごくない？　いや実際は違うんだけど、それっぽくない？　勿論そんなこと口には出しませんけどね！　不敬になっちゃうからね。

まあ、王女宮にいるみんなが家族同然っていうのは本当です。

お土産の品は残念ながらまだ手元になく、プリメラさまにもちゃんと謝罪はしたんだけどね。

もうそのお返事が天使で……いや大天使で……!!

「いいのよ！　ユリアが元気に帰ってきてくれただけでプリメラはとっても嬉しいんだから！」

もうどうよ！　うちの姫さますごいでしょ!?　可愛いでしょ!!

ああーもうこれだけで癒される。この帰省と旅行の日々、楽しかったけど同時に色んなストレスもあったから癒される！

ただ、途中ミュリエッタさんに会ったこと、そのことで少々トラブルがあったこと。

貴族としての心構えの問題であろうことからキースさまから宰相閣下とバウム伯爵さま、そしてひいては国王陛下に話がいくであろうことはプリメラさまにもお伝えしました。

国が選んだ英雄が取った行動、それを周囲がどう捉えるのか。

色んな配慮とか出てくるんだろうなぁとは思いますが、その現場に居合わせたものとしてご報告させていただきました。口止めもされませんでしたしね。

王女宮の中という限られた空間だから話せるというのもあるんですけど、本当は少しだけ、話をするか悩んだんです。

だけれど、プリメラさまは王女という立場をしっかり自覚しておいでです。

関わりのあった相手のこと、そして王族の選んだ英雄のこと、そういうことは耳にしておいても良いのかなと判断しました。

不必要な情報かもしれませんが、恐らくは両陛下が報告を受け、王太子殿下も別口で報告を受けて、プリメラさまだけ知らされない……なんてことになってほしくないと思うのです。

ですが公的に政治的お立場があるわけではないプリメラさまには、何か影響があるわけでもないのでしょう。それでも……と思ってしまうのは私のエゴなのでしょうか。

プリメラさまは、私の心配をよそに話を聞いて少し思案気でしたが、落ち着いておられました。

「……そう……。中々に平民から貴族になるというのは、簡単なものではないのね」

「さようですね、環境はがらりと変わりますので」

「わたしに、この件でお父さまたちが求めることはないのだと思うけれど、知っておけて良かったと思うわ！　……それで、あの。ユリアは、大丈夫……？」

「はい、私は怪我などしておりませんので」

怪我をしていないか心配してくれているんだなぁと思うとほっこりしましたが、プリメラさまはふるふると首を左右に振りました。

おや？　違う……？

ちょいちょいと手招きされるままに顔を寄せると、プリメラさまは私の耳元に口を寄せてきました。おっと可愛い。もう可愛い。

「あ、あのね？　かあさまが、バウム卿の心をもらったのは……プリメラのためなの？」

「えっ」

「それとも、バウム家が、プリメラのために、かあさまを迎えようとしているから、なの……？」

「プリメラさま……⁉」

どこでそれを耳にしたんでしょう。私は愕然としました。

そんな妙な噂話なんて、王女宮まで届かないと思っていたのに！

そもそもそんな話をセバスチャンさんたちが信じるはずもないし、信頼度の低い話を王族の耳に入れるなんて以ての外だし、そういう話もありますよ、なんてあえてプリメラさまに聞かせる理由もないし。

私が動揺したのを別の意味に取ったのか、プリメラさまの眉間に皺が。

ああああダメですよ、眉間の皺は癖になるんですからね！

「もし、そうならプリメラがちゃんと言うわ。かあさまを守るためなら、王女として文句を言うわ！」

「お待ちください、プリメラさま！」

「だって！　プリメラのためって言いながら誰かが傷つくなら、王女なんだからわたしが止めなさいって言わなくちゃ……‼」

「そうです、プリメラさまは王女でいらっしゃいます。ゆえに、その発言について今一度、お考えください。その、重みについてお考えください」

「……」

私がそう言えば、それまで怒った顔をしていたプリメラさまがくっと息を呑んで悔しそうに唇を噛み締められました。ああ、こういうところ、当たり前ですがまだまだ子供なのです。

そうだよね、立派な王女さまになってみせるって言ってくれて、ずっと努力を続けて完璧なプリンセスでいてくれる、私の可愛いプリメラさま。

だけど、まだまだ自分の身近な人間のことで感情があっという間に振り切れちゃう、そんな普通の女の子でもあるのです。

「プリメラさま、まず私の話を聞いていただけますか？」

「……うん」

「ありがとうございます。ご心配いただいたことも、とても嬉しいです。プリメラさまの優しさが、ユリアはとても、嬉しいです」

「……ほんと？」

「はい、勿論です！」

私が嬉しかったのは本当。

だって、私が何よりも守ってあげたいと思うプリメラさまの、『大切な人』の一人に私がいるからこそ王女としての立場を使ってでも守ろうと思ってくれたんだもの。

だから、その感謝の気持ちは正直に伝える。これって大事なことだと思うんだよね。

「ですが、プリメラさま。そのお気持ちは嬉しいですが、王女としての権威を振るうなどと口に出すことはお控えください。たとえそれが事実であろうがなかろうが、プリメラさまのお言葉はそれだけ重さを伴うのです」

「……うん……」

「ご理解いただけて、ユリアは嬉しゅうございます。それに、その、もしプリメラさまをバウム家にお迎えするためにアルダールが私に歩み寄ったのだとして、ですね」

こほん。

段々恥ずかしくなってきて、思わず咳払いをすれば、それまでしょんぼりしていたプリメラさまが瞬きをしながら私の方を見上げていました。うっ、可愛い……。

「そ、その。今は、ええと、ええ。まあ。自惚れるわけではございませんが、その、私たちは私たちのペースで、上手くいっていると……その、思っておりますし。きっかけがどうだと考えるよりも、これからのことを考えるので十分だと思いますし、彼もまたそのように思ってくれているのではと……」

「……それって、どういうこと？」

「ど、どういう？」

「ユリアは難しい言葉で煙《けむ》に巻こうとしてる！」

「そのようなことはございませんよ⁉」

いや、まあ恥ずかしくてしどろもどろにはなったと思うけどね⁉

だけどプリメラさまはすごく真面目にじぃーっと私を見てくるわけですよ。

ええ、そりゃもうこの無垢《むく》で純真で真っ直ぐな眼差しですよ。

それに応えたいといつだって思ってきたわけですから今回だってそうですよ！

でも恥ずかしいじゃん⁉

「……っ、つまりですね」

「うん」

「きっかけがなんであれ、今は私がアルダールのことをちゃんと好きだと思っています。そして、少なからず彼も同じように思ってくれていると、信じています。ですから……ええと、まあ、その。噂は噂です、ご心配には及びません」

「なら、いいわ！」

にっこり笑ったプリメラさまは、いつもの天使なプリメラさまだった。

ほっとしたけど、これってやっぱり行き過ぎたらまた『悪役令嬢プリメラ』の影がちらつくフラグ……なんてことないよね？　気をつけよう……‼

「あのね、わたしね、ユリアが幸せなら嬉しい！」

「ありがとうございます」

「それにユリアから恋のお話が聞けるなんてとっても素敵だった！　うん、プリメラ、王女としてなんて偉そうなこと、もう言わないわ。そうよね、そんなこと言ってほんとは間違ってたとしても王女さまだもの、簡単に撤回《てっかい》なんてできないし……きっとそんなことをするわたしのこと、ディーンさまだって嫌いになっちゃうかもしれないし」

「それはないと思いますけど」

「ええー」

「……ともかく、ご納得いただけてようございました」

私たちのやり取りを後ろの方で耳にしていたセバスチャンさんが小さく笑っていたこと、私は気が付いてますからね⁉

（ここにメイナとスカーレットが同席していなくて、本当に……本当に良かった……‼）

あの子たちも年頃ですからね、こういう恋のハナシとなると途端に目を輝かせて……いえ、気持ちはわからないでもない。でも私がその話題の中心になるのはちょっとご遠慮したいのです。

……とはいえ、ですよ。

プリメラさまのお耳に変な噂を入れたのは誰か、って問題が残りました。

いえ、王城内を歩いていれば誰かが話をしているのなんて当たり前の光景ですし。ですから噂を耳にすることくらい誰にだってある……といえばそうなんですが、プリメラさまの行動範囲で考えたらおかしくないかなって話なのです。

というか、私がいない間に耳にしたっぽい雰囲気ですよね。

もっと前からならとっくの昔にこの会話、発生していたと思うんですよね。

ゲームのイベントっぽい言い方でアレですが。

（うーん）

メイナとスカーレットという可能性？　ないわけじゃない。

だけどあの二人が耳にしているのは、それこそ私とアルダールが付き合い始めてすぐからなんだし、スカーレットは低俗な連中の噂などと鼻で笑ってたし……まあその行動はちょっと令嬢としてはしたないですよって注意はしましたけど、そういう感じだったからわざわざ今更プリメラさまが不快になる情報を告げる理由がない。

メイナだってプリメラさまが大好きだから、わざわざ悲しませるようなことは言わないでしょう。

（噂を消すためにってだけなら、わざわざプリメラさまのお耳に入れなくてもいいのだし）

そして、ファンディッド領から先に戻ったメッタボンとも思えない。

彼は見た目に反して案外繊細だから。自分の雇い主であるカワイイ王女さまだからって、彼なりに大事に……いえ、蝶よ花よとむしろ彼が一番甘やかしてるんじゃないかと思わなくもない。

野菜が苦手だなんてプリメラさまが呟こうものなら栄養面を計算しまくった上で美味しい苦手克服メニューを作り上げてくるような人ですからね……。

（となると、セバスチャンさん……？　いや、まさかねえ）

ちら、と視線を向けるとあちらも私の言いたいことがわかったのでしょう、少しだけ考えるような仕草を見せてから頷いてきました。どうやら何か知っているようですね。

これがセバスチャンさんだったら文句の一つどころか十は申し上げたいですが、逆に言えばセバスチャンさんがやったなら何か意図があってのことかなとも思うのが怖いのよねえ。

元々セバスチャンさんの配属は、プリメラさまの傍に仕える執事としてって国王陛下直々の指名があってのことですからね。

王女宮が今の形になるまで、私にとっても保護者のような人でしたので……って今もか。

少なくとも、私たちにとって不利益になるようなことはしないお方ですが、そこに国王陛下の意図が絡むならば、私情の全てを排除してでもそちらを優先するでしょう。

（ただまあ、その国王陛下がプリメラさまを溺愛《できあい》されているので、そこから考えるとその線も薄いけどね‼）

プリメラさまの給仕をメイナに引き継いで、私とセバスチャンさんは廊下に出ます。

そうして少し歩いたところで、セバスチャンさんが歩みを止めて私の方を振り返りました。

「さてさて、我らが筆頭侍女殿の仰りたいことは大体予想がついております。そのお話に関して説明をするためにもご足労願いたいのですが、お時間は大丈夫ですかな？」

「……勿論ですよセバスチャンさん。けれどあらましは教えていただけるのですか？」

「歩きながらお話しいたしましょう」

先程よりもゆったりとした歩調で、セバスチャンさんが私をリードするように歩き始めました。

私もそれを受けて歩き始めましたが、どうにもいつものセバスチャンさんらしくないような？

「プリメラさまが先程のことを耳にしたのは王太子殿下との勉学のお時間の時でしたな」

少しだけ思い出すようなそぶりを見せながら、そうセバスチャンさんは言いました。

そして緩く頭を左右に振って、呆れたような顔をしたのです。

「王太子殿下はご存知の通り現時点では南の国からご婚約者を迎える方向で話が進んでおられますが、異国から嫁がれてしばらくは不慣れであろうそのご婚約者を支えるという名目もあり、国内から側室を迎えるべきだという意見が出ておりましてな」

「それも耳にしております。王太子殿下はそれに否定的であるとも聞いておりますが」

「さよう。その点に関しては焦る必要もないだろうと両陛下も仰られて、一時保留となっておりますが、諸侯におかれては熱が入っておられるようでしてな」

「まあ」

思わず眉間に皺が寄った。いけないいけない。

とはいえ、諸侯の意見もわからないでもないんだよね。他国からの王族が嫁いできた時に、慣例等わからないことや勝手が違うことっていうのは少なからず出てくるものです。

特に王族の慣習とかは事細かに相手方に知らせるようなものでもないので、嫁いできてから学んでもらうしかないっていうか。

そうなると苦労も多いしトラブルの予想もできるわけで、自国で身分がある女性を側室として迎え、国王夫妻を支えてもらうのは自然なことなんだと思う。

残念ながら歴史の中ではそこから国王の寵愛《ちょうあい》を巡って泥沼になった結果もあるんだけど、ちゃんと互いに立場を理解したうえで機能するとそれってすごく良いシステムではあるんですよね。王族の結婚はどうしたって恋愛重視ってわけにはいかないから……大変だなあっていつも思ってます。

政治的な意味合いが大きいし、でもそこで信頼とか愛情を育んだっていう例も少なからずあるから幸せになれるといいね、としか……。

ただ、諸侯が熱を入れているとなると、そこに発生している宮廷内の権力争いが容易く想像できて嫌な感じです！

（……ああ、じゃあそういうことか）

そこまで聞いて、プリメラさまに変なことを吹き込んだ連中は諸侯の誰かで、国王陛下の信頼篤いバウム伯爵さまを妬んでってところかな。

『庶子の長子と身分の低い侍女を利権のために結びつけるだなんて、バウム伯爵さまって酷いですねえ、プリメラさまの大切な侍女に酷いことではありませんか！』

とかそんな感じかな？　いやさすがにそれは直接的過ぎるからないか。

でもあのくらいの年頃の少女がそんな感じのことを耳にすれば嫌悪感を覚えるだろう、みたいな思惑じゃないかな。

「大体ご理解いただけたようで」

「そうですね、相手はわかっているのですか？」

「ええ。まあ、そちらは王太子殿下が対応なさるとのことですので、この件はこれでしまいにしていただきたく」

「……王太子殿下が」

「さて、ご足労いただいたのは、紹介したい者がおりましてな」

「……」

王女宮から少し歩いて到着したのは、王子宮。

その使用人区画の廊下で、セバスチャンさんが足を止めました。

私に紹介したい、というのはそうなると王太子殿下の使用人の誰か、ということになるんでしょうか。いつもでしたらこの辺りで誰かしらの人と会うはずなのに、誰もいないとはなんて不自然なほど綺麗な人払いなのでしょうか。

「正直、紹介などしたくないんですがなあ」

「おやおや、それはちょっとひどくありませんか？」

ぼやくように言ったセバスチャンさんの言葉を引き継ぐように、笑うような声が応じました。

廊下の先から歩いてきたのは、執事服を着た青年でした。黒髪に、糸目の青年。その姿を私は今まで見たことがありません。

王子宮の人間を全員知っているわけではありませんが、少なくとも王太子殿下の傍にいつもいる侍女と執事、その程度は把握しております。他の宮に属するとはいえ、まるで知らないということはありませんからね。

何かあった時には互いに協力し合うので、ある程度のことは互いに理解していなければならないのです。

召使クラスまでランクが下がると人数が多くなりますし、出入りも激しいためさすがに覚えきれませんが、彼の衣服はセバスチャンさんと同クラスの執事服。

(そのランクの執事を、私が知らないとなると……新しく配属された人？)

だけれどそれを王子宮筆頭ではなく、何故セバスチャンさんが紹介するのか。

私がその男性を見ると、彼はにっこりと笑い優雅にお辞儀をしてきました。

黒く真っ直ぐな髪を後ろで無造作に赤いリボンで一つに結んだ男性は、年齢的にはアルダールと同じくらい……と言ったところでしょうか。にこにこと笑う姿は人畜無害なようですが、糸目のせいで余計に表情の意図するところが読めないタイプの、要するにちょっと胡散臭い感じのする美形でした。

(……うん、美形。またもや美形か。ほんとこの国どうなってんだろうね、美形しかいないのか！)

まあちょっと的外れな感想を抱いたものの、私は彼が何者であるのか聞くために、王女宮筆頭として礼を返すだけです。

そのやり取りを見てセバスチャンさんが、小さく咳払いをして口を開きました。

「この者はニコラスと申しましてな。国王陛下の命にて王子宮に配属された、王太子殿下専属の執事にございます」

紹介されたニコラスさんが、私に歩み寄って自然な仕草で手を取り、淑女に対する礼をしてそのまま笑みを見せました。

「ご紹介にあずかりました、ニコラスと申します。これからどうぞよろしくお願いいたします、王女宮筆頭さま」

「……よろしくお願いいたします、ニコラス殿」

直感的にですが、私はこの人は絶対、性格悪い系の人であると確信しました。

にんまりと笑みを浮かべ、私の手を取ったままニコラスさんはゆっくりと姿勢を正し、きちんとした礼儀作法と言葉遣いをしているにもかかわらず、です。

全体的にひょろりとした印象……でしょうか。

かと言ってもやしっ子という感じではなく、しなやかなという表現が似合う気がします。

細身でミステリアスな雰囲気がある、どこか艶めかしいというか色気がある男性です。

身長はアルダールの方が少し高いくらいかなと思いますが、決して低いわけでもなく。

国王陛下御自らの指示で王太子殿下の専属執事を任せられるということは、見た目によらず強いのかもしれません。或いは宰相閣下のように、頭脳に秀《ひい》でているとか？

ちょっと得体の知れないところはありますが、そういうことでしたら身元は確かなのでしょう。

ところで。

にこにこと笑う彼ですが、あのですね？

「……ちょっと距離が近くありません？　そして手をお離しいただきたいのですけれど」

「おやおやツレない！　王女宮筆頭さま。勿論知っているんですが、貴女の口からお名前を伺いたくて待っているのですよ？」

「ユリア・フォン・ファンディッドと申します。ニコラス殿、これでよろしいかしら？」

「ええ。ええ。満足ですとも！」

にこぉーっと笑みを深めたその笑顔のわざとらしさったら！

人を苛立たせようとしているのがわかるのですが、悪意がある、というには少し違う気もするので私は何も言わず手を引きました。

ですがニコラスさんは離すことなく、軽く持ち上げてもう一度手の甲にキスを落としました。

「……なんのおつもりです？」

「いやいや、鉄仮面と噂されるレディですが王宮育ちというお話でしたのでとても初心《うぶ》なのかと思ったんですよ。ですが、動揺の一つもされないとはさすがだなあと感服いたしました」

「そうですか。もう一度申し上げます。手を、お離しください」

「はいはい」

私がゆっくりと言えば、ようやく彼が手を解放してくれました。

不意に後ろに一歩、二歩と下がってまたニィと笑う姿はなんとも不気味ですが、どうやらセバスチャンさんが威嚇《いかく》してくれたようです。……なんだろう、悪戯《いたずら》をする野良猫に対してボス猫が威嚇するような？

大分違う気がする。

セバスチャンさんは胸元から真新しいハンカチを取り出して私の手を拭ってくれました。

うん、それもどうかな？　でもありがたくお借りします、あとでお洗濯しますね！

まったく……ニコラスさんの推測が外れていないというのが癪《しゃく》ですが、王宮育ちと言っても過言ではない私ですし初心なのも事実です。

教えて差し上げる理由はありませんので、いつも通り顔には出さず、無駄な言葉も発さず。

今後もそれがよさそうだと判断いたしました。

「酷いなあ、まるでボクが汚れもののような扱いをするなんて！　ねぇ、オ・ジ・イ・サ・マ」

「虫唾《むしず》が走りますな。……まあ、そういうわけでしてな、これでもこやつは私の身内のようなものでして。何かしでかすようでしたら遠慮なくお申し出ください。制裁はこちらで行います」

「わかりました。その際はよろしくお願いします」

「ひどいなあ、ボクは自分で言うのもなんですが善良ですよ？」

私たちの会話をおかしそうに聞きながら、ニコラスさんが訂正を入れてくる。

だけどセバスチャンさんはそれをまるっと無視して、私の方を見たまま言葉を続けました。

「とはいえ、こやつはこれより王太子殿下が即位された後も専属の執事として手足となる存在です。此度、貴女にわざわざ足を運んでいただいて紹介をしたのも理由があってのこと」

そしてセバスチャンさんが真面目な顔でそう説明する横で、ニコラスさんは笑みを崩すことなく、私の前ですらすらと何かの口上を述べる役者のように手を広げました。

「かの英雄父娘、あの取り扱いは非常に難しい。王太子殿下は特に妹姫が妙なことに巻き込まれることなく、バウム家への輿入れまで穏やかに過ごしていただきたいと願っておいでです」

それがもうどうしようもなく胡散臭いっていうか、多分わざとなんでしょうが……こういう癖のある人物なんだと思っておくのがよさそうです。

セバスチャンさんの孫なのか、その辺りは詳しく説明していただけませんでしたし、二人とも話す気がなさそうっていうのは雰囲気でわかりましたのでそこは聞かぬ方が良いのでしょう。

とにかく個人的にはあんまり親しくしない方が良さそうな人物です。

「ですが、本来ならばそう縁もなさそうな英雄のご息女が王女宮筆頭さまにちょくちょく連絡を取りたがっておいでで、その理由がどうやら恋人の近衛騎士にあるとか？　しかもその近衛騎士は王女殿下の婚約者、その兄だとか！　これはもう運命の悪戯のようですよねえ！」

「ニコラス、いい加減にしろ。お前は回りくど過ぎる」

「ふふ、良いじゃありませんか、こんな面白いコト、そうはありませんからねえ？　まあ、ボクは基本的に王家のために尽くす人材だと自負しております。ですので、かの英雄父娘の行動次第では王女宮筆頭さまにもご協力いただくこともあるかなと思いまして、先にオジイサマを通じてご挨拶をしておきたいと思ったのでございますとも」

胸に手を当てて小首を傾げ、笑う美丈夫。

後ろにひとまとめにされた艶やかな黒髪はそこらの女子以上のさらっさらヘアですよ。

多分何も知らなければ、糸目のハンサムで笑顔を絶やさない執事さんだなぁっていう印象を受けるんでしょう。私としてはこのファーストコンタクトのせいで奇人カテゴリーにこの人を刻みましたけど。

「それにしても英雄父娘の件は別にしても、ボクとしては個人的な興味を王女宮筆頭さまに感じますね！　ええ、実は英雄のご息女、彼女についても興味が湧いていたところなんですよ、その彼女と縁深い様子の貴女にもお話を聞きたいと思っていたんですが、ああ、なんだか違う意味で興味を持ちました」

「……そうですか」

「いやぁ実に残念です。ボクは人のモノに手を出す趣味はないのでね。でも気が向いたらいつでも声をかけてくださいね？　貴女のためならいくらでもこの身を空けますよ！」

「ニコラス、いい加減にしろ」

「ハイハイ、良いじゃありませんか、無粋だなあ。ちょっとくらいこうやって親睦を深めるというのも大事でしょう？」

「お前のそれは親睦を深めるというよりも相手の反応を見て楽しんでいるだけだろう」

セバスチャンさんの厳しい声音にも、彼は何も動じることはないようでした。

おどけた様子で肩を竦め、私の方に笑いかけてくるのですからなかなかどうして変な人ですよね。

「手厳しい。そう思いませんか？　ユリアさま」

「名前を呼ばれるほど親しくするつもりはございません」

「おやおや、ツレない方が燃える男もいるんですよ？」

艶を含んだ声音でそう言われれば、なんとなく口説かれたような気になって有頂天になる女の子がいるんだろうなあ。

そう思いましたが私は騙《だま》されませんよ！　っていうか騙される要素がなさすぎる。

だってそうでしょう、この会話で「あら私モテてる……⁉」って勘違いする要素どこにもないわ。

必要なら利用しますよ、英雄父娘が下手を打ったら困りますからねって言われている状況だもの。

「……ご用件は理解いたしました。それではご挨拶も済みましたし、これで失礼することといたしましょう。セバスチャンさんもそれでよろしいですか？」

「勿論ですとも」

「それではごきげんよう、ニコラス殿。お会いすることがないことを祈っております」

「ボクはいつでもお会いしたいと思ってお待ちしておりますよ」

ニコラスさんの手がひらり、と振られました。

にんまりと笑った顔が、きっとそうはならないよ、と言っているような気がして私は内心面白くありませんでしたがそれを顔に出すことも、言葉に出すことも憚られて——何もなかったことにして、前を向いて歩き出しました。


笑いを含んだ声が聞こえてきても、私は決して振り返りませんでした。

「でも、ボクから会いに行くかもしれませんよ。ユリアさま！」

来るんじゃない。

なんだか余計な揉めごとが起きる予感しかしないじゃないか！

幕間　彼女の『令嬢』生活

「あ、痛っ！」

やりすぎた。痛みを感じてようやく口から手を離す。

あーあ、爪がボロボロになっちゃった……。

そう反省する時は大体、やっちゃってからなんだっていつも思う。

ほら、よく聞くでしょう？　後悔っていうのは後《のち》に悔いるから後悔なんだって。


自分の部屋って気楽でいい！

だけど、これはやっちゃいけなかった。

誰もいないから、ついやっちゃったけど……嫌なことがあると爪を噛んでしまうのは、前世からのあたしの悪いクセだ。

「あーあ、最近綺麗になってたのに」

冒険者をしなくなって、貴族のご令嬢なんだからってお手入れをしっかりするように言われて渡された道具を使って磨き上げた指先がまたやり直し！

教育係の人に気づかれたら手入れをサボってたのかってまた言われちゃう。

（めんどくさいなあ、もう！）

最近ほんと、ツイてない。

王城内の情報を聞こうにもエーレンは辺境にお嫁にいくとかワケわかんないこと言い出したし、ハンスさんは相変わらずあたしのこと可愛いって褒めてくれるけど、王城には招待してくれなくなっちゃったし……。

学園生活がスタートするまでの我慢とは思っていたけど、こうもめんどくさい階級社会と勉強勉強勉強の生活にはもううんざり!!

……とはいえ、これはあたしが選んだ道。

ヒロインであるミュリエッタとして選ぶべき道で、多分これが正解なはずなんだ。幸せになるための最短ルートのはずなんだよね。

(でもおかしいんだよなあ)

うん、自分でも失敗を重ねちゃったのは理解している。

特に、生誕祭の時のプリメラへの言葉。あれはまずかった。本当にまずかった。

悪役令嬢が悪役令嬢になってなかったから救われるっておかしな話だけど、ほんと参っちゃうよね……なんかもう、だってもう別人じゃんアレって瞬間的に確認するようなこと口にしちゃったんだよね。

直前に、アルダールさまにパーティのエスコート役してほしいってお願いしたけど、はしたない行為だとかなんとか叱られて。

女性から男性をパーティに誘うのがダメとか叱られて、どんだけ面倒なの！　とかイライラしてたのが吹っ飛ぶ自分のミスだった。

だから勉強漬けの生活も、そのミスしちゃった部分を少しでもカバーするために必要なことって割り切ってはいるんだけどさあ。

やっぱりあたしだって少しは遊びたいじゃない‼

折角貴族のご令嬢ってやつになったのに、やれ礼儀作法がまだだからお茶会なんてとんでもない、お買い物に貴族のご令嬢が一人で出歩こうだなんてとか！

（あたしはそこらの冒険者よりもずっと強いのに。……身分ってめんどくさい！）

どうせだったらそれこそあたしより強くて、カッコ良い男の人を護衛に寄越せって話なんだけど、貴族ってそういうの自分で雇うんだって。

（文句ばっかり言うなら、そういうのも国が斡旋《あっせん》してくれたっていいと思わない？　ツテなんてあるはずもないのに）

まあ、結局うちはお父さんもあたしも強いから、護衛は改めて選別して雇うって形にはなってるんだけど……。

そんな中であたしは学園の入学手続きで、ちょっとだけ学校へ見学に行った。

ゲームの画面で見るよりもずっと大きくて華やかで、ああ、学校だ‼　って思った。

前世では学校はあんまり好きじゃなかったけど、今のあたしはミュリエッタ。ゲームのヒロインなんだから薔薇《ばら》色生活が約束されているようなもの。なんせ主人公補正のハイスペックだもの。怖いものなしってまさにこのことだわ。

お揃いの制服はなかったし、貴族の人や裕福な人と、ただ優秀っていうことで選ばれた人たちとで着る服とかが違うのはやっぱり違和感もあったけど、ゲームと同じっていうのがすごく嬉しい。

ようやく、ここまでキタァ～‼

そう思うと感慨深いじゃない⁉

しかもよ、そこでなんとゲームで協力してくれるキャラの一人、オルタンス・フォン・セレッセ伯爵令嬢にも会えたのよ。

偶然、職員室みたいなとこで待たされてたら、提出物？　みたいの持ってきたオルタンスちゃんが来てさ。

思わず声かけちゃったんだけど、ちょっとびっくりした顔でにっこり対応してくれた。

先輩としてできる限り相談に乗るからねって言ってくれたの。

ゲームの中でオルタンスちゃんはお兄さんに憧れていて外交官になりたいけどなれなくてって悩んでた、親切だけど大人しい先輩だったからなあ。あたしが幸せにしてあげる人の中に入れてあげたいけど、外交官ってどうやったらなれるんだろうね？　そこんとこはまた考えることにしよう。

(なにせ、オルタンスちゃんは伯爵令嬢だしね。仲良くしとかなくっちゃ)

そう、アルダールさまと同じ伯爵家だもの。

親しくしといて損はないよね。ゲームだと、王太子ルートで礼儀作法とかのチェックをしてくれる立場だけどここはゲームじゃないんだし。

もう今の私は『令嬢』なんだもの！

仲良くなればお茶会に招待してもらえて、そこから人脈ができるかもしれないじゃない！

伯爵家の繋がりなら、バウム家ともどこかで繋がりができるかもって考えるのは当然よね。

どこか別のお茶会で知り合うなんてことだってあり得る。

今まで失敗しちゃった分、アルダールさまの好感度は低いと思うから、あんまりあたしから会いたいとか繋がりを作りたいって行動をしたらいけないけど、トモダチがお茶会に誘ってくれるんならなんにも不自然じゃないもの。ねえ？

しかも学園の手続きから帰るところでまた出会って、近々セレッセ領で有名なお祭りがあるから、良かったらご家族で楽しんでねって言ってくれたのよ？

勿論、笑顔でお礼を言ったわ。親切な先輩に会えて本当に嬉しい、ありがとう‼　ってね。

だからお祭りに行って、オルタンスちゃんと会えたらそこでまた挨拶して親密度上げて、会えなくても後日お礼のお手紙を書くとか学園で会った時の話題として、って計画を立てながらお父さんと出かけることになったのよね。

実際、勉強勉強で自宅に缶詰にされるのも飽きちゃったし！

新年祭からしばらくは家庭教師も来ない日があったから、そこで出かけようってなったのよね。

本当は貴族っていうのになると挨拶回りとか色々あるらしいんだけど、あたしたちはなりたてだから免除されたらしい？　詳しいことはよくわかんない！

まあ家族で過ごすっていうのはともかく、それまで毎年お祭り見物をしていたあたしたちにとっては、窮屈なままで過ごすのは無理だもの。

そしてお祭りに行って、オルタンスちゃんに会うまではすごく順調だった。

お祭りだってすんごい楽しかったし。混むからクライマックスは見られなかったけど満足。

でもさ、でもさ。

まさかお父さんがあんなこと、昔の仲間に話してたとは思わないじゃない！

（まったく失礼な話よね、あたしの知らないところで勝手に酒の肴にして！　年頃の娘をなんだと思ってるのかしら、デリカシーないと思わないのかな!!)

しかもタイミング悪くアルダールさまたちもお祭りに来てただなんて……それが原因でトラブルになったって聞いて、偶然会えたって喜んでた気持ちが申し訳なさでいっぱいになっちゃったよ。

ああでも、もうちょっとあたしたちも出発遅らせてれば一緒にお祭り見物もできたし、きっとこんな騒ぎにもならなかったのに!

でもあの侍女さんも一緒だったってのはちょっと妬《や》けちゃう。まあ、今はしょうがないし今回はこっちが悪いっていうか、いやお父さんが悪いんであってあたしは悪くないけど。

セレッセ伯爵さまもいて、もうなんかお父さんが要らない話をしたせいで冒険者のおっちゃんたちも酔っぱらって乱暴して……ってホントいい迷惑なんだからね!?

(なんか色々言われたけど、あたし、こんなことでめげてらんないんだから!!)

ほんとにもう、お父さんのタイミングの悪さったら昔っから神がかってるんだよね。

気を付けてくれないといくらなんでもフォローしきれないよ。

あたし自身も学園に通い始めたらきっと今以上に忙しくなるだろうし、もっと周りに気をつけなくちゃなあ。


それにはやっぱり、味方が欲しい。今は焦っちゃだめだ。

オルタンスちゃんとは学園に行ってから、後輩として仲良くなっていこう。

そうなると、エーレンだよね。ハンスさんは頼りやすいけど、アルダールさまや周りに変な誤解されたくないし!

あたし、ヒロインだからってだけじゃなくて、一途《いちず》な乙女なんだから。

（辺境に行っちゃう前に、エーレンから色々話が聞けないかなあ）

良い所見つけて、自分で攻めていかなきゃね。ゲームのシナリオ以上の結果を出すために！

第七章　初めてのお茶会に向けて

ニコラスさんとのご挨拶以来、まあなんか言っていた割にその後の接触はありません。

平和なものです。平和万歳！

ちょっと身構えていた私ですが、セバスチャンさんがもしかしたら上手いことニコラスさんに対処してくれているのかもしれませんね。

こうして王女宮に戻ってきて、平穏でいつも通りの日々を過ごしつつも振り返ってみると、この平和な日常が何と得難《えがた》いものなのかと思わざるを得ません！

とはいえ、今回の帰省は帰省と呼んでいいのかちょっぴり疑問ですが。

（帰って戻って、なんて単純じゃなかった不思議……）

実家への帰省のはずが小旅行になったというのはちょっと私の中でも不思議な話ですが、概《おおむ》ね平和だったんだから結果よければすべてよし。結果として今平和だからいいんです。

しかし結局オルタンス嬢をお迎えするにあたっての情報を聞くどころか本人から色々レクチャーを受けたであろうメレクからのお手紙は、……うん、いや、でもほら家庭ってそれぞれ事情があるし本人たちで上手くやれて他人に迷惑がかからないなら良いと思うの。

夫が尻に敷かれる夫婦だって問題ないと思いますよ、そういう点でオルタンス嬢は、外では夫を立ててくれるタイプの女性とお見受けしましたし。

とりあえず、顔合わせの日程だけいただいたので、その前後で私もお休みをとってファンディッド子爵家でご挨拶することが決まって一安心です。

あれ以来、お父さまとお義母さまも、ちょっとずつ本心でお話をしている……というような内容のお手紙をそれぞれからいただいて、私もできる限り『娘として』正直な気持ちでお手紙をお返しするように心掛けています。

こうして見れば、今回はトラブルもありましたが満足いく結果を得られたのではないでしょうか。少なくとも、私たち家族にとっては。

（……まあ、そうなると次はビアンカさまが開かれるお茶会よね。アルダールが買ってくれたドレスができあがったって連絡も貰ったし、それを着ていこうかしら）

彼氏からのプレゼントで初めてのお茶会とか照れるけどね！

でもこういう時に着ないとダメな気がする。贈り主であるアルダールに対してもちゃんと見せたいと……思いますし。照れるけど。

（それにビアンカさまはほら、私にとって大切な……『友人』だもの）

私のために、内輪で誕生日を祝うお茶会を開いてくれるというなら、私は私のできる最高の装いをしなくっちゃ。恋人とも仲良くしているし、幸せだって。そうしたら、ビアンカさまはきっと喜んでくれる気がする。

それならやはり、恋人からのプレゼントであるドレスを着るというのが最適だと思うのです。

王太后さまからも、ビアンカさまのお茶会だったら経験を積む意味でも丁度いいから是非いってらっしゃいってお返事をいただけたし、私も遅まきながら令嬢として経験を積んでいきましょう。

参加できる旨を記したお手紙を送るのは緊張しましたが、すぐにクリストファがお返事を届けてくれました。『日にちは改めて知らせるけど参加を決めてくれてありがとう、嬉しい』っていうビアンカさまのお手紙は嬉しくて大事にとっておこうと決めてありますよ！

きっとこのお茶会、私にとって学ぶことがたくさんある。そんな気がします。

何事も学ぶことに遅いということはないはずです‼

いや、お茶会経験がここまでないっていうのは令嬢としてあるまじき話なんですが……。

社交界デビューもしてこなかったし、それにそれに！　王女専属侍女っていうのはなかなかに忙しかったんですよ⁉

などという言い訳はともかく。

（そういう点では私とミュリエッタさん、令嬢としてのレベルは一緒と思っていいんじゃないですかね……）

私の方が侍女としての暮らしや貴族社会に対する理解という点では勝《まさ》ってますけど、あちらは若さと順応性がありますからね。

まあ、今後そう接点もないと思いますけど。

ただニコラスさんっていうあの胡散臭い存在が……ってそれは言い過ぎでしたね、失礼失礼。割と本音です。

彼の存在が、どうやらミュリエッタさんはアルダールを諦めていない、とかそういう雰囲気を伝えてきたわけなんですよね！　そうだろうなってこの間も思いましたけど‼

いやいや……あそこまで色々やらかしちゃって今後なにがあるか予想もつかないっていうのはある意味さすがヒロインというところでしょうか。

（そういえばハンスさんも最近はあんまりミュリエッタさんのこと話題にしてないのかな、アルダールからは聞かないし）

スカーレットが幼馴染のハンスさんへの片想いをすっぱりきっぱり諦めたからでしょうか、王女宮でハンスさんの名前も聞かなくなりました。

（今度アルダールにでも世間話のついでに聞いてみようかなあ）

そうそう、アルダールといえば、例のマウリアさん特製のお守りコサージュとポケットチーフ、届きました！　ちょっと光沢のある布を選んで作ってくださったそれは、まるで本物の花のように綺麗でびっくりでしたよ……。あれは人気が出て当然です。

（スカーフの方も同じ布地なんだけど、コサージュと違って落ち着いたポケットチーフになっていて、いやぁプロってすごいなあ……）

ちゃんと私が希望した通り、ローズクオーツも付いてました。

一緒に入っていたマウリアさんのお手紙によれば、恋愛成就のお守り石つきにしたところ、他の店の商品よりも売れ行きが良くなりました。ありがとうございます、だそうです……。

お、おう。そうですか……。

今後はお一人でも買い求めやすいように、仕事運とか色々考えて展開してみようと思いますとまで記されていて、商魂逞《たくま》しいとはまさにこのことですね……。

お礼と言ってはなんですが、と添えられて同封されていたのは髪飾りとハンカチが数点。仕事運アップにつながるかはわかりませんが、落ち着いた色合いの飾り石がついたものも入っていました。どれも良い布で作られていて、恐らくマウリアさんの工房の作品なんでしょうね。

私としては大したこともしていないのに、新進気鋭のデザイナー作品を手に入れられて申し訳ないくらいですが、素直に感謝して受け取ることにいたしました。

お互いに喜べる結果になったのだから、こういう時は素直なのが一番ですものね。

普段使いもできそうなデザインのものもあったので、お休みの日には色々髪型を変えてみるというのも良いのかもしれません。

私だって恋人ができてリア充生活を歩み始めたレディの端くれ！

休日にお洒落を考えることくらいあっても良いのです。

……じゃあ今までもそうすりゃよかったじゃないって突っ込まれそうですが、ほらそこはあれですよ……見せる相手が特にいるわけでなし、肉食女子でもなかったですし、プリメラさまがいてくれたら私、幸せでしたので。

いや、割とマジで。

「ユリア？」

「あらアルダール。珍しいですね、どうしたんですか？」

「君こそ書庫に足を運ぶなんて滅多にないんじゃないか？」

空いた時間になんとなく娯楽用の本が欲しくて書庫に足を延ばしたら、用事を済ませたところでアルダールに出会いました。

どうやらお互い気が付かないうちに、同じ時間帯に書庫を利用していたようで……ファンディッド家の書庫みたいに狭い場所ならともかく、王城の書庫みたいに広いと同じ場所にいてもこうして顔を合わせることがない、なんてこともあるんですねえ！

それにしても珍しいと言われましたが、たまには私だって直接足を運びますよ？

王女宮筆頭として、ある程度は人に頼みますが……自分で探したい日もあるんですよ。特に娯楽系の本となるとね。

お互い出るところだったのでなんとなく自然と一緒に歩き始め、私はふとアルダールに向かって尋ねました。

「そういえば、アルダール知っていますか？　王子宮に新しい執事が加わった話」

「え？　ああ、そういえば見慣れない執事が王太子殿下に付き従っていたような……」

「ええ、ニコラス殿という方です」

変に絡まれているところをアルダールに見られて妙なことにならないうちに、ちゃんと言っておいた方が良いですよね。

とはいえミュリエッタさん対応の担当が王太子殿下専属の執事になって、どうにも得体の知れない人で、国王陛下が配属したらしい……など色々どこまで話していいのか判断に困るので当たり障りなくというとこの辺りまででしょうか。

「あまり私は得意なタイプではないですが、どうもセバスチャンさんとは縁戚にあるようですので、もしかしたら王女宮でも会うことがあるかもしれません」

「そうなんだ。わかった、覚えておくよ」

「あっそうそう、マウリアさんから先程荷物が届いたんです！　後でお届けしようかと思ったんですが、もしお時間あるなら、その……」

「あ、そうなんだ？　思ったよりも早く届いたね。じゃあディーンの分も受け取らせてもらおうかな。ごめんね、ユリアの部屋を届け先にして」

「いいえ、私は個室ですしその方が便利ですから」

平穏万歳！

どうですか、この穏やかな生活。

やっぱり、平和が一番です。うんうん、平穏万歳。

もう一度そう心で唱えて、アルダールと書庫から戻ったわけですが。

私は思わず足を止めました。顔が引き攣らなかったか心配です。

だって、私の部屋の前。

壁にもたれかかるようにして、白い髪の小さな子供と話す執事服の青年の姿があるだなんて。

クリストファと、ニコラスさん以外いないじゃありませんか！

いや、遠目から見る分には美少年と美青年の取り合わせですからね。眼福なのは間違いないんですが……今このタイミングは、あまり、よろしくない気がします。

「ああ、ユリアさま。お待ちしておりました！」

「……ユリアさま」

私の姿を見てまたにっこり笑みを浮かべるニコラスさんは、この間の胡散臭さがまったくない好青年のようです。

（あれが演技だった？　それともこっちが演技？）

そこはわかりませんが、ああいう初対面だったのでそんな簡単に悪い印象は拭えてませんから
ね！　私はクリストファ、今日はどうしたのですか？」

「クリストファ、今日はどうしたのですか？」

「ビアンカさまから、お手紙……お返事は、いらない、です。……ねえ。あんまり変な人と、関わらない方がいいよ」

「……それは、もしかして……ニコラス殿のことですか」

「ほかにいない」

クリストファったら辛辣《しんらつ》ゥ！

でもこの子がそういう風に言うってことは、私が感じた胡散臭い面が本性に違いありませんね。

当のニコラスさんは私たちの会話を聞いてもにこにこしたままですし。

「ニコラス殿はどのようなご用事でしょうか？」

「ははは、そう邪険にされると悲しいじゃありませんか。おっと、そちらが噂の恋人、バウムさまですね？　お初にお目にかかります、ボクはニコラス。王太子殿下の専属執事として配属となりましたのでどうぞお見知りおきくださいませ！」

「……それはご丁寧にどうも」

アルダールに対して綺麗なお辞儀をしてみせるニコラスさんは執事らしい所作です。

私がちょっと苦手なタイプだというようなことを事前に伝えておいたからでしょうか。アルダー

ルもニコラスさんがどんな人物なのか警戒しているようでした。

「それで、ニコラス殿はどのようなご用事で？」

「いえいえ。実は先日、ミュリエッタ・フォン・ウィナー男爵令嬢にお会いしてまいりまして。そのことをご報告しておこうと思った次第でございます。ハイ」

「……」

相変わらず糸目でにこにこ笑うばっかりのニコラスさんは、その表情と声音から内心を窺うことができません。まあ一流の執事や侍女ともなれば、そう簡単に内心を読まれてはなりませんから、そういう意味では彼も優秀だなと感心いたします。

ちょっと人を食った態度というのがいけ好かないだけです。

「どのような方か、今後のことを考えるに接触するのが最も早いと思いましたので。ボクも学園の卒業生としてちょっとお話をさせていただいたんですよ。……とても変わったお嬢さんですねえ」

「そうですか」

「ええ、まるでボクのことを知っているかのようでしたよ」

「え？」

思わず私はきょとんとしてしまいました。

だって、予想外でしたから。

（ニコラスさんを知っている？　ミュリエッタさんが？）

どこにも接点なさそうなんだけど……。そう思って首を傾げたところで、私の前でにこにこ笑うニコラスさんが少しだけ私を見つめていました。

その笑みと、見つめられたことの意味がわからなくて少し気味が悪いと思っちゃいますよね。

「彼女は『嘘、なんでニコラスが』ってすごく小さな声で言ったんですよ。独り言でしょうね」

「……どこかでお会いしたことがあったんですか？」

「いいえ」

きっぱりと言い切ったニコラスさんの顔から、笑みが消えました。

厳密には笑ったままの顔、というだけです。笑ってはいないんです。怖ぁっ⁉

その表情のまま、私をただ真っ直ぐに見てくる彼は、私の反応を確かめている……んじゃないかなと思いました。

んんん、これは一体全体、どういうことだろう。

若干怖くて一歩下がれば、アルダールが私の肩を支えてくれました。

「ニコラス殿。彼女に、何を確認したくてそのようなことを話されるのかは私にはわからない。わからないが、彼女を傷つけるようなことをするならば私は君を退ける」

「おっと……いやだなあ、ボクは別に怖がらせたかったわけじゃあないんですよ。申し訳ありません、ユリアさま！」

ぱっとニコラスさんも一歩下がったかと思うと降参だと言わんばかりに手を挙げて、牽制してくれたアルダールにおどけた様子を見せています。

だけど、私が瞬間的に感じたぞわっとしたものはニコラスさんからで間違いありません。

（この人は、なんだかとても怖い。どんな人間なのか、まだわからないけれど……教えてくれる気もないだろうし、知りたいとも思わないけど）

セバスチャンさんもプライベートが全然見えなくて不思議な人だけど、この人みたいに怖くない。

どうして？　その答えはわからない。わかりたいとも思わない。

国王陛下が直接王太子殿下につけた人だから、敵ではないんだろうけど。

「彼女は変わった人で、ボクからすると貴女も同じように変わっている。だから何かご存知かと思っただけなんですが……その様子からすると本当に何もご存知ないようですね、失礼いたしました」

「……そう、ですか」

「ミュリエッタ嬢は我々が知らない情報を知っていて、それを元に行動をしているのではないのかという見解が持たれています。もし彼女が何かしらの行動を貴女にしてきた場合、速やかに教えていただけますか？」

「必ずとはお約束できませんが、できうる限り。それでよろしいですか」

「ええ、勿論！　理解が早くて助かります。貴女のことは、守ってくださる騎士さまもいらっしゃいますし、大変頼りに思っているんですよこれでも。いやぁ、重ね重ね出会いが遅かったことが悔やまれます」

大げさに身振り手振りを加えて笑うニコラスさんに、アルダールが一歩前に出ました。

そしてそれに合わせるように、ニコラスさんも一歩前に。

あっという間に互いの距離を縮めて、二人が対峙《たいじ》するようになって思わずおろおろする私に歩み寄ってくれたのはクリストファで、彼はやれやれと言ったように私のエプロンをくいっと引っ張って手紙を渡してきました。

ビアンカさまからのお手紙だって言ってましたね！　ええ、ちゃんと忘れてませんよ。

ただ、ああもうこの二人、こんなところで睨み合わないでください‼

「大丈夫ですよ、バウムさま。ボクはこう見えて人のモノに手を出すような下種な真似は好かないのです。ですからしっかりと捕まえておいた方が良いですよ、ああ、これは余計なお世話でしたね！」

「……何者かは、聞かない。あまり、彼女に干渉するな」

アルダールが言えば、ニコラスさんが肩を竦めました。

この人たちの会話、わかるようでわかりません。わかりたくもありません！

少なくともニコラスさんが言っているのは挑発だろうなあってことくらいはわかるので、後ほどセバスチャンさんに苦情を言っておこうと思います。親戚なんだろうからガツンと言っておいてくださいってね。

何かあったら言ってくれって言ってたものね！　私の保護者なセバスチャンさん、本当に頼りになります……‼

ニコラスさんは一歩、二歩と下がって優雅に一礼して「それでは、また」と柔らかく言って去っていきました。

クリストファもそれを見送ってから、ぺこりと私たちにお辞儀をして去っていきました。

ああ、なんだろう。

時間で言えば大して長い時間じゃなかったんですが、大変疲れました。

まったく、ニコラスさん……あの人が絡むとミュリエッタさんとは別なベクトルで厄介な気がしてなりません。

私、平穏がいいんだってば。

さっきまではすごく穏やかだったのになあ……。


「なんだかどっと疲れる人だった」

「本当に。ありがとうアルダール、助かりました……」

「それは良かった。……でも本当に、ユリアはいつもいつも妙なのに好かれるね」

「ちょっと待ってください、それは聞き捨てならないことを言われた気が⁉」

「まぁまぁ。それじゃあ荷物を受け取りたいから、部屋に入ってもいいかな？」

アルダールったら笑ってますけど、私としては心外だ！　心外だ‼


あの後、アルダールに届いた荷物を渡してちょっとお茶もして、……まあなんていうかニコラスさんの件でアルダールから、あの人には気を付けるように散々注意されてなんだか納得できないけど、まあそこは私としても気を付けるということで落ち着きました。

まったくアルダールは心配性です‼

それで、アルダールも去って一人になったところで、ティーセットを片付けている時に、ふと思ったんですけどね？

ミュリエッタさん、ニコラスさんの登場に「なんで」ってびっくりしたんですよね？ ってことは、彼女が知るシナリオにはニコラスさんが登場するものがあるってことでしょうか。

そうでしょうね！ じゃなきゃその反応しないよね!!

（うぅーん、私の知らない『シナリオ』、どこでどう影響するんだろう？ 知らなくてももうプリメラさまは大丈夫だと思うから心配いらないとは思うんだけど……）

ほとんど影響なんてないって思ってましたけど、登場人物が出てくるって辺りで何かしらやっぱりあるのかなと心配になっちゃうじゃないですか。

それにニコラスさんの言葉もそれを踏まえて考えると、ミュリエッタさんがゲームと同様の対応をして、妙な言動をする娘と思われているような発言でしたよね……。

そして私のことも、疑っていた、と。

（ああああああ、あの場でこの可能性に行きあたってたら、私はモロ挙動不審になってたかもしれない!!）

でもニコラスさんが隠しキャラだと仮定して、私はちょっと遠慮したいタイプだなあ……ああ、そういうことじゃないって？

いやそういう風にでも思考を散らさないと神経がすり減りそうです。

次にあの人に会った時に、平静でいなければ。

私とプリメラさまの平穏無事な暮らしのためにも!!

（……しかしそうなるとますますミュリエッタさんと縁が切れないなぁ……）

エーレンさんも結婚を機に地方へ。

ミュリエッタさんは数々の問題から当面の間、令嬢教育を厳しく受けて、そして学園生活へ。

そうなれば私と彼女の、プリメラさまと彼女の縁はほとんどなくなると言っても良い。

(これで安心！　そう思ってたんだけどなあ……)

まあプリメラさまが悪役っぽく成長していない状況で、バッドエンド系の話はまるで縁がないはずなんだけどね。あんな天使どこを探してもいませんよ、優しくて可愛くて頭が良くて可愛くて……ってもう最高。

だからとりあえず、プリメラさま自身の心配はしていません！

私とか身内を心配するあまり暴走しないかってところだけがちょっぴり心配ですが、そこは私たち大人が気を付けていれば良いだけのこと。

(むしろ心配なのはアルダールに対してのミュリエッタさんの行動、でしょうか……)

前回の、セレッセ領でのこともありますしね。予想外の行動が一番怖い。

彼女がアルダールを好いているというのは、父親であるウィナー男爵だって知っているほどです。

バウム家に対して何かしようとする人々がミュリエッタさんを神輿《みこし》に担いでどうこう……なんて可能性があるからニコラスさんが出てきたわけでしょう？

いいえ、他にも理由はいくらでもあるのかもしれませんけど。

(……ニコラスさんがミュリエッタさんに興味持ってくれて、口説き落としてくれたら丸く収まったりしないかしら)

そうなったらなったで、近寄りたくないカップルが完成しそうですけど。

まあ、そちらはそちらで私には関係ない、という態度でいくことにしましょう！

あんまり首を突っ込んでも藪蛇な感じしかしませんからね……。

ティーカップを片付けて、ため息も吐き出して、よし、気分を切り替えましょう。

ビアンカさまからのお手紙は、お茶会の日程案内でした。

城下にある公爵邸のお庭で、ですって!!

でもなんでか『パートナー同伴で来てね』って書かれてるんですけど……。

え、これってあれですよね？

この場合のパートナーってどう考えても恋人とかそういう意味合いの男性っていう意味であって親しい友人女性とかそういうのはちょっと苦しいですよね。

ってことはやっぱりどう考えてもアルダールを誘ってきなさいよってことですよね⁉

（えええ……婚約者とかそういう立場でもないのに良いの⁉　良いからビアンカさまもこう書いてきたんだろうけど!!）

いいえ、むしろアルダールの仕事の都合によっては一緒に行けない可能性だってある……⁉

こ、これは早急に確認を取らねば！

でもなんて聞けばいいのかしら。

（……ビアンカさまがお茶会に、パートナー同伴でと仰っているのでお願いしたいのだけれどって言えばいいのかな……）

仕事で無理って断られたらそれはそれでちょっとどうしよう。

ビアンカさまに「無理でしたー、てへ☆」って手紙書けば済むんですかね⁉

ここにきてこんな難題が出てくるとは……!!

(それに、一緒にってことじゃない……ハードル上がったってことじゃない……?)

あの時買ってもらったドレスを着ようと思っているし、アルダールにもそのつもりで話をしていたわけなんですが……改めて考えると買ってもらったドレスを当人に見せるのは大事かもしれませんが、それを着て一緒にお出かけってなんだかとっても恥ずかしい⁉

いや、違う。

こういう時にはむしろ着ていくのが淑女のあるべき姿というものです……多分!

アクセサリーも貰ったもので揃えて、そういう感じでいいと思うんだよね。

(あれ? でも前世的には男性が女性に服を贈る時は、意味があるって……確か、なんだっけ?)

雑誌とか映画とか、ドラマだったかな?

プレゼントには理由がある、ってやつです。

「あっ、そうだ」

思い出せたことに喜んで思わず声を出しましたが、そのまま私は固まりました。

ええ、ええ、そうですよ。

男性が女性に服を贈る理由、それは……その服を、脱がせたい。

いやいやいやいやいや⁉

(アルダールはそういうつもりで贈ってくれたんじゃないよ。あくまで前世での話だよ、なんで今思い出した私の馬鹿‼)

やばいよ、そんなの思い出してあの服着てアルダールと一緒にお茶会とかどう考えたって私が挙動不審になるじゃないですか。不審者まっしぐらですよ。

どうしようもう……今日アルダールに会うのが、このことを思い出す前で良かった……。

「って違う⁉　結局会いにいかないといけないんだった⁉」

そうですよ、だってつい今さっき確認しなきゃって思ったばっかりですよ！

ああー本当に何故そんなことを思い出してしまった私。

（冷静になるんだ。そう、冷静になるんですよ私！）

そう、ドレスのことはこの際考えません。今この時点で大事なのは、アルダールの予定を聞くことです。確認をしてだめだったらその旨をビアンカさまにお伝えして、一人でそちらに伺っても良いのかと聞く？

それともアルダールがだめだった場合、誰か別の人……そうですね、この場合はお父さまとか？

（いやないな、公爵家のお茶会とかお父さまが緊張で倒れちゃう）

それじゃあメレクとか？　その方が無難ですよね。

まずは建設的にものを考えなければなりません。

変なことを考えすぎて動揺しすぎてちょっと自分でも慌てすぎだとは思いますが。思いますが！

とりあえず！

そう、冷静に……目を見てお話ししなければ大丈夫。きっと大丈夫……。

まさか前世の記憶がこんなところで仇《あだ》になるだなんて。アルダールがいくら察しが良いからってそんな私の動揺の原因までは察せないはず。

ちょっと挙動不審だなって訝《いぶか》しむかもしれないけど。

（おかしいな……色々あったけど平和な生活が戻ってきた、じゃなかったのかしら……？）

一人で慌てて動揺してぐったりですが、休憩時間の終わりというものは必ずやってくるのです。

ああもう、どうしてくれようか!!

とりあえず、仕事は仕事！　そこはプライベートのせいでミスを連発なんてできるはずもないので、気合を入れなおして私は職務に戻ったのでした。


そしてすべての業務を終えた後、私はアルダールに会いに近衛隊の宿舎を訪れていました。

幸いにも夜というにはまだ早いくらいの時間でしたから、人通りも多くて変に思われることもありませんでした。

アルダールの今日の予定は先程聞いていましたからね、だから彼の仕事終わりもちゃんと知っているのです！　まさか他愛ない会話がこんなところで役に立つとは誰が思うでしょうか……。

今日すでに会っているのに私が訪ねてくるなんて、アルダールびっくりしませんかね？

「あれ？　ユリア？」

「すみません、アルダール。ちょっとお聞きしたいことがあって……」

ノックをしてすぐに彼は出てきてくれて、私を見て案の定驚いた顔をしました。

それに対して申し訳なく思ったわけですが、アルダールは笑顔を見せてくれて……ほんと優しいなあ、そういうとこだよ!!

「いや、構わないよ。立ち話もなんだから入って」

「えっ」

「ほら、早く」

ま、まさか宿舎とはいえ彼氏の部屋に入るだなんて！

いやよく考えたら散々私の執務室兼私室に来てもらってるんですから、問題ないっちゃ問題ないっていうか、彼氏の部屋ってだけでハードル上がったと感じる私のこの動揺っぷりよ……自分でもどうかと思っちゃうじゃないですか。悲しくなんてない！

部屋に入るとアルダールしかいなかったので、私は手短に事情を説明しました。

「……というわけでですね、その、アルダールには大変申し訳ないんですけれど」

「うん、公爵夫人のお茶会だろう？　私も招待状をいただいているよ」

「……え？　なんですって？」

「知らされてなかったかい？　バウム家の方に招待状が届いていて、私の所には先日届いたよ」

「そう……ですか……」

動揺する気持ちを抑えて説明した事柄にあっさりと答えられた時のこの衝撃ったら‼
ビ、ビアンカさま、さすがですね……。
いいえ、私だけが知らなかったとかそんなオチですかそうですか。これすらもきっとビアンカさまの『サプライズ』なんだなと思い至りましたよ！

ビアンカさまが扇子《せんす》で口元を隠しながら「驚いたでしょう？」って笑いを堪えてらっしゃる姿が目に浮かびますよね。

「……それじゃあお茶会当日は、よろしくお願いします」

「うん、当日迎えにいくよ」

んもー！　ビアンカさまったら！

こういう小さな悪戯はだめですよ⁉　私が動揺しますから‼

……いえ、まあこういう手でも使われないと、アルダールと共にお茶会に行く自分の姿が想像できないのがなんとも情けないですが。

「そういえば、ご同室の方は？」

「ああ、見回り当番。だからそんなすぐは戻ってこないから安心していいよ」

ハンスさんも、もうすっかり足の怪我が治って、今は戦闘訓練に少しずつ参加しているらしいです。

まああの怪我から数か月経ってますしね。

（今もミュリエッタさんとは親しくしているのかしら？）

まあわざわざ聞くほどのことではないだろうし、藪蛇になっては困るので気にしない方がいいんでしょう。変に私が彼女を気にすることで、またニコラスさんが現れても厄介な気がしますし。

「そうなんですね。……そういえば、私、騎士隊の宿舎に入るのは初めてです」

「そうなのかい？」

「ええ、私は王女専属として後宮への配属でしたから。そこからすぐに王女宮の方に移って王女宮筆頭として……っていう流れでしたし」

「知ってはいたけど改めて聞くとすごい話だね」

「……そうかしら。いえ、そうよね」

そしてアルダールに呆れられながらも感心されましたけど、言葉にしてみると私の経歴はやっぱり普通じゃないなと思いました。

これじゃあ世間知らずなのもしょうがないなって、自分でも最近は感じています。

まあそれでもきちんと仕事をこなしていますし、部下は大事にしているつもりですし、ちゃんと公務員らしく振る舞えているとは思うんですよね！

世間知らずなのも深窓の令嬢ってことで許されませんかね？

年齢が……ってそこはやかましいわ!!

「一般の騎士隊と近衛隊とでは部屋の内装も違うのかしら？」

「そうだね、まあ、近衛隊は貴族家出身者が多いから多少は違うと思うよ。それでもこうして相部屋なのはしょうがないけれどね」

ベッドが二つ、そしてそれぞれのベッドの横に机があります。

クローゼットもそれぞれに一つずつ。

壁紙はシンプルで、窓に掛けられたカーテンもシンプル。

清潔感はありますし、確かに家具は高級品を使用しているなあと、ぱっと見ですが思いました。

そう考えるとおそらく一般騎士よりも厚遇ですよね。

そりゃそうか、近衛隊は全体の中でもほんの一部、実力があってさらに、貴族出身者であることが入隊の条件になっている、エリート集団なんですから！

「まあ客人を迎えるような造りにはなってなくてね」

「いえ、大丈夫です。すぐ戻るつもりでしたし！」

聞きたいことを聞いたらとっとと戻るつもりでしたからね！

ほら、万が一断られたら誰に頼もうとかそういう時間を計算してあったものですから。

だから、まあ……すぐお暇《いとま》する理由はないんですけど。

ないんですけど、あれですよ。

今、私がいるのってアルダールの部屋なわけですよ。

まあ、バウム家の私室ってわけじゃないのでちょっと違うと言われればそうなんですけど！

でもまあ、アルダールの部屋なんですよ。何度も言うようですがつまり、彼氏の部屋。

しかも相部屋のハンスさんは戻ってこない。要するに二人きり。

（緊張するなって方が無理があるでしょ⁉）

なのでこういう時はすぐ退散するに限ります。

それが一番穏やかなのです。ええ、ほら、普段だったらもうちょっと余裕があるっていうか「お茶淹れましょうか」くらいのセリフだって出ますけどね？

衣服を贈るのは脱がせたいから、とか前世の余計な知識がぽんっと頭に浮かんでしまった後ではこう、ね？　今もアルダールの顔を見られてませんしね？

うん、いや今のところ変には思われていないでしょう。

普段から目を見てお話しできないチキンですから！

あ……自分で言っていてとても悲しい現実。

成長しろよと自分を叱咤しつつ、いや、でもあれですよ、脱がせたいとか、ほらそんな破廉恥《ハレンチ》なことをアルダールが考えてドレスをプレゼントしてくれたわけじゃないのにそんな風に思っちゃう自分が恥ずかしいっていうか、むしろ私が期待してるのか⁉

いやいや、ほらまあアルダールだって新年祭の時にってあああああ、余計なことを思い出すん

じゃない私ィィィ‼

「……なんだか」

「な、なんですか」

「さっきからこっちを見ないね？」

「そうですか？　気のせいですよ」

「そうかなあ」

薄く笑ったアルダールが、そんなことを言うから思わずぎくりとしました！

まあそこですぐ視線を逸らしちゃうから肯定してるのと変わらないよね私。迂闊すぎるよね私。

でも今は無理！　です‼

「ユリア」

「な、なんですか」

「おいで？」

いやいやいやいや今はダメだって普段以上にダメだって！

そう思ってなんとか上手いこと断ろうと思うのに、こういう時に言い訳が思いつきません。

しかも何か言わなくてはって思うあまりにアルダールを見たら、いつの間にか机から移動していた彼が私の傍にいてですね、こう、近くない⁉

「あ、あるだーる、わたし、もうもど、もどらないと、ですね」

「ふぅん？」

手を伸ばしてアルダールから距離をとろうとすると、その手が取られてですね。

あっ、なんかもう普段以上に照れくさいのはやっぱ私が意識してるからで、いや、だからってちっとも期待してないって言ったら嘘だけどまだほら覚悟とかそういう意味合いでは照れの方が勝るっていうか、ちょっと待ってホント待ってお願いします!!

「ア、アルダール……ッ」

「折角、誰もいない部屋で二人きり、なんだしね？」

「ちょ、ちょっとまっ……」

あっという間にアルダールが私を引き寄せて、ベッドに座った彼の膝の上に乗せられる。

なんていう早わざ！

びっくりしている間にアルダールがぎゅうって抱きしめてきて、わあああああもう絶対首まで赤いですよ私！　慣れろって？　無理無理無理!!

「……だから、そういう反応をしていたらダメだって前にも教えたろう？」

「ど、どういう反応、ですか……」

「そうやって顔を赤くして。拒絶しきらない、ところかな」

くすくす笑っていたアルダールが、私の顔を覗き込んで額に優しくキスを一つ。

続けて頬に、そうして抱きしめてくれる手が優しいので、ほっと私は息を吐き出しました。

そんな私の様子を見ていたアルダールが、すっと表情を変えて真面目な顔で私を見ているから私はぎくりとしました。

だ、だってこれいつものあれですよ、私が流されちゃうパターンですね⁉

「だ、だめです！　もうだめ！」

「なんで？」

「なんでって……だ、だってアルダールとキスなんかしちゃったらこの後お仕事にならないじゃないですか！　業務は終わっててもまだ日誌が残ってるんです!!」

「えっ」

「ふ、ふわふわしてどうしていいのかわからなくなっちゃうんだから、もう……！　アルダールは意地悪です!!」

「ちょ、ちょっと待ってユリア」

「なんですか！　もう!!」

いっつもいっつも！

私はこの後もお仕事なんだからね、という気持ちを込めて思わず文句を言ってしまいました。

あれ？　なんかもう雰囲気ぶち壊しっていうか、いやいやこのくらい言わないと最近の彼は遠慮がないっていうか、だからね、恥ずかしいだけで嫌じゃないっていうか。

段々不安になった私がアルダールを恐る恐る見ると、彼は片手で顔を覆うようにして「勘弁してくれよ、もう……」と言っていました。もう片方の手は私を捕らえたままです。

何がですか、と問う前にアルダールが指の隙間から私の方を見てきました。

「ごめん、無理」

「え、何が」

「今回は、ユリアが、悪い」

一言一言区切るように、強く言われて。

何が、と再び不満を口にする前に抱きすくめられて。

あっと思う時にはもう遅い。

「キスだけ、だから。後で文句はゆっくり聞くよ」

多分ですけど、それ私文句言う元気も残らないパターンですよね⁉


案の定、と申しますかなんというか、まああの後のことは詳しく語れません。

送るというアルダールの言葉を丁寧にお断りして、宿舎から王女宮に戻るわけですが……。

ああああああ。送られてたまるかってんですよ。こんな顔見せられるかってんですよ。

いや、さっきまで散々見られてた気がしますけど恥ずかしいんですよ。

ええ、ええ、恥ずかしいんですよ！

段々早足になる私、全然淑女じゃないし王女宮筆頭としての優雅さなんてどっかに置いてきておりますが気にしない‼

自室についてドアを背にへたり込んでも私悪くない‼

（だって！　だって！）

全部アルダールがいけないんですよ、私はちゃんとダメって言いました‼

その上で送るとかあちらは余裕でしょうけどね、私はそうじゃないんですよ。

こう……若干生まれたての仔鹿のように力が入らない足を叱咤して、ちゃんとお仕事戻りますよっていうアピール。私なりの意地ですが、そうした原因はアルダールにあるんですよと……。

……いえ、拒み切れない私がいけないっていうか、なんだろうあぁいった空気とか、キスされるのが嫌だとかそういうわけじゃないいんですけどね。

（これが経験値の差なんですかねえ……）

はぁ、とため息がこぼれ出てしまいます。

キスってなんであんなになっちゃうんだろう、思い出そうとしてもよくわかりませんが。いや思い出したらダメだ、思い出さなくていい。

でもついつい唇に触ってみたりしちゃうんですよね、だからやだってんですよ……もう！

別に何があるってわけでもないですし、ただただ自分が恥ずかしいだけで、こんな風になることは今までもそんなにたくさん経験があるわけじゃないんですよ⁉

というか、たくさんあってたまるかってんですよ。

体勢がきつくなったので床に体育座りしてしばらくぼんやりと過ごしましたが、いやいやこんなことしてる場合じゃなかった。

日誌も書かねばなりませんが、マシュマロを作って明日、宰相閣下にお届けしなければならないのです。作るだけ作っておかないと明日の業務に差しさわりが出ちゃいますからね！

やっぱりどこからどう情報を手に入れてるんだか王女宮の中でだけ楽しんでいたマシュマロ、あれがいつの間にか宰相閣下にバレてましてね？

いやまあジェンダ商会にレシピは渡してあるんだから、そのうちどこでも買えますよって話なんですが、それまで待てないんだそうです。

こちらでもまだ、試作でピューレとか入れてる段階なのに!!

ですが、ビアンカさまが公爵家の関係でお忙しいらしく、その労いの意味もあるのだからと言われれば私だって売り出されるまで待ってくださいとは言えないじゃないですか。

（……届けるの、メイナにお願いしたらだめかしら……）

まだちょっと顔が赤いのが引かないし何だったら明日も思い出しちゃいそうだから、というちゃんとした理由がほかにもありますよ！

（なんだか宰相閣下に会うのは大体面倒ごとが起きた時とかそういうイメージなのよねえ）

ご丁寧に私本人に届けさせろとか注文があったんだけどさ。

わざわざ私を指定する辺り、なんていうかね？　何かお小言でもあるのか、或いはまた妙なお話があって、それに対しての行動を指示されるとか……そんなような気がしてなりません。

まあ、だからってさすがに代理で誰かを行かせるような真似はいたしませんけどね。

私も大人ですし、王女宮筆頭ですもの！

（……会いたくないけどね、本音を言えばとても会いたくないけどね……）

はぁ、やれやれですよ。でもこれもお仕事の一環だと割り切るしかありません。

その日、私は日誌を書き上げてマシュマロを作って、ラッピングするまで終えてから眠りにつきました。思いの外、時間を取られた気がしてなりません……これって時間外労働にならないのかなあ。

そして翌日、私は朝から基本の業務をすべて終えてセバスチャンさんにあとを託し、宰相閣下の元へいざ出陣です！

そのくらいお手のもの‼　……というわけではありません、緊張してますよ。

なんだって一介の侍女である私が、内宮のお偉いさんばっかりがいる区画にある、宰相閣下のところなんて行かなきゃいけないのかと思うと、そりゃ緊張だってするでしょう？

お父さまのことからシャグランの陰謀っていうよくわからない繋がりのまま、問題の巻き添え食ったあの時以来ですよ！

あの時は碌な説明もなく『とりあえず社交界デビューしてもらう、異論は認めない』っていう暴君のような発言で追い出された記憶しかありませんけどね……‼

いやまあ、おかげで結果として王太后さまのところの、お針子のおばあちゃんと親しくなれたのだからそういう意味では悪くない話だったわけですよね……プリメラさまのことも、こっそりとですがお名前で呼べるようになったのですし。

その上でファンディッド子爵家も救われたし、メレクも次期当主として立派になったわけで……。

（……うん？　悪いことよりも良いことの方が多いのか？）

なんだか考えるだけ宰相閣下の思う壺な気がしてきましたので、そこで一旦思考を止めました。

そして小さく咳払いをしてから、目的のドアの前に立つ衛兵に呼ばれてきた旨を伝え、入室の許可が出るのを待ちます。

そして許可をもらって入ると、大きな机に相変わらず積み上げられた書類、そして脇には秘書官が数人、バリバリ仕事をこなしてらっしゃる姿が。

私が淑女の礼をしてご挨拶をしても、宰相閣下は書類から目を離さずに「そこで座って待っていろ、すぐ済む」と仰っただけでした。

いやいや、お仕事忙しいようでしたらマシュマロ置いて私は自分の業務に戻りますよ……と言いたいところですが言えるはずもなく、大人しく来客用のソファに座っておきました。

「旅先でも例の英雄の娘に出会ったそうだな、運のないことだ」

「……それに関しての感想は差し控えさせていただきたく……ところで、話を変えるようで申し訳ございませんが、こちらがご所望《しょもう》の品にございます」

「む、それが新しい菓子か。ビアンカが気にしていた。何故すぐにでも贈ってこなかった」

「改良を重ねて、ビアンカさまが王女殿下とのお時間をお過ごしの際にお出しできればと思っておりましたので」

「……それでは私が食せぬ」

「公爵夫人さまへの労いと伺っておりましたが？」

なんだよ結局アンタが食べたいのかよ！　だろうね‼

と突っ込みたくなりましたが、冷静にビアンカさまのためって言っただろうと返してみたところ宰相閣下の眉間に皺が寄りました。

素直に食べたいって言えばいいのにさあ。どうしてこうもまあ甘いものが好きで、その欲望には正直なのに、人に頼む時は正直に言わないのかって疑問でなりません。

「貴様は性格が良くないな。知っていたが」

「……それはお褒めの言葉と受け取るべきでしょうか？」

「褒めている」

（どう考えても褒めてないからな⁉）

いや、字にしても耳から聞いても絶対褒めてないよそれ……宰相閣下的には切り返しが見事だったって意味なんだと思うんだけどこういう人だから私は苦手なんだよ‼

悪い人じゃあないと思うんだけど、……いや一言ではっきり表現できるな、腹黒だね。長年の友人である王弟殿下もそう言ってるし。

「……どうぞ公爵夫人とご一緒にお召し上がりくださいませ。食べ方については幾つか王女宮で好まれるものをメモしてこちらに同封しておきましたので」

「よかろう」

「それでは私めはこれで失礼しても？」

「まあゆっくりしていけ。……いささか、お前に聞かせておきたい話もあるからな」

（やっぱりー‼）

面倒ごとはごめんですよ⁉

いや、なんだか言い方からすると忠告っぽいような気がしないでもないけど、碌でもないことの可能性だって否めないっていうか、そっちの方が可能性高くってもうね……。

でもそんな風に言われたら大人しく座っとくしかないじゃないですかー‼

宰相閣下がひらりと右手を振っただけで、秘書官たちが作業の手を止めてお辞儀をし、退室していきます。

……なんでしょう、すごいですね……⁉

驚きのまま見送った私の前に、温かいお茶とお茶菓子が置かれると、室内には宰相閣下と私だけになりました。いえ、恐らくは公爵家の護衛はどこかにいるんでしょうが、とりあえず私にはその姿は見えません。

室内が一旦静寂に満ちたところで、宰相閣下は私を真っ直ぐに見つめて口を開きました。

「あの英雄の娘の動向、お前の耳に入れておいてやろうと思ってな」

その宰相閣下の言葉に、思わず私は身を固めました。

私の反応に宰相閣下はひらりと手を振って苦笑しました。あら珍しい。

「まあそう構えるな。大したことは話さん」

「……さようですか」

「あの娘の現状だが、学園への入学は変わらん。礼儀作法にはまだ疑問が残るが、学力は十分だろうという判断が下されている。お前との接点はほぼなくなると思って良いだろう」

「……」

「そうなれば、学園と自宅を往復するだけであの娘の時間は潰れるであろうな。今のところ後見役を名乗り出ている貴族もいない。セレッセ伯爵とバウム伯爵がどちらも突っぱねているのだ、他の貴族たちもまともな家は警戒する」

「そう、ですか」

「かといってあまり良い噂を聞かぬ家に陛下が認めた英雄を預けるわけにもいかん。当面は公爵家の保護の下で生活を続けてもらいながら人脈を築いてもらおうというところか」

あからさまにほっとして見せるべきだったですかね。

ただ頷いてみせただけの私に、宰相閣下も別に気にした様子はありませんからそこはどうでもよいことなのかも知れません。

「あの娘が、なぜそこまで注目されているのかお前はわかるか？」

「……英雄であるウィナー殿と共に巨大なモンスターを退治した功績以外に、彼女は幼い頃から神童であったという点でしょうか」

「ふむ、まあ模範回答だな。下手に誤魔化《ごまか》すこともなく知っている点で無難なところを選ぶ」

「なんのことか」

「良い。ここには我々しかおらん。ビアンカが信頼している貴様のことを、こちらでもそう軽んじることはない」

「……」

いやいや、なんだかそんな、私が本当は事情通で、あえて宰相閣下と敵対しないために情報小出しにしてるみたいな言い方しないでくれます⁉

不幸中の幸いは、ビアンカさまっていう存在がいてくれたから、宰相閣下は私が国に仇なす存在にはなりえないと庇ってくれるようだってことですが。

（いやいやほんとそんな大それたこと何も考えてませんけど⁉）

プリメラさまと私の幸せライフが送れたらそれだけで十分なんですけれども。

でもまあミュリエッタさん関連で注目してみたら、彼女に関連した人物と私、そこそこ繋がりがあるっていうね……そりゃこっちもマークされるわって思うんですよ。

言わずもがなでプリメラさまでしょ。

それからエーレンさん。

ハンスさん、オルタンス嬢。

そしてアルダール。

勿論こちらからどうこうってわけじゃないですし、どちらかというとアルダールの方が関係あるっていうか……。そこから派生して私も関与しているっていうか。

プリメラさまの悪口を言っていたっていうのは別ですが、エーレンさんとはアルダールに言い寄っていたところから知り合ったわけですし？

まあそれが私とアルダールの関係が進んだきっかけでしたが。

ハンスさんはアルダールと同室の騎士さまで、巨大モンスター退治でミュリエッタさんと出会っているわけですし。オルタンス嬢はアルダールとは関係なかったか。

でも先輩であるセレッセ伯爵さまの妹さんでしょ？　私の弟にとっては未来のお嫁さんですが。

（……いやうん、ミュリエッタさん関係でアルダールと私と、共通項が多いっていうのは確かにアレだね、ニコラスさんが色々探りを入れてこようとするわけですよ……）

アルダールに疑惑の目がいかないのは、恐らくバウム家に関連してのことなんでしょうけれど。

なんでこんなに接点があるんだって改めて思うと笑っちゃいそうですよ……なんだよもう……。

いやわかってます。正直それ以外考えようがない。

彼女が、『ヒロイン』っていう道を歩んでいるからだろうなあ。

あとアルダール狙い。思いっきりそこだ。そこしかない。

「あの娘には不可解な部分が多い」

宰相閣下はそう呟くように言ったかと思うと、ふっと笑った。

美形の微笑みって普通はきゅんとするべきなんですがなんていうか酷薄なあの笑い、悪役ですよ……どう見てもラスボス系の笑みでしたよ……!?

「かといってあの娘と貴様との共通点もない。ゆえに、そう不安がるな」

「は、はい」

「まあ、それらの点も含めウィナー家に対して今後も監視は消えまいよ。お前も接触されたからと変に策など弄《ろう》さず、ニコラスを頼るがいい」

「えっ……」

「嫌そうな顔をする。そうか、そんなにアレが嫌か」

「ちょっと面白そうにしないでいただけませんか。……嫌というわけではありませんが、どうにも苦手な方です」

「そうであろうな。……話は以上だ、下がれ」

えっ、ほとんど何も説明とかされてませんけど。

相変わらず言いたいこと言って終わりですか。自分の中で完結する人だなあ本当に!!

「……失礼いたします」

とりあえずこれ以上粘る必要性は私も感じないし、まあいいんだけどね。

淑女の礼を執って宰相閣下の執務室を下がれば、それを見計らって秘書官たちが入っていく。

（……もしかして廊下でずっと待ってたの？）

宰相閣下の部下の人も、やっぱりちょっと変わってるのかもしれない……？

いや、休憩室に行かせてあげるとかしないと、そのうちブラック上司って言われないかしら宰相閣下。それとももうすでに言われているとか？

その辺はビアンカさまが上手くやってるのかしらね……。今度聞いてみようかな。

それにしても、ミュリエッタさん関連で何かあったらニコラスさんに、か。

（……正直頼りたくない。頼らないで済むことを祈ろう……!!）

だって絶対あの人に頼ったら、まあそれ相応に対応はしてくれるんだろうけど、それ以外になんかちょっかいをかけてきそうな予感しかしない。

「はぁ、疲れた……」

しまった。思わず声に出ちゃいましたよ。

思わずはっとして口元を押さえて周りを見ると、誰もいません。ああよかった！

お勤め中に、こんな気が抜けているようではいけませんからね。下の子たちの模範とならねば……。

「おやおや、そこにいらっしゃるのはユリアさまではございませんか」

「……ニコラス、殿」

「いやぁこのようなところでお会いできるなんて運命ですね。おや？　内宮の方からお越しでしたが何かございましたか？」

（白々しい……!!）

タイミングが良すぎるじゃん!?

どう考えたって私の行動、どっかで観察してたとしか思えないタイミングで出てきましたよ。

えぇーこの人なんで私のこと監視してるんだろう。これは後ほどセバスチャンさん案件ですね。

「宰相閣下より、奥方である公爵夫人へ王女宮での新作菓子を贈ってもらえないかとご相談いただいたのでお持ちした帰りです」

「おや、そうでしたか。ちょうど私も所用を終えてこれから王子宮に戻るところでして。よろしければご一緒しても？」

「……どうぞご勝手に」

私の答えに、ニコラスさんはにっこりと笑いました。

その笑顔におや、と思いました。

だってなんていうんでしょう？

今までの笑顔が貼り付けた胡散臭さだとしたら、今回の笑顔は邪気のない、普通の笑顔みたいで……いや胡散臭いのは変わらないんですけどね？

「いやだなあ、あまり警戒なさらないでくださいよ。ボクは貴女の味方ですから、ネ？」

「それは存じております。単に私は面識が殆《ほとん》どない殿方と、親しくする女ではないというだけのことですよ」

「良いですねえ、身持ちの固い女性は素敵だと思いますよ。特に真面目で、面倒見が良くて、そんな人が傍にいてくれたらどれほど男としては嬉しいことでしょうねえ」

「……ニコラス殿は、時々おかしなことを言いますね？　何が目的なんです？」

「いいえー。世間一般に、妻として求められる条件ってものをユリアさまはすべてお持ちだなあと思っただけですよ！」

「……」

「あ、ちなみに世間一般でいう恋人に求める条件は、見目が良いとか自慢ができるとかそういうことが多いそうですけれどねえ、ボクはあまりそういうのに興味がなくて」

ぺらぺらと男女の話を続けるニコラスさんの真意は見えませんが……というか、本当にただおしゃべりしたかっただけなのかなと思うくらいよくしゃべります。

「……貴方、随分おしゃべりなのね」

「ああ、そうですね。そう言われればそうかもしれません」

「私はここで。それじゃあ、お互い職務に励みましょうね」

「はい、ではまた」

にっこり笑ってお辞儀したニコラスさんは、やっぱり糸目も手伝って表情から何かを読み取るのは無理だった。

でもなんだろう、胡散臭い、だけの印象だったのに今日のはまた違う。

……混乱、するなあ……!?


宰相閣下に呼ばれてから数日後、実家から手紙が届きました。

セレッセ家とファンディッド家の婚姻、その両家顔合わせ会の日取りが正式に決まったというものでした。

できれば準備に携わってほしいというお父さまからのお手紙を何度か読み返して、ため息を一つ。

それはビアンカさまのお茶会の、ちょうど一か月後の予定でした。

……まさかと思うけどそれらも含めて計算の上とか言わないよね？　ビアンカさま……⁉

（いや、それはさすがに考えすぎか……）

ため息をまた吐き出して、私はクローゼットの中からドレスを取り出しました。

そう、アルダールが買ってくれた、深緑色をしたドレス。

ビアンカさまのお茶会に着ていく服として買っていただいたわけですが……よくよく考えたら顔合わせ会用のドレスもそろそろ考えねばなりません。

茶会にはこのドレスを着て、アルダールにエスコートをしてもらう。

そこはもう決定事項で……。

（……どうしよう、まだちょっと顔が引き攣りそう……当日ちゃんと笑顔でいられるかな）

ほら、いえね？

今もまだ前世の記憶から出てきちゃった『服を贈るのは脱がせたいから☆』なんていう軽い感じの恥ずかしいことを忘れることができなくてですね⁉

そもそもアルダールがそれで目を合わせられない私に……いや待て落ち着け私ィィ！

どうしよう、この精神状態で贈ってもらったドレスを着てエスコートされるってかなりの高難易度になってしまった。主に自分のせいで。

しかも考えれば考えるほどですが、アクセサリーをしないわけにはいきませんよね？

髪だってそれなりに結いますよ。大人の女性たるもの、ある程度髪型は大事です。

……と、なればですね？

ペンダントはアルダールにいただいたものを使うべきだと思うんですよ。

髪飾りは別のものを使用するのでも構わないと思うんですが、何かしら彼から贈られたものを身に着けるべきだと思うんですよね。ドレスで十分じゃないのかとも思いますが……。

でもそこで「どうして着けてくれないのか」とか問われたらなんて答えるよって話で、そもそもアクセサリーの所持数をいまだに増やしていない自分が悪い。

となると、とりあえず茶会で必要なのは髪飾りとイヤリングでしょうか。

（……買うか……）

これからのことを考えたら同じアクセサリーばかり使うというのも気が引けます。勿論、これがお気に入りなのだからというのが理由にはなりますが、人によってはそれを失礼だと思う人もいるってことです。

（明日にでもリジル商会に行こう。そうしよう……）

そこで茶会用のアクセサリーと、顔合わせ会用のちょっとお洒落めだけど落ち着いた普段でも使えそうなドレスを購入しよう。

オルタンス嬢とはセレッセ領で少しだけ挨拶もしてるからね！

多分、もうそこは緊張しないで済むと思うんですよ。

彼女やセレッセ伯爵ご夫妻がおみえになるってことを考えてドレスを選ぶと思えば、そっちはそんなに難しい話じゃない。

（むしろ問題はアルダールから貰ったペンダントに釣り合うイヤリングと髪飾り……？）

ちょっと今手持ちが少ないんですけども。別に普段散財しているわけじゃないんですが、リジル商会でそれなりのものを買うっていうのは結構財布にダメージが大きい。

（いやいや、髪の毛はもう編み込みで！　それでいこう!!）

そうしたらとりあえずイヤリングとドレスだけだし！

それとあと少しだけ、化粧品を買い足して……。

執務室でそんなことばかり考えているというのもどうかと思いますが、それもこれも平和な時間ゆえというやつですよ。

宰相閣下からミュリエッタさん関連で何かあったらニコラスさんに、と言われたことでちょっぴり警戒もしていましたが、今のところ特に何もありません。

プリメラさまは相変わらず可愛らしく優しくて、最近ではディーンさまが学園に通われる前に普段からお使いいただけるような品を贈ったらだめだろうかと悩んでおいででした。

あげちゃえばいいのに。プレゼント贈ったら迷惑かしらって、むしろ大喜びだと思います!!

思わず力説しそうになりましたが、そうやって悩むのもきっと醍醐味《だいごみ》なのでしょう。

楽しそうに文具が良いだろうか、それとも外套のようなものの方が良いのだろうかと考えを巡らせるプリメラさま、本当に……本っっ当にお可愛くてですね!!

勿論あまり大掛かりなものですと、贈られたバウム家の方が恐縮しちゃいそうな事態になるのでその前には止めたいと思いますが、そこは恋する女の子の行動！　応援したいと思いませんか……!!

おっといけない、ついつい力が入ってしまいました。

「はい、どうぞ」

ノックの音に、顔を上げる。

すると入ってきたのはアルダールで、私は思わず背筋を正しました。

いいえ、前回のことを思い出して勝手に恥ずかしくなった体が、緊張で反射的にぴんっとしただけなんですけども。

当然、まあ、顔にはそのようなこと、おくびにも出しておりませんが。

……出てませんよね？

「アルダール、どうかなさったんですか？」

「いや、うん。……今、いいかな？」

「はい、どうぞ」

困ったように笑うアルダールの姿に、私はお茶を淹れるために立ち上がりました。

どうやら短い休憩時間に来てくれたという所でしょうか。

約束もなくわざわざ来てくれたということは何か大事な用なのだろうと思うので、お茶菓子はなしでいいかなと私はアルダールに向けて尋ねました。

「お茶だけでも召し上がりますか？」

「……そうだね、一杯だけ」

アルダールがソファに座り、私が紅茶を出すと彼は胸元から小さな箱を取り出しました。

そしてそれを私に差し出して、ものすごく申し訳なさそうな顔をしたのです。

「アルダール？」

「いや、うん。私の考えが足りなかったというか、実は義母上に叱られてね」

「え?」

「新年祭の時にペンダントを贈ったろう?」

「あ……はい」

実は今も服の下に着けてます。

大事にしてます、とは言いませんけれども。

「それでね、店側から揃いのイヤリングを用意しなかったが良かったのかと確認の書状が届いてね……私宛ではなく、バウム家宛として送られてきたものだから義母上がそれを読んで、揃いにしないなんてありえない、と言い出して」

「……まあ」

私としてはあのペンダントだけでものっすごく満足ですけども!?

なんだ揃いのイヤリングって。

いやまあ前世でもちょっと立派な真珠のネックレスとかダイヤのペンダントには確かにセットでイヤリングとかピアスがついてってテレビショッピングとかでやってたな……やはりそういうのって揃いで購入するのがセレブリティってやつなんでしょうか。

……いやぁ、幼い頃から王城で侍女をしているとですね、あまり装飾品を身に着けることもなくてですね……貴族令嬢として考えたらそりゃそうかって今納得もしているわけですが、自分の身になるとこう、考えが至らなくて。

だから正直、アルダールがバウム夫人に叱られたと言われても私としては自分も同罪っていうか。

（ということはこの小箱、イヤリングが入ってるんですね、わかりますよさすがに！）

「私も全然気が付かなくて、すまない」

「いえ！　私も、あの……普段イヤリングなどを身に着けないものですから失念しておりました」

「遅れたけれど、それも使ってくれたら嬉しいよ。そういえば義母上から、観劇のお礼状と花が嬉しかったと伝言を預かっているんだった」

「お気に召されたなら、何よりです」

良かった良かった、まあ無難なところを選んだからね！

バウム夫人にもお世話になったんだから、ちゃんとお礼をするのは社会人として当然のこと。

あの観劇の時間は最高だったし、新年祭の時にはアルダールにアドバイスもしてくれたって思ったらお礼だって言いたいじゃないですか。

それに、プリメラさまの侍女として、恥ずかしくない振る舞いをしないとね。

勿論、アルダールの恋人がお礼も言えない女だとは思われたくないから、という気持ちもありますけど……ね……！

言わせんなよ恥ずかしい!!

「今度の公爵夫人の茶会で、揃いで着けてきてくれる？」

「は、はい！」

「ありがとう。ああ、それじゃあもう行かなくちゃ。また連絡する」

「は、はい……あの、行ってらっしゃい」

「……うん。行ってきます」

アルダールが笑って出ていった後、私は小箱を胸に抱きしめて知らず知らず笑みを浮かべていました。だって、嬉しかったから。

悩みごとが一つ減りましたからね、これでお仕事も捗《はかど》るってものです。

何より、アルダールからの贈り物が増えたっていうのが嬉しい。

私が上機嫌のままプリメラさまの元へ給仕をしにいくと、プリメラさまもこれまたご機嫌が良いらしく満面の笑みで私にかけ寄ってきてくださいました。

ああー……なんて可愛い……!!

「ねえユリア！」

「はい、どうかなさいましたかプリメラさま」

「あのね、あのね、お兄さまが今度、狐狩りに行かれるんですって！　それで、わたしも一緒にどうだってお声がけくださったの」

「まあ」

王太子殿下は最近公務も勉強も予定よりはるかに先を進んでいらっしゃるらしく、鍛錬の時間などのほかに自由時間を増やしてお好きに過ごされている、とは聞いたことがあったけれど。

（いやぁそれを聞いた時は、それ、なんて超人？　って思ったものだけど、プリメラさまが天才なんだからその兄もやっぱり天才だったたってだけの話よね……）

ゲームでも、ちょっと触れた程度とはいえ天才でなんでもできるがゆえに孤独、みたいな紹介だった記憶もあるし。今じゃあ同じ天才の妹を溺愛する王子さまだけど。

（しかし狐狩りかぁ）

貴族男性の嗜みとも言われ、女性が茶会で話に花を咲かせるのとは別の、男性社交とも言われているやつですね。一般的には貴族男性が一度は経験しておくべきスポーツのようなものです。

貴族たるもの武芸の一つは修めておくべきであるということではありますが、向き不向きはありますので、こうした狩猟を嗜むということがちょうどいいのではないでしょうか。

まあ奥さまや婚約者の方などご家族を連れてこられる、大掛かりなピクニックのようなものでもあるんですが……実際に狐を狩る人もいれば、そこら辺の野兎とかを従者に追わせて仕留めるっていう話も聞くし。

中にはただ動物を眺めて終わる人もいるって話ですしね！

いや、それただのピクニックじゃん……？

ま、まあ要するに貴族社会における娯楽の一つですからね。

特に軍人の家系ですと、狩りはできて当たり前みたいなものだと耳にしたことはあります。

王太子殿下はそれこそ嗜みとして興じられる程度と聞いておりますので、今回は時間ができたからってことなんでしょうね。

あ、うちのお父さまですか？

基本的には行きたがらないですが、まあ誘われて断れない時は行っていたようです。

どこかの方に招待されて狐狩りに行ったらお土産にくれたのは野苺《のいちご》でした。

野苺、美味しかったですよ‼

……うん、ほら、うちのお父さまインドア派ですので。

「ご参加なさりたいのですか？」

「ええ！」

「……今までご興味は示されておられなかったと記憶しておりますが」

ちょっと不思議に思って今まで興味があったけれど言えなかったのかなと心配になりましたが、どうやら違うようです。プリメラさまが頬を染めて恥ずかしそうに私の方を見ています。

ああカワイイー、だめですよその上目遣い！

どんなおねだりだって聞いちゃう、聞いちゃいますよ!!

「……ええとね、あのね。あの、お兄さまがね、ディーンさまとゆっくりお話ししてみたいって
おっしゃって、折角だからわたしもおいでって……」

「まあ、そういうことでしたか」

ああそうですよね、王太子殿下だって未来の義弟と親睦を深めたいですよね！

今はまだ接点はプリメラさまとだけのようですが、将来的にはバウム家を継いだディーンさまが
王太子殿下の右腕とかになる可能性があるんですし!!

今やゲームの設定なんてどっかいっちゃった王太子殿下とディーンさまだったら文句なしの主従
関係を築けると思います。いやあ将来が楽しみですよね。

（そういうことでしたら異論はございませんとも！）

いえ、勿論プリメラさまが「行きたい」と仰った時点で決定も同然なのですけれどね。

まだ寒いから暖かい外套でしょ、帽子でしょ、動きやすいドレスでしょ、椅子でしょ……おっと
色々準備をしなくてはなりませんね！

「お任せくださいプリメラさま。いつ頃のご予定か、王太子殿下は仰っていましたか？」

「再来週ですって。ごめんなさいユリア、突然……」

「何を仰いますか、プリメラさまはどうぞ私にすべてお任せになって、ディーンさまにお会いになることだけをお考えくださいい」

「も、もう、かあさま！」

顔を真っ赤にして照れてしまうプリメラさま、プライスレス。

どうか再来週、天気が良くありますように。

あれ……ディーンさまがいらっしゃるということは、アルダールも来るとかありえる……？

うん？　そして王太子殿下がいらっしゃるんだから当然ニコラスさんもいるってことよね……？

(よし、深く考えないようにしよう)

そうです、私がすべきはプリメラさまの準備ですからね！

とはいえ、またニコラスさんが何か変なことを言ったりしないよう、セバスチャンさんにも同行をお願いすることにいたしましょう。

セバスチャンさんが睨みを利かせてたら大人しくするでしょうからね！

(だとすると、お茶のセットにお茶菓子、それと軽食も準備した方が良いのよね。どの程度の規模になるのかしら……王子宮の方でも当然準備をしているから、人員は何人？　確認すべきことはあと何があったかしら)

王太子殿下個人で行かれるのでしたら、王子宮から執事や侍女が数人と、護衛騎士といったところでしょうが……今回はプリメラさまもご一緒、そしてディーンさまもとなるとそれなりの警護の数が予想されます。

（こちらでもある程度の準備はしますが王子宮主導で進めるものと思うべきでしょうから、王子宮筆頭に問い合わせておくのが筋ってものでしょうね）

どうせだったらマシュマロを用意しようかしら。

きっと王太子殿下もこの食感にはびっくりなさるのでは⁉

美少年のびっくり顔、きっと良いと思うんですよね……！　プリメラさまと一緒に仲良く召し上がっていただきたいものです。

もう少し、季節が暖かいと良かったのだけれどね。でも狩りはスポーツの一種だし、良い運動になるのかもしれません。

（暖かくなったら今度、王女宮でもピクニックとか計画してみようかなあ）

きっと喜ぶと思うんですよね、メイナとスカーレットが。

勿論、プリメラさまもご一緒に。主従の垣根を超えてとかそういうことはできませんが、ディーンさまが学園に行かれた後の寂しさを紛らわすには良いかもしれません！

ピクニックならメッタボンにも来てもらって野外バーベキューとかも可能だし。

……いいなそれ、計画してみようかな。

私がそんなことを考えていると、プリメラさまが困ったように私の方を見てから、躊躇いつつ口を開きました。

「あのね、……その、狩りそのものはね、わたしは楽しい部分がよくわからないの」

「さようですね。軍事練習を兼ねていることから男らしさの象徴であるなど言われておりますので。殿方が、我々が嗜む刺繍に対し楽しさがよくわからないと首をひねるのと似ているかもしれません」

「そうね、そうだわ」

くすくすと私の譬《たと》えに笑ったプリメラさまは、少し考えてから私の方を勢いよく振り返りました。

「決めたわ！」

「はい」

「ディーンさまに、学園で長く使っていただけるようにハンカチと文具を狐狩りの時に贈ることにするわ！　ハンカチにはわたしが刺繍するから、複数枚用意して!!」

「かしこまりました」

「本当はスカーフにしようかと思っていたのだけれど、ユリアがセレッセ領でお土産に買ってきてくれたのをきっとディーンさまも大事にしてくれていると思うの」

恋のお守り。

そう言われていると告げてお渡ししたんだけれど、とても嬉しそうにしてくれたプリメラさま。ディーンさまの反応も似たようなものだったとアルダールから聞いているから、ああああこのカップル尊い。天使カップルよ……!!

私もアルダールと揃いのものを持っているので気持ちはよくわかりますが、ここまで純粋な、そして隠すことのない恋ってきらきらして眩しい……。

（なんだろう、恋に関してはプリメラさまの方が私よりもずっと成長していってるなあ）

うんうん、このまま素直に二人で愛を育んでいただきたいものです。

私ですか？

ええと……はい、まあ翻弄《ほんろう》されながらも上手くいっている、よね……？

アルダールが私の歩調に合わせてくれる優しい人で本当に良かったと思ってます。

いやまだちょっと真っ直ぐに視線は合わせられそうにないですが。

イッケメェエンだからってだけじゃなくて、まだ脳裏に自分の恥ずかしい前世知識がある限り。


とにかく！

それよりも今は狐狩りとビアンカさまのお茶会です！

王女宮筆頭として、気を抜くわけにはまいりません。

プリメラさまの侍女として、王太子殿下とディーンさまと、楽しく過ごしていただけるよう準備万端整えてみせましょう!!

番外編　お揃いの髪飾り

「あれっ、メイナってそんな髪飾り持ってたっけ？」

　夜、いつものように他の宮で働く同期たちと就寝時間までのんびり喋っていたら、一人があたしの髪に着いてる飾りに気が付いたらしい。

　あたしはなんとなくそれが嬉しくって、胸を反らした。

「あ、これ？　へへー、わっかるー？　可愛いでしょ！」

「うん、ちょっと地味だけど、普段使いできる感じで可愛いじゃない。でもメイナって髪飾りとか使わない派じゃなかった？」

「いいの、このヘアピンはね、特別なんだから！」

　あたしの短い髪の、耳の上辺りでそっと主張する小さな飾り付きのヘアピン。

　これは最近流行の、願掛けアクセサリーってやつなのだ。

　元々はセレッセ領で流行していた、カップル向けのお揃いアクセってのから派生したものらしいんだけど、宝石としては売れない石を加工して、カップルだけじゃなくて親子や友達とお揃いの物を着けられるとあって今や大人気だ。

　最近じゃ個人用のアクセサリーとして庶民向けに置くようになって、人気に拍車がかかってる。

　あたしたち庶民からするとちょっと手が出なかった宝石が、安価に手に入るなんてすごい！

　なんでも石の種類に合わせて、宝石の意味をそのまま持ってきてお守りにしているんだって。

……まあ、要するに宝石として売り物にならない、ただの石みたいな価値しかないから安いってだけなんだけど。

それでも宝石をお手軽に買えてオシャレができるって素敵だもんね。

ってことで、人気過ぎて品薄で、手に入れたいと思ってもなかなか手に入らない。

そこであたしは、実家のお父さんに頼み込んでどうにか手に入れてもらったんだけど……。

（確かに選ぶのはお父さんに任せたけどさあ、意味まで考えて送ってくるって……しかも落ち着きがないお前にぴったりだぞ！　とかさあ……そんなんだからデリカシーがないっていうか）

お父さんに頼んで買ってもらったヘアピン。

緑の石がついたヘアピンは子供のお小遣いでも買える値段だったらしくてお父さんからプレゼントってことにしてもらった。ヘアピンと一緒に石の説明書がついてて、一見するとわからなかったけどこの緑の石は瑪瑙《メノウ》だったらしい。

なんでも気持ちを落ち着けてくれる優しい石なんだって。それで、お父さんからのメモで、仕事でオタオタして人さまに迷惑をかけないようにって……ひどくない⁉

別にあたしは願掛けとかお守りとか、そういうのを頼みにしているんじゃなくって、ただ流行りのもので『お揃い』ができたら素敵だなって思っただけなのにさ！

あたしはあんまり髪の毛が長い方じゃないけど、耳にかかる髪をそのヘアピンで留めている。

小さくカットされた石が一個ついているだけだから、仕事中はヘッドドレスで上手いこと隠せるし、隠さなくても多分大丈夫だと思うくらい地味だし、問題ないと思う。ユリアさまだって気が付いて褒めてくれはしても注意はしなかったもんね！

（あ、でもセレッセ領で流行ってるって話をしたら、なんとも言えない感じで笑ってらっしゃったけど……どうしたのかな？）

　ユリアさまのことだから当然ご存知だったんだろうけどね！

　この間お部屋にお邪魔させてもらった時に、机の上に可愛い髪飾りがあって……多分あれが本家本元のやつなんだろうなってあたしは思ってる。

　さすが王女宮筆頭さま！　流行は押さえてらっしゃる‼

（あ、でももしかしたらあれはバウムさまから贈られたのかもしれないなあ、なんたってユリアさま、押されっぱなしだもんね！）

　誰が見たってあれはバウムさまが押せ押せでしょ。

　まあそうでもなきゃ、プリメラさま第一のユリアさまが異性とのお付き合いをするなんてあたしも想像できなかったもんなあ。

　幸せそうなユリアさまを見てると、こっちも嬉しくなっちゃう。

　いつかあたしだってあんな彼氏を見つけて……いやうん、バウムさまみたいのはちょっと無理かな。顔良し職良し家格良しだもんね！　あたしには平民か下級の貴族出身の次男や三男とか騎士職の人がちょうどいいと思うんだけどど。

「ねえねえメイナ、それ城下のどこの店で買ったの？」

「あ、これ？　ううん、城下じゃなくて実家の近くで買ってもらったんだ。ほら、最近セレッセ領から始まったお守り石のついてるアクセサリー、あれ」

「あ、やっぱり！　わー、いいなぁ。私もこの間、城下のリジル商会に見にいったけど売り切れで次の入荷はいつかわからないって言われちゃったもん」

「うちの実家はセレッセ領に近いとこにあるし、商家だからね。お父さんの知り合いに扱ってる人がいないか聞いてもらったんだ」

「なるほどねえ、うちも聞いてみようかな」

「あるといいね！」

単品でも売ってるし、友達とお揃いもできるなんて女の子としては嬉しいもんね。

あたしがにこにこしてるのを見て、みんなも何か気づいたらしい。

「メイナもお揃いにしたの？」

「うん、まあねー！」

「えっ、誰と？」

「あたしたちじゃないし……となると王女宮の人？」

「まさか王女宮筆頭さま？」

「まっさかー！　さすがにユリアさまにお揃いがしたいなんて言い出せないよ！　してくれるなら嬉しいけど。あたしが買うような安物じゃユリアさまに失礼だもん」

「えっ、筆頭侍女さまとお揃いにしたいとか、この子すごい」

「アタシ内宮筆頭さまとお揃いなんて絶対無理。尊敬してるけど」

失礼だな！

でもユリアさまなら安物だろうと笑って着けてくれる気がする。……そう考えると、内宮筆頭さまとか外宮筆頭さまとかは、失礼だけどお年を召されてるから似合わないかもしれないし、気安い感じはないかも。

「あっじゃあまさか、あの侯爵令嬢の……」

「内宮から王女宮に行ったってそういえば」

「そういえば最近、全然噂を聞かなくなった」

「スカーレットのこと？　えへへ、そうだよ！」

「ええー!!」

みんなが一斉に驚いた声が相当大きかったらしくて、寮母さんから注意された。

あたし悪くないと思うんだけどな……罰としてあたしたちの部屋はさっさと消灯にされちゃったけど、まあしょうがない。

「ねえ、メイナ」

ひそっと隣のベッドから声がする。

灯《あか》りを消したけど、今日は月明かりがあるからまったく見えないってわけじゃなかった。

「あのスカーレットって人、内宮にいた時は偉そうにしてばっかりだったけど、メイナは王女宮でいじめられたりしなかったの？」

「してないよ。スカーレットってね、言い方が悪かったり素直じゃなかったりするだけだったんだもん。喧嘩したらちゃんと謝ってくれたりするし、時々美味しいお茶も淹れてくれるよ」

「……そ、そうなの……？」

「それにね、すっごく字が綺麗でさ。やっぱそこはご令嬢だし教育の違いってやつなんだろうけど、あたしが書類苦手でゆっくりやっててても、教えてくれたりするの。さっきの髪飾りだってあたしが渡したら、照れながら受け取ってくれたし」

「そっか、良かったね」

「うん。今回はさ、ヘアピンしか手に入らなかったけど……また売り出すようになったら今度はこの部屋のみんなでお揃いのブローチとか買わない？」

「あっ、それいいねえ！」

スカーレットがちょっと気難しかったのは、あたしだって覚えてる。

一緒に働くようになって腹が立つこともいっぱいあったけど、ちゃんと話してみたらわかりあえたのは多分ユリアさまが間に入ってくれたからだった。

だから、今すぐみんなにスカーレットがいい子だってわかってもらえなくたっていいんだ。

スカーレットはメイナと仲良しだってみんながわかれば、そのうち今度はここのみんなと打ち解けて、それから城下にお買い物に行ったり美味しいものを食べたりできないかな。

（あの気の強い態度とか、緑の瑪瑙が鎮めてくれたらいいんだけどなあ）

……お父さんじゃないけど、あたし《あたし》のおっちょこちょいなところとかも。

スカーレットと一緒に、王女宮で頑張るから、お守り石がどうか効果を見せてくれますように！

番外編　揃いのイヤリング

王城内にある面会室の中でも身分ある人間が使用する部屋で、一人の貴婦人が険しい顔をしてソファに座っていた。

そこにノックの音と共に入ってきた青年を見た途端、貴婦人がきっと睨みつけたものだから思わず相手も怯むというものだ。

苦笑しながら女性の対面に座ったのはアルダールであった。そして彼に面会を申し込んだのは、義母であるバウム伯爵夫人であったのだ。

「ご機嫌斜めのようですね、義母上。王城までお越しとは珍し……」

彼女がこの王城に来ること自体ないことはないが、バウム伯爵と別行動で王城に来るということは珍しい。それゆえにアルダールが挨拶と共に尋ねようとした瞬間、それを遮るようにバウム夫人は厳しい声を出した。

「アルダール！　これはなんですか‼」

「……これは？」

ぱしりとテーブルの上に叩きつけられたのは、一枚の書状であった。

その刻印はアルダールにも見覚えがある。

つい最近、新年祭の時に利用したことがあるからだ。バウム夫人に相談して恋人に贈り物をするために利用したのだから、忘れるはずもなかった。

「……別段、法外な値段でもなかったし私に請求書を回してくだされればそれで」

「そうではありません！　中を！　ご覧なさい!!」

「はあ……」

強く促されて書面を確認すれば、先日アルダールが購入したペンダントは単品での注文だったが、もし必要であるなら揃いのイヤリングを用意するのにちょうど良い品質の石が手に入ったがどうだろうという内容だった。

それに対して目を瞬かせたアルダールに、バウム夫人はくっと目を吊り上げる。

「良いですかアルダール、大切なご婦人に差し上げる贈り物がアクセサリーというのは良いでしょう。指輪はさすがにまだ相手にとって重荷になりかねませんから、ペンダントを選んだというところも評価しましょう」

「はあ」

「ですが！　揃いにせず単品で贈るとはどういうことですか!!」

「……いけませんでしたか」

「当然です！」

鋭く叱咤するバウム夫人に、アルダールは困ったように頬をかいた。

彼の人生を振り返ってみても、この義母にここまで叱られた記憶はない。いつだって穏やかに論して包むような愛情を彼に与えてきてくれただけに、ここまで怒りを顕わにするバウム夫人の姿には困惑を隠せなかった。

「ユリア・フォン・ファンディッド子爵令嬢は貴女にとって、とても大切な女性なのよね？」

「はい」

「では、このイヤリングを。きちんと手渡すのですよ」

「……なぜ、イヤリングがすでにこの場にあるのですか」

「その書状が届いてすぐわたくしが手配したからに決まっているでしょう」

当たり前のように言ってのけたバウム夫人に、アルダールが苦笑する。

確かに落ち度はあったかもしれないが、ここまで用意されているというのは少々過保護なのではなかろうかと彼は思うのだが、どうやらバウム夫人はそうは思わないようだった。

「本来ならば貴方が手配すべきかと思いましたが、それでは時間がかかるでしょう？　いずれまた贈り物をする機会もあるでしょうし、その際は忘れないようにすれば良いでしょう」

さすがに先んじて行動したことはバウム夫人としても少しばかり申し訳ないようだったが、それでも急がせたことは必要なことだったと告げる。

「……その、失礼ですが何故とお伺いしてもよろしいですか？」

「……アルダール、そうね、貴方は今まで夜会でどなたかと同伴で参加などしなかったものね」

「はい」

「バウム家の長子として、ディーンのためにあえて日陰の身となってくれる貴方には感謝しているわ。だけどね、これはきちんと覚えておきなさい」

バウム夫人はひどく真面目な顔で、居住まいを正してアルダールをまっすぐに見据えた。

僅かな沈黙の後、バウム夫人は口を開く。

「夜会は揃いのアクセサリーをつけるもの。貴族の令嬢であれば、些細《ささい》な茶会などでも必要となるものです。良いですか、女にとってドレスとアクセサリーはただの装飾ではないのです、戦闘服なのです」

「……戦闘服、ですか」

思わず戸惑うアルダールに構うことなくバウム夫人は大きく頷いてみせた。

そしてそのまま言葉を続ける。

「自分と共に赴く場で身に着けてほしい、恋する殿方にそう言われて嬉しくない淑女はおりません。これからはファンディッド子爵令嬢も何かと社交界で呼ばれる身になるかもしれませんから、その時に守ってあげられるのは隣に立つ貴方なのですよ」

「……」

力説するバウム夫人に、アルダールはただ苦笑する。

ただそれはなんとも言えない、くすぐったさからくるものであり、それをバウム夫人も理解しているのか咎めることはなかった。

差し出された小箱を受け取って、アルダールはそれを上着の内側にしまい込む。

「わかりました、ありがとうございます義母上」

「ご武運を、アルダール」

「……さすがにそこまで大袈裟《おおげさ》にされると、不安になります」

苦笑しながら立ち上がるアルダールに、バウム夫人はようやく柔らかな笑みを見せた。

どうやら本当に用事はそれだけだったようで、義理の息子を見送る母の目はどこまでも優しいものだった。

（まだ、休憩時間は残っているから今から行くか……）
胸ポケットにしまわれたイヤリングが、彼女の手に渡るまであと少し。

アリアンローズ既刊好評発売中!!

最新刊行作品

庶民派令嬢ですが、公爵様にご指名されました
著／橘 千秋　イラスト／野口芽衣

ロイヤルウェディングはお断り！
著／徒然花　イラスト／RAHWIA

異世界での天職は寮母さんでした
～王太子と楽しむまったりライフ～
著／くる ひなた　イラスト／藤村ゆかこ

まきこまれ料理番の異世界ごはん ①～②
著／朝霧あさき　イラスト／くにみつ

おてんば辺境伯令嬢は、王太子殿下の妃に選ばれてしまったようです
著／しきみ彰　イラスト／村上ゆいち

異世界温泉であったかどんぶりごはん ①
著／渡里あずま　イラスト／くろでこ

薬草茶を作ります～お腹がすいたらスープもどうぞ～ **①～②**
著／遊森謡子　イラスト／漣ミサ

見習い錬金術師はパンを焼く ①～②
～のんびり採取と森の工房生活～
著／織部ソマリ　イラスト／hi8mugi

どうも、悪役にされた令嬢ですけれど ①
著／佐槻奏多　イラスト／八美☆わん

脇役令嬢に転生しましたが
シナリオ通りにはいかせません！

コミカライズ作品

悪役令嬢後宮物語 全8巻
著／涼風　イラスト／鈴ノ助

誰かこの状況を説明してください！ ①～⑨
著／徒然花　イラスト／萩原 凛

魔導師は平凡を望む ①～㉕
著／広瀬 煉　イラスト／⑪

観賞対象から告白されました。 全3巻
著／沙川 蜃　イラスト／芦澤キョウカ

ヤンデレ系乙女ゲーの世界に転生してしまったようです 全4巻
著／花木もみじ　イラスト／シキユリ

転生王女は今日も旗を叩き折る ①～⑤
著／ビス　イラスト／雪子

お前みたいなヒロインがいてたまるか！ 全4巻
著／白猫　イラスト／gamu

ドロップ!! ～香りの令嬢物語～ **全6巻**
著／紫水ゆきこ　イラスト／村上ゆいち

復讐を誓った白猫は竜王の膝の上で惰眠をむさぼる 全5巻
著／クレハ　イラスト／ヤミーゴ

隅でいいです。構わないでくださいよ。 全4巻
著／まこ　イラスト／蔦森えん

悪役令嬢の取り巻きやめようと思います 全4巻
著／星窓ぽんきち　イラスト／加藤絵理子

乙女ゲーム六周目、オートモードが切れました。 全3巻
著／空谷玲奈　イラスト／双葉はづき

起きたら20年後なんですけど！ 全2巻
～悪役令嬢のその後のその後～
著／遠野九重　イラスト／珠梨やすゆき

平和的ダンジョン生活。 ①～②
著／広瀬 煉　イラスト／⑪

転生しまして、現在は侍女でございます。 ①～⑥
著／玉響なつめ　イラスト／仁藤あかね

自称平凡な魔法使いのおしごと事情 シリーズ
著／橘 千秋　イラスト／えいひ

聖女になるので二度目の人生は勝手にさせてもらいます 全3巻
著／新山サホ　イラスト／羽公

魔法世界の受付嬢になりたいです 全3巻
著／まこ　イラスト／まろ

異世界でのんびり癒し手はじめます 全4巻
～毒にも薬にもならないから転生したお話～
著／カヤ　イラスト／麻先みち

冒険者の服、作ります！ ①～③
～異世界ではじめるデザイナー生活～
著／甘沢林檎　イラスト／ゆき哉

妖精印の薬屋さん ①～②
著／藤野　イラスト／ヤミーゴ

直近完結作品

らすぼす魔女は堅物従者と戯れる 全2巻
著／緑名紺　イラスト／鈴ノ助

はらぺこさんの異世界レシピ 全2巻
著／深木　イラスト／mepo

転生しまして、現在は侍女でございます。 6

*本作は「小説家になろう」（https://syosetu.com/）に掲載されていた作品を、大幅に加筆修正したものとなります。
*この作品はフィクションです。実在の人物・団体・事件・地名・名称等とは一切関係ありません。

2020年7月20日　第一刷発行

著者 …………………………………………… 玉響なつめ

イラスト …………………………………………… 仁藤あかね
発行者 …………………………………………… 辻 政英
発行所 ………………………… 株式会社フロンティアワークス
〒170-0013　東京都豊島区東池袋 3-22-17
東池袋セントラルプレイス 5F
営業　TEL 03-5957-1030　FAX 03-5957-1533
アリアンローズ公式サイト　http://arianrose.jp
フォーマットデザイン ………………………… ウエダデザイン室
装丁デザイン ………………………… 鈴木 勉（BELL'S GRAPHICS）
印刷所 ………………………………………… シナノ書籍印刷株式会社